Ps

NACG国家动漫游戏产业振兴基地人才培养工程指定教材

Photoshop

武　虹　沈　静　编著
陆　惟　魏砚雨

图像处理制作案例教程

高等教育出版社

内容提要

本书是NACG国家动漫游戏产业振兴基地人才培训工程系列教材之一。本书以任务驱动为导向，突出职业资格与岗位培训相结合的特点，以实用性为目标。每章节都有明确的学习目标，通过案例制作过程，一步一步介绍制作过程中所需要掌握的方法和技巧。

本书共分七章：第一章介绍了图标设计与制作的方法，第二章介绍了图像的颜色处理调整方法，第三章介绍了影像特效高级处理方法，第四章介绍了Photoshop平面设计制作技巧，第五章介绍了图形创意制作技巧，第六章介绍了影视游戏中Photoshop的应用，第七章介绍了Photoshop原画绘制实例。

本书可以作为各级各类职业院校动漫游戏专业的教学用书，也可以作为培训机构的培训用书。

图书在版编目（CIP）数据

Photoshop图像处理制作案例教程/武虹等编著. —北京：高等教育出版社，2009.8
ISBN 978-7-04-026036-6

I. P… II. 武… III. 图形软件，Photoshop—教材
IV. TP391.41

中国版本图书馆CIP数据核字（2009）第142434号

策划编辑 王雨平	**责任编辑** 司马镭 程 莉	**封面设计** 吴 昊	**责任印制** 蔡敏燕

出版发行	高等教育出版社	购书热线 010-58581118
社　　址	北京市西城区德外大街4号	021-56717287
邮政编码	100011	免费咨询 400-810-0598
总　　机	010-58581000	网　址 http://www.hep.edu.cn
传　　真	021-56965341	http://www.hep.com.cn
		http://www.hepsh.com
经　　销	蓝色畅想图书发行有限公司	网上订购 http://www.landraco.com
排　　版	南京理工出版信息技术有限公司	http://www.landraco.com.cn
印　　刷	江苏南洋印务集团	畅想教育 http://www.widedu.com

开　　本	787×1092　1/16	版　次	2009年9月第1版
印　　张	25.5	印　次	2009年9月第1次
字　　数	686 000	定　价	59.00元（附DVD光盘一张）

凡购买高等教育出版社图书，如有缺页、倒页、脱页等质量问题，请在所购图书销售部门联系调换。

国家动漫游戏产业振兴基地人才培养工程指定教材
编委会名单

顾　问　　胡锦华（国家动漫游戏产业振兴基地管委会主任）

主　任　　何积丰（中国科学院院士）

副主任　　童祖光　　朱建民　　　郭清胜

编委（按姓氏拼音排序）

陈　可	戴永春	冯　艳	龚莹莹	胡雷钢	江铁成	李　波
李　斌	李　伟	刘　斐	苏大椿	陶立阳	田　健	王　亮
王灵韻	汪济平	魏砚雨	闻　刚	吴　昊	吴慧剑	谢小丹
修瑞云	徐　黎	杨晓笛	喻　丽	张　波	张苏中	张小敏
赵　震						

序

　　目前，全球动漫产业以强劲的发展势头支持了新经济的复苏。美国网络游戏业已连续 4 年超过好莱坞的电影业；日本的动画产品出口值远远高于钢铁出口值；韩国动漫业产值占全球的 30％，已成为韩国国民经济的六大支柱产业之一。从全球及主要国家来看，动漫产业已经成为一个庞大的产业。

　　我国是全球动漫游戏最大的消费市场之一，国外的优秀动画、漫画、游戏早在上世纪 90 年代初就进入了国内市场。但我们自己原创的动漫作品却很少，明显落后于国外动漫产业的发展步伐。为此党中央国务院颁布了一系列发展我国动漫产业的政策。2004 年 7 月，为了切实落实《中共中央国务院关于进一步加强和改进未成年人思想道德建设的若干意见》的重大战略部署，文化部批准在上海成立国内首家"国家动漫游戏产业振兴基地"。基地集"教育培训"、"研究开发"、"国际交流与合作"、"产业孵化"等功能为一体。

　　目前动漫人才的匮乏阻碍了我国动漫产业的快速发展。产业振兴，人才先兴。正是在这样的历史使命下"国家动漫游戏产业振兴基地"整合了多方资源，聚集业内权威的专家学者，经过长期准备和认真调研，精心策划推出"国家动漫游戏产业振兴基地人才培养工程 (NACG)"，旨在培养出更多优秀的动漫游戏专业技术人才，为振兴我国动漫产业打下坚实的人才基础。

　　为配合实施"动漫游戏人才培养工程"，基地邀请了众多业内专家及长期从事一线教学的教师，策划编写了"NACG 动漫游戏人才培养工程系列教材"。相信本套教材的出版，必将对我国的动漫职业教育起到积极的作用。同时基地也希望和业界同行合作，共同为推动我国的动漫人才培养做出贡献。

国家动漫游戏产业振兴基地管委会主任

胡锦军

前　言

由 Adobe 公司开发设计的 Photoshop 是公认最好的通用平面美术设计软件。其用户界面简明易懂，功能完善，性能稳定，已广泛应用于图形、图像、文字、视频等各领域中。并成为平面设计的首选工具，深受用户的肯定与喜爱。

本书在体例上与系列丛书一致，都采用了分栏的形式。一栏精选了三十多个案例，基本涉及软件应用的所有领域，包括标志设计制作、数码照片处理、高级影像处理、平面广告设计制作、图形创意制作、影视游戏应用、原画绘制等诸多方面。另一栏对软件相关知识点及实例操作过程当中涉及的问题及操作技巧进行了详细讲解与提示。读者在阅读时，可根据对知识性质的需求进行选择性阅读。

通过本书的学习，读者可全面熟悉数字化图像处理的流程及方法，不仅能利用软件进行平面绘图、设计、绘画、制作、编排、合成、处理和输出，同时还能运用 Photoshop CS4 这款图形软件，充分阐释与传达自我的设计意图，达到设计意念作品化的目的。

本书共 102 课时，建议课时分配如下：

序　号	内　　容	课　时
1	第一章　图标设计与制作	15
2	第二章　图像的颜色处理调整	6
3	第三章　影像特效高级处理	15
4	第四章　Photoshop 平面设计制作	20
5	第五章　图形创意制作	6
6	第六章　影视游戏中 Photoshop 的应用	20
7	第七章　Photoshop 原画绘制实例	20
	合　　计	102

本书配有多媒体教学光盘，包含了主要实例的制作过程和全部素材。读者使用光盘，配合书中的讲解可以达到事半功倍的效果。

本书采用出版物短信防伪系统，用封底下方的防伪码，按照本书最后一页"郑重声明"下方的使用说明进行操作可查询图书真伪并有机会赢取大奖。

本书对知识点进行精细划分，做到了内容涵盖面广、知识容量大，案例安排合理、实用性强，可以作为各类职业院校平面设计及电脑艺术专业的教学用书，也可以作为培训机构的培训用书，还可作为平面设计人员，影视包装人员，数字艺术爱好者的辅助用书。

由于时间仓促，加之编者水平和从事工作的经验有限，书中难免会存在错误和不当之处，敬请广大读者批评指正。

作　者

2009 年 4 月

CONTENTS 目录

第一章

图标设计与制作

本章学习时间：15课时。

学习目标：掌握Photoshop CS4工具箱中的选择工具组与编辑工具组制作常用按钮及图标。

教学重点：工具箱中的工具使用。

教学难点：调整作品的质感。

讲授内容：选择工具组，编辑工具组，新建图层，颜色取样，斜切命令，样式面板。

课程范例文件：chapter1\final\图标设计与制作.rar。

椭圆标志

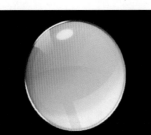

按钮

标志

网页图标

本章课程总览

　　Adobe Photoshop 是公认最好的通用平面美术设计软件，由 Adobe 公司开发设计。因其具有用户界面易懂，功能完善，性能稳定的特点，在几乎所有的广告、出版、软件公司，Photoshop 都是首选的平面美术设计工具。本章运用 Photoshop CS4 当中的工具及各项功能的配合使用制作出椭圆标志、带透明质感的按钮、晶莹质感的标志，并模拟出带透视效果的网页图标。读者在熟练运用这些工具，融会贯通后，可以将其运用到其他图形的制作当中。

1.1 椭圆图标制作

知识点：椭圆工具、渐变工具、新建图层、移动工具、自由变换、取消选区。

知 识 要 点

Photoshop CS4 界面介绍

1. 菜单栏

Photoshop 软件的命令菜单。单击目标命令所在的命令菜单，在弹出的菜单中选择目标命令。

01

双击 Photoshop CS4 的快捷方式 启动程序，进入操作界面，如图 1-1 所示。

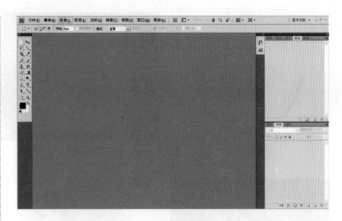

图1-1

启动后，执行新建命令，单击左上角第 1 个选项卡，即"文件"选项卡，在其下拉菜单中单击新建命令。或用快捷键〈**Ctrl**〉+〈**N**〉创建一个新文件，如图 1-2 所示。

图1-2

02

　　在弹出的对话框中，将名称改为椭圆标志，自定大小设置为宽度 800 像素、高度 600 像素、分辨率 72 像素 / 英寸、颜色模式为 RGB 颜色、背景内容为白色的文件，如图 1-3 所示。

图1-3

　　单击"确定"按钮，即可成功创建一个名为"椭圆标志"的新文件。单击创建新图层按钮 ，在如图 1-4 中红色方框位置，创建一个新的图层。

2.　工具属性栏
　　对所选工具的属性进行设置。

3.　工具箱
　　包含用于创建和编辑图像、图稿、页面元素等的工具。

4.　浮动面板
　　可帮助监视和修改用户的工作。可以对其进行编组、堆叠或停放。

5.　文档窗口
　　新建文件或打开文件后，文件在界面的图像显示区域。

新建文件
　　执行"文件"→"新建"命令，弹出 "新建"对话框。在对话框中设置参数后，单击"确定"按钮，完成文档建立。

新建对话框的各选项含义
名称：在此文本框中可以输入新建文件的名称。
预设：点击右侧的下拉菜单按钮，从弹出的菜单中选择预先设置的文件尺寸。
宽度：可以自定义宽度。点击右侧的下拉按钮可以选择不同的度量单位。
高度：可以自定义高度。点击右侧的下拉按钮可以选择不同的度量单位。
分辨率：可以设置分辨率。默认分辨率为 72 像素 / 英寸，点击右侧的下拉按钮可以选择不同的分辨率单位。
颜色模式：单击右侧的下拉菜单按钮可以选择文件的色彩模式和色彩深度。
背景内容：设置新建文件的背景图层颜色。选择"白色"选项，新建的文件背景将以白色填充。

背景：选择"背景色"选项，新建的文件将以工具箱上的背景色作为新建文件的背景色。选择"透明"选项，新建文件的背景将以透明状态显示。

高级：单击高级按钮展开高级设置选项。通过高级选项可以设置新建文件采用的色彩配置文件和像素排列方式。

打开文件

执行"文件"→"打开"命令，弹出"打开"对话框。在对话框中选择目标文件，单击"打开"按钮，即可打开目标文件。

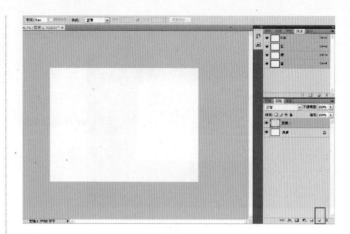

图1-4

03

选择工具箱当中的椭圆选框工具 ⬭，在画面中创建一个如图 1-5 所示的椭圆。确定工具属性当中的羽化像素为 0，并确定是在图层 1 上进行绘制。

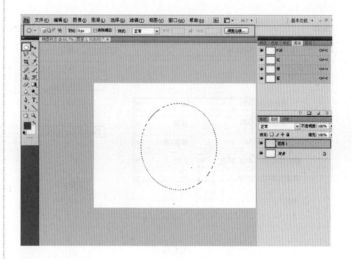

图1-5

双击按钮 ▣，在弹出的拾色器对话框当中将前景色修改为（R8，G27，B142），如图 1-6 所示。背景色设为（R0，G0，B0），如图 1-7 所示。

图1-6

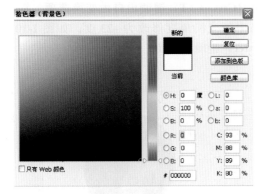

图1-7

04

选择工具箱当中的渐变工具 ，在图层 1 上拉出如图 1-8 所示的渐变。渐变效果如图 1-9 所示。

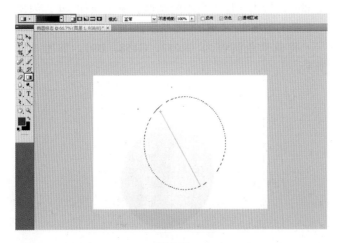

图1-8

在 Photoshop CS4 中新建 /打开文档，文档窗口边框在工作区中默认为最大化显示。拖动其标题栏处文档窗口边框缩小至本来位置，窗口可在工作区随意移动。

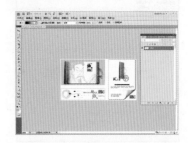

新建 / 打开多个文档，图片排放默认采用了多标签形式。只要在标签栏上单击，就能迅速找到某个已打开的图片。

此外，为了方便多图的编辑与查看，Photoshop CS4 还特意在其中加入了一项"〈Shift〉+抓手"工具，能够同时对视图中的所有图片进行移动。这些设计，大大方便了原本十分繁琐的多图编辑操作。

保存文件

执行"文件→存储"命令或"文件→存储为"可以保存文件。

"存储"命令可以将当前打开文件保存在当前位置上。使用"新建"命令建立的新文件，第一次使用存储命令时会打开"存储为"对话框，当再次使用存储命令时，会以第一次存储设置的格式、路径保存该文件，不会再弹出"存储为"对话框。

对新建文件第一次执行"存储"命令的操作如下：选择"文件→存储"命令，打开"存储为"对话框。

在"存储为"对话框中将各个选项设置好，单击"保存"按钮，即可保存该文件。

工具箱工具介绍
选择工具组

1. 移动工具
2. 选框工具组
3. 套索工具组
4. 魔棒工具组

1. ▶⊕ 移动工具

移动工具是 Photoshop 中最常用的工具，点选此工具按住鼠标左键，可以拖动本图层内的图案。使用其他工具时，按住〈Ctrl〉键可转变为"移动工具"，如果选择了多个区域，则在拖动时将移动所有区域。

图1-9

用〈Ctrl〉+〈T〉键调出自由变换选项。将工具属性栏当中的变换角度修改为 –23 度，如图 1-10 所示。按〈Enter〉键确定变换。

图1-10

按住键盘上的〈Ctrl〉键，鼠标单击图层 1 的缩略图部分，调出图层 1 当中的选区。单击按钮 ⬑，创建一个新的图层 2，如图 1-11 所示。

将前景色调整为（R252，G158，B9），如图 1-12 所示。

图1-11

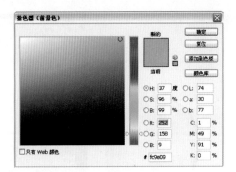

图1-12

05

选择图层 2，用〈**Alt**〉+〈**Delete**〉键在选区当中填充前景色，用〈**Ctrl**〉+〈**D**〉键取消掉选区，用〈**Ctrl**〉+〈**T**〉键调出自由变换工具，如图 1-13 所示。将属性中"W"和"H"分别设为"96.9%"和"97.1%"。将图层 2 向右上方移动，使其边缘与下图层的边缘基本对齐。按键盘上的〈**Enter**〉键确定变换。

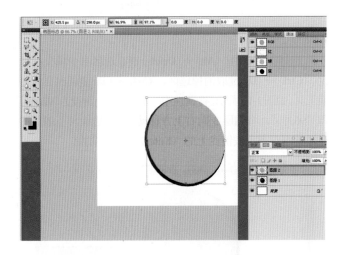

图1-13

按住键盘上的〈**Ctrl**〉键单击图层 2 的缩略图部分，调出图层 2 当中的选区，单击按钮 ◪ ，创建一个新的图层 3，如图 1-14 所示。

将前景色调整为（R255，G217，B5），如图 1-15 所示。

矩形选框工具创建选区后，用移动工具可移动当前图层中被选择区域内的图形，如下图所示。

2. 选框工具组

选框工具允许选择矩形、椭圆形和宽度为 1 像素的行和列。

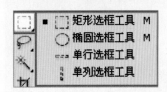

▢ **矩形选框工具**：可以用鼠标在画面中创建矩形选区，使操作限制在选区框中进行。

按住〈**Shift**〉键可以画出正方形选区；按住〈**Alt**〉键将从起始点为中心勾划选区（椭圆选框工具，单行选框工具，单列选框工具操作同矩形选框工具，以下不再赘述）。

画布无选区时，选择画笔工具 ✎ 可在画布任意处涂抹，如下图所示。

用矩形框选工具在画布创建矩形选区后，选择画笔工具只有在选区内才可编辑，如下图所示。

○ **椭圆选框工具**：可以用鼠标在画面中创建椭圆选区，使操作限制在椭圆选区框中进行。

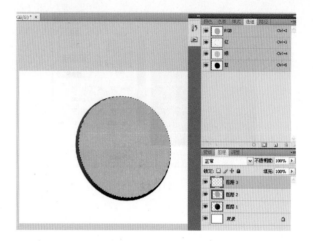

图1-14

图1-15

选择图层3，用〈Alt〉+〈Delete〉键在选区当中填充前景色，〈Ctrl〉+〈D〉键取消掉选区，〈Ctrl〉+〈T〉键调出自由变换工具，如图1-16所示。将属性中"W"和"H"分别设为"92.8%"和"96.3%"，将图层3向右上方移动，使其边缘与下图层的边缘基本对齐。按键盘上的〈Enter〉键确定变换。

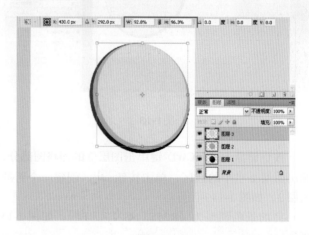

图1-16

06

按住键盘上的〈**Ctrl**〉键单击图层 3 的缩略图部分，调出图层 3 当中的选区，单击按钮 ，创建一个新的图层 4，如图 1-17 所示。

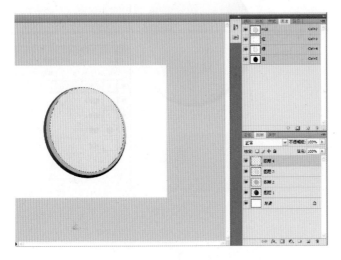

图 1-17

将前景色调整为（R252，G158，B9），如图 1-18 所示。

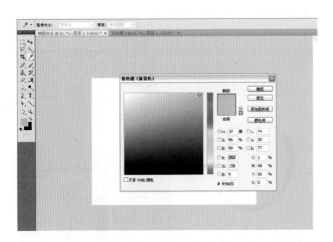

图 1-18

选择图层 4，用〈**Alt**〉+〈**Delete**〉键在选区当中填充前景色，〈**Ctrl**〉+〈**D**〉键取消掉选区，〈**Ctrl**〉+〈**T**〉键调出自由变换工具，如图 1-19 所示，设置数值为 W：82.2%，H：83.3%，Q 角度为 –11.5 度，将图层 4 向右上方移动，使其边缘与下图层的基本对齐，按键盘上的

单行选框工具：可以创建宽度像素同图像宽度像素，但高度为 1 个像素的选区。选择单行选框工具，按住〈**Shift**〉键在画布单击鼠标可创建多个高度为 1 像素的单行选区，如下图所示。

单列选框工具：可以创建高度像素同图像高度像素，但宽度为 1 像素的选区。选择单列选框工具，按住〈**Shift**〉键在画布单击鼠标可创建多个宽度为 1 像素的单列选区，如下图所示。

3. 套索工具组

在使用套索工具勾画选区的时候，按〈**Alt**〉键可以在套索工

具和多边形套索工具间切换。勾
画选区时按住空格键可以移动正
在勾画的选区。

套索工具：用于建立不规则
选区，非矩形选框工具和椭圆选
框工具所能做到。按住鼠标左键
在画布内随意拖动鼠标，最后创
建出闭合选区。套索工具对于绘
制边框不规整选区十分有用。

多边形套索工具：主要用于
创建多边形选区。沿不规则图形
的边缘依次点击，最后创建出闭
合选区，多边形套索工具对于
绘制选区边框的直边线段十分
有用。

磁性套索工具：是一种可以识
别边缘的创建选区工具，它能够
自动分辨出不同颜色的边缘，最
后完成一个闭合的选区。使用磁
性套索工具时，边界会对齐图像
中定义区域的边缘。磁性套索工
具不可用于 32 位／通道的图像。

〈Enter〉键确定变换。

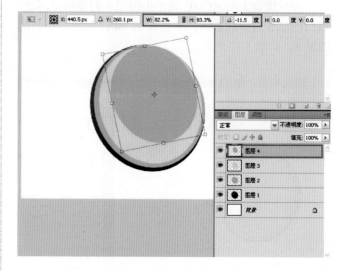

图1-19

07

　　按住键盘上的〈Ctrl〉键，单击图层 4 的缩略图部
分，调出图层 4 当中的选区，并单击按钮 　，创建一
个新的图层 5，如图 1-20 所示。

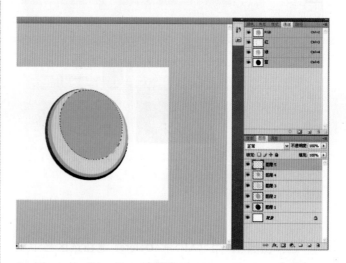

图1-20

　　将前景色调整为（R212，G210，B210），如图 1-21
所示。

图1-21

将背景色调整为(R165，G161，B161)，如图 1-22 所示。

图1-22

确定选中图层 5，单击工具箱当中的渐变工具 ，拉出如图 1-23 所示的渐变条。

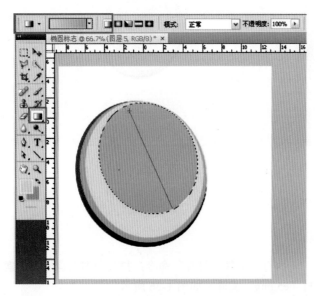

图1-23

4. 魔棒工具组

可快速选择颜色相近的颜色区域选区。

快速选择工具：快速选择工具的使用方法是基于画笔模式的。也就是说，你可以"画"出所需的选区。如果要选取离边缘比较远的较大区域，就要使用尺寸大一些的画笔；如果要选取边缘则要换成小尺寸的画笔，这样才能尽量避免选取背景像素。

魔术棒工具：魔棒工具使您可以选择颜色一致的区域，而不必跟踪其轮廓。您可以基于与单击像素的相似度，为魔棒工具的选区指定色彩范围或容差。

选择魔棒工具，在画布白色区域单击鼠标，整个白色区域都将被选择为选区，如下图所示。

效果如图 1-24 所示。

图1-24

取消选择选区

　　在图片文档中，可以取消选择任何已有的选区。其操作如下。

（1）执行"选择－取消选择"命令。

（2）如果正在使用的是矩形选框工具、椭圆选框工具或套索工具，可在图像中单击选定区域外的任何位置。

（3）按下键盘的〈**Ctrl**〉+〈**D**〉键。

选框选择工具属性栏——选区间的相加、相减、相交

　　选择工具箱中的工具，可在工具属性栏对其属性进行设置，下面以椭圆选框工具为例，详解其属性栏的设置。

选区间的相加、相减、相交

（1）新选区

　　在椭圆选框工具栏单击"新选区"按钮，可在画布中随着鼠标拖动新建一个椭圆选区。

（2）添加到选区

　　在椭圆选框工具栏单击"添加到选区"按钮，光标"＋"变成"十＋"。拖动光标，可以在原来选取的基础上扩大选择区域。或是在同一幅图片中同时选取两

　　按〈**Ctrl**〉+〈**D**〉键取消掉选区。〈**Ctrl**〉+〈**T**〉键调出自由变换工具，如图 1-25 所示，设置数值为 W：92.3%，H：95.8%，Q 角度为 –7.2 度，将图层 5 向右上方移动，使其边缘与下图层的基本对齐。按键盘上的〈**Enter**〉键确定变换。

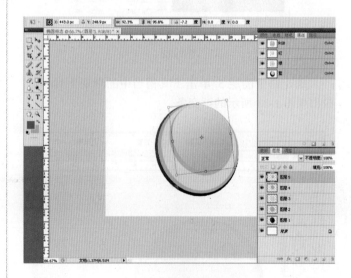

图1-25

08

　　执行"文件→打开"命令，打开随书光盘当中的素材"e5.png"文件，如图 1-26 所示。

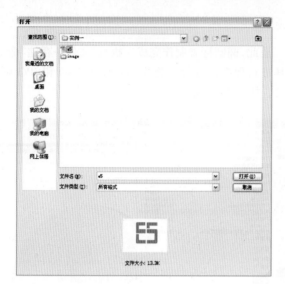

图1-26

选择工具箱当中的移动工具 ，将素材"e5.png"拖动到"椭圆标志"当中，如图 1-27 所示。

图1-27

拖入的素材较大，可按以下方法缩小素材。按〈Ctrl〉+〈T〉调出自由变换工具，按住键盘上的〈Shift〉键，将变换框的对角线向内进行拉动，调整到合适大小，如图 1-28 所示。调整后的效果如图 1-29 所示。

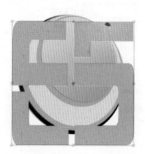

图1-28

图1-29

个或两个以上的选区。利用键盘的〈Shift〉键也可以创建出相加的选区。当画布中已有了选区，按下键盘中的〈Shift〉键同时拖动鼠标再创建一个选区，也可以创建出一个在原来选区基础上扩大的选区，或是两个或两个以上的选区。

原有选区

单击工具属性栏的"添加到选区"按钮，或是按下键盘的〈Shift〉键拖动鼠标。

在原选区上添加选区，图片上创建多个选区。

（3）从选区减去

在椭圆选框工具栏单击"从选区减去"按钮，光标"+"会变成"十_"，拖动光标，可以减去原来的选择区域，留下所需要选择区域。利用键盘的〈Alt〉键也可以在原有的选择区域减去选区。当画布中已有选区，按下键盘中的〈Alt〉键同时拖动鼠标，原有的选择区域将随着新拖出的椭圆选区被减去。

原有选区

单击工具属性栏的"从选区减去"按钮，或是按下键盘的〈Alt〉键拖动鼠标。

在原选区上减去的选区

（4）与选区交叉

在椭圆选框工具栏单击"与选区交叉"按钮，光标"+"会变成"十×"，拖动光标，可以创建一个与原来的选择区域相交的选区。利用键盘的〈Shift〉+〈Alt〉键也可以创建一个与原来的选择区域相交的选区。当画布中已有了选区，按下键盘中的〈Shift〉+〈Alt〉键同时拖动鼠标，将创建一个原有的选择区域与新拖出的椭圆选区相交的选区。

09

至此，椭圆标志制作完成。执行"文件→存储"命令，对其进行保存，在此可将文件存储为 PSD 和 JPG 两种格式，如图 1-30 所示。

图1-30

在弹出的对话框当中，将文件名命名为"椭圆标志"，选择默认的 PSD 格式，如图 1-31 所示。

图1-31

还可以通过格式栏当中的下拉菜单选择不同的存储格式，如图1-32所示。

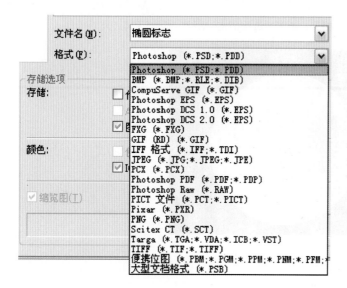

图1-32

原有选区

单击工具属性栏的"与选区交叉"按钮，或是按下键盘的〈Shift〉+〈Alt〉键拖动鼠标。

与原选区相交的选区

注：单击"新选区"按钮，在图片无任何选区情况下，按住〈Shift〉键可以画出正方/圆形选区；但如果是单击"添加到选区"按钮，"从选区减去"按钮或"与选区交叉"按钮时，〈Shift〉键只能扩展选区，不能做出正方/圆形选区。

1.2 按钮制作

知识点：椭圆工具、选区相加、相减、相交、渐变、选区羽化、画笔、钢笔工具。

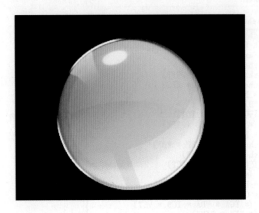

知 识 点 提 示

标尺和参考线

标尺工具可准确定位图像或元素。标尺工具可计算工作区内任意两点之间的距离。

参考线显示为浮动在图像上方的一些不会打印出来的线条，可以移动和移除。

参考线是通过从文档的标尺中拖出而生成的，鼠标放到标尺上，拉出一条参考线，按住〈Ctrl〉键，将鼠标移到参考线上，可随时移动它。如果选择移动工具，可以不用按住〈Ctrl〉键即可移动。清除某一条参考线，只需将参考线拖到工作区之外即可。在拖动参考线时，按下〈Alt〉键就能在垂直和水平参考线之间进行切换。按下〈Alt〉键，单击当前垂直的水平线就能够将其改变为一条水平的参考线。按下〈Shift〉键拖动参考线能够强制它们对齐标尺的增量标志。

01

单击"文件→新建"命令（快捷键〈Ctrl〉+〈N〉），打开新建对话框，设置文件"名称"为按钮制作，"宽度"为 300 像素，"高度"也为 300 像素，"颜色模式"为 RGB 颜色，"背景内容"为白色，单击"确定"按钮，创建一个新的图像文件，如图 1-33 所示。

图1-33

02

单击图层右下角新建图层命令 ，新建"图层 1"，打开"视图→标尺"命令（快捷键〈Ctrl〉+〈R〉），窗口顶部和左部显示标尺按快捷键〈V〉调出移动工具 ，分别从窗口的顶部和左部靠标尺处，拉出横竖两根参考线，根据标尺的数值，将参考线排在文档的中心位置，如图 1-34 所示。

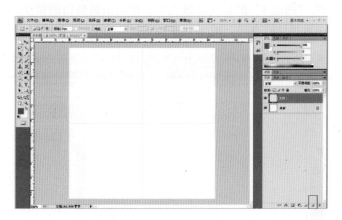

图1-34

03

鼠标左键单击选框工具 ▣ 不放，在下拉菜单中选择椭圆选框工具 ◯，如图 1-35 所示在选择区的属性栏数值里将"样式"设置为固定大小，"宽度"和"高度"都设置为 190 像素。

图1-35

在文档中心位置按〈Alt〉键同时单击鼠标左键，用椭圆选区工具作出正圆选区，如图 1-36 所示。

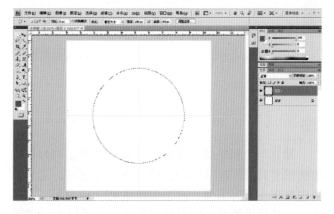

图1-36

注：参考线不能够对齐背景图层。

选框工具样式设定

在选框工具组的矩形选框工具和椭圆选框工具的属性栏里有三种选框样式："正常"、"固定比例"和"固定大小"。

（1）正常

最常用的样式，创建的选区无宽度和高度的限制，可根据选框工具的选择，在画布创建任意矩形或椭圆选区。

（2）固定比例

样式： 固定比例 宽度：1 ⇄ 高度：1

用来限制选区的比例关系，根据"宽度"值和"高度"值的比例，在画布上创建以此比例为准的选区。以椭圆选框工具为例，当"样式"设置为"固定比例"时，设置"宽度"为1，"高度"为1，可创建宽高比例为1:1的正圆选区，如下图所示。

当"样式"设置为"固定比例"时，设置"宽度"为1，"高度"为2，可创建宽高比例为1:2的椭圆选区，如下图所示。

（3）固定大小

固定大小 宽度：64 px ⇄ 高度：64 px

将矩形或椭圆选框工具属性栏的"样式"设置为"固定大小"，只需在画布单击鼠标，画布将出现按"固定大小"数值设置的选区。

04

选择工具箱当中的渐变工具 ■（快捷键〈G〉），在"图层1"的正圆选区当中，作出由黑到白的渐变，注意拖动的方向，如图1-37所示。

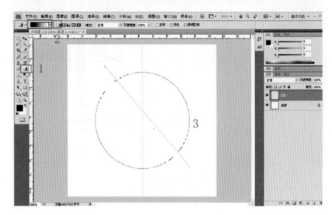

图1-37

结果如图1-38所示。按〈Ctrl〉+〈H〉隐藏参考线。

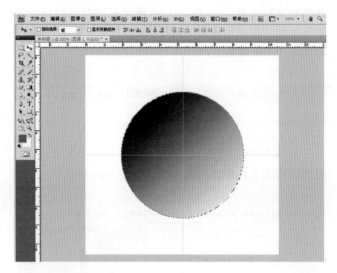

图1-38

05

建立一个新图层"图层2"，按下快捷键〈M〉，使用椭圆工具 ○ 选定"图层1"上的圆形区域。之后于空白处单击鼠标右键，点击下拉菜单中的"描边"选项，在其弹出的对话框中将"宽度"设置为2 px，"颜色"设置为黑色，选中"内部"选项，单击"确定"按钮，如图1-39所示。

图1-39

执行"滤镜→模糊→高斯模糊"，在对话框中设定半径值为3像素，如图1-40所示。

图1-40

06

按〈Ctrl〉+〈D〉取消选择，按下快捷键〈Ctrl〉+〈R〉，隐藏标尺，新建"图层3"，按住〈Ctrl〉键同时鼠标点击"图层1"的图层缩略图，载入"图层1"的选择区，如图1-41所示。

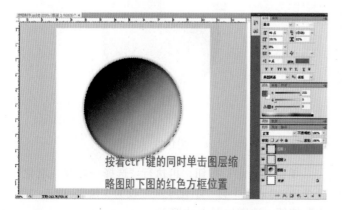

按着ctrl键的同时单击图层缩略图即下图的红色方框位置

图1-41

以椭圆选框工具为例，当"样式"设置为"固定大小"时，先设置"宽度"为64像素，"高度"为64像素，在画布创建选区，再设置"宽度"为64像素，"高度"为128像素，按住〈Shift〉键在画布单击鼠标，再创建一个选区，对比一下，效果如下图所示。

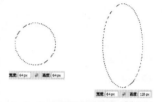

图层知识简介

图层：如同构成单位的细胞，是Photoshop处理图像时必不可少的基石。每一图层上的图像在进行独立处理时并不影响到其他图层上的图像和操作，而且每一图层的样式、与下一图层的混合模式及不透明度等特性还可独立地进行调整。

打个浅显的比方，层好比是一张透明的纸或带有图像的胶卷，一幅有许多图层的图像可以理解为一张互相重叠的胶片。层与层之间的关系是上下依次进行叠加。各图层是彼此独立的个体，可以任意地修改，而不必担心会破坏其他图层里的影像。Photoshop中对多数图像的制作与处理都必须依靠图层来完成。

知 识 点 提 示

图层面板

沿用上面的比方，图层面板就是用来控制这些透明胶片的工具，如下图所示，它不仅可以帮助创建、删除图层以及调换各个图层的叠放顺序，还可以将各个图层混合处理，产生出许多奇异的效果。

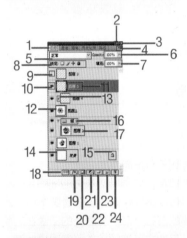

1. 图层标签
2. 折叠为图标
3. 关闭图层面板
4. 工作面板菜单
5. 混合模式
6. 不透明度
7. 填充百分比
8. 图层锁定选项
9. 关闭图层可见性
10. 打开图层可见性
11. 图层名称
12. 图层缩略图
13. 沿用图层剪切蒙版标志
14. 背景图层
15. 背景图层锁定
16. 图层组
17. 组内图层
18. 创建图层链接
19. 添加图层样式
20. 添加矢量蒙版

选择椭圆工具，在选择区属性栏的数值里把"宽度"设置为 220 像素，"高度"设置为 200 像素。

把鼠标移到文档左上角，按住〈**Alt**〉键，同时单击鼠标左键，产生如图 1-42 所示的选区。

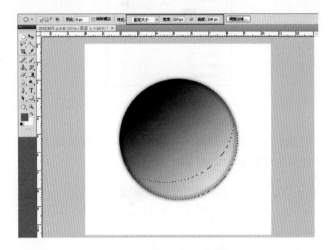

图1-42

07

在软件上方选项卡中执行"选择→修改→收缩"命令，如图 1-43 所示，在弹出的对话框中将"收缩量"设为 2 像素。

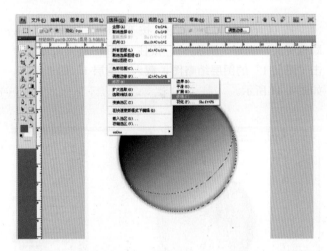

图1-43

单击"确定"按钮，再执行"选择→修改→羽化"命令，在对话框中将"羽化半径"设为 3 像素，单击"确定"按钮，选区如图 1-44 所示。

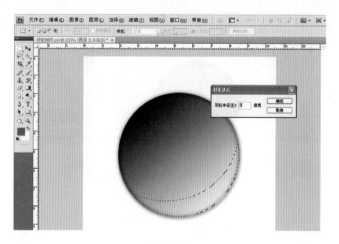

图1-44

确定在图层 3 上，单击软件上方选项卡中的"编辑"，执行"填充"，在对话框的"使用"中选择"白色"按"确定"，按〈Ctrl〉+〈D〉取消选择并把图层 3 的不透明度设置为 40%，效果如图 1-45 所示。

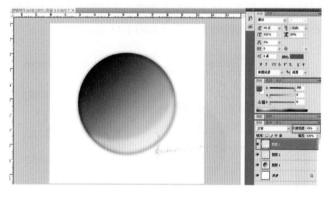

图1-45

08

建立 "图层 4"，然后按〈Ctrl〉+〈H〉把参考线拖出来。在工具栏中点选椭圆工具，同样，选择区的"样式"设置为"固定大小"，在属性栏里把"宽度""高度"都设置为 160 像素，按住〈Shift〉+〈Alt〉键从参考线上的中心点拖出一个正圆选区。往选择区里填充白色，按〈Ctrl〉+〈D〉取消选择后，把此图层的不透明度设置为 10%，然后用移动工具，用键盘上的上方向键向上轻移 2 像素，效果如图 1-46 所示。

21. 创建新的填充或调整图层
22. 创建组
23. 新建图层
24. 删除图层

普通层

Photoshop 当中最为常见的一种图层。可在普通层上绘制图像或是把图片置入自动生成带图片的普通层。当创建新的文件时，则有两种情况：当以白色或其他颜色的背景建立文件时，该文件是以背景图层的方式显示；若创建的新文件为透明内容时，就会以普通图层的形式来显示。创建普通层的方法有三种。

（1）执行工具栏内"图层→新建→图层"命令。
（2）单击图层面板下的新建图层按钮 ，创建新的图层。

注：按〈Alt〉键同时单击图层按钮 ，弹出的新建图层对话框可对图层名称及颜色、模式等选项进行修改，不按〈Alt〉键将按默认设置创建新的图层。

（3）单击图层面板当中的工作面板菜单，选择新建图层命令。
（4）快捷键〈Ctrl〉+〈Shift〉+〈N〉，创建新的图层。

背景图层

使用白色背景或彩色背景创建新文件时，图层面板中最下面的图像为背景。一幅图像只能有一个背景，背景图层被锁定在图层的最底层。我们无法改变背景图层的排列顺序，同时也不能修改它的不透明度或混合模式。简单归纳背景图层特点就是：位于底部、锁定、不能移动、不能有透明区域、不能添加蒙版和图层样式，决定图像画布的大小。

把背景层转变为普通图层

在图层面板中双击背景图层，打开新建图层对话框。

根据需要设置图层选项，单击"确定"按钮后再看看图层面板，背景图层已经转换成普通图层了。

图层选区载入

Photoshop 中，可以载入图层的选区，有以下四种操作：

1. 载入图层选区。
2. 添加图层选区。
3. 减去图层选区。
4. 选择相交的图层选区。

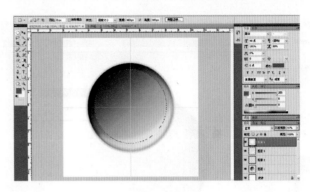

图1-46

09

继续在此图层上新建"图层 5"，按住〈Ctrl〉并且同时单击"图层 1"的图层缩略图，载入其选择区。接下来到工具栏里选择椭圆选区工具，记住要把选择区属性栏"样式"里的"固定大小"改为"正常"，这样可随着鼠标移动拖出椭圆选区。下面用鼠标拖拉文档边界的四个角，以腾出更多的空间出来进行下一部的编辑。然后按住〈Alt〉键单击鼠标左键，从文档左上角多出来的灰色的地方开始拖拉选择区，选区的大概位置如图 1-47 所示。

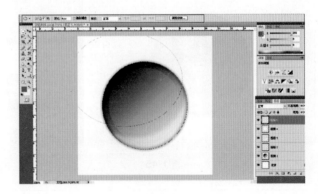

图1-47

拖拉出选区的范围将剪除掉"图层 1"中不需要的选择区部分，最后得出的选区如图 1-48 所示。

图1-48

10

执行"选择→修改→收缩"命令，在弹出的对话框中将"收缩值"设为 4，这样选择区会收缩 4 像素，如图 1-49 所示。

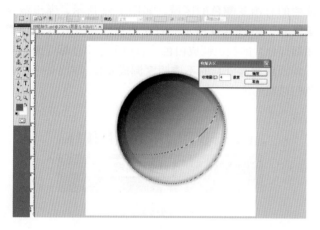

图1-49

在得到需要的选择区后，在工具箱中点选放大镜工具（快捷键〈**Z**〉）🔍，将图像稍做放大。然后将鼠标移到工具里的套索选区工具 🔗 上，按住鼠标左键不放，在弹出的三个套索选区工具中点选第二个多边形套索选区工具 🔗，如图 1-50 所示。

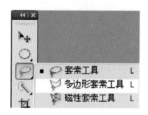

图1-50

11

按住〈**Alt**〉键，拖动鼠标，用多边形套索工具拉出如图 1-51 所示的斜矩形选区，剪除掉新选择区中的一部分，最后效果如图 1-52 所示。

图1-51

图1-52

1. 载入图层选区

按住〈**Ctrl**〉键，同时单击图层缩略图，该图层选区将被载入到画布中。

以下图为例，在背景层上有四个图层，画布中无任何选区。

按下键盘〈**Ctrl**〉键同时用鼠标左键单击图层面板中图层 4 的图层缩略图（红色框内），图层 4 的选区载入画布。

2. 添加图层选区

　　按住〈Ctrl〉+〈Shift〉键，同时单击图层缩略图，可在已有选区上再添加一个图层的选区。如下图，画布中增加图层 2 的选区。

　　也可再次配合〈Ctrl〉+〈Shift〉键，依次点击图层缩略图，载入多个图层选区。减去多个图层选区或多个图层选区的相交操作原理同添加图层选区，下面不再赘述。

12

　　执行"选择→修改→平滑"，在对话框中将"取样半径"值设为 3 像素。

　　在工具栏里选用渐变工具，鼠标左键单击左上角属性栏的有渐变颜色的区域，如图 1-53 所示，弹出渐变编辑器，如图 1-54 所示。将左边色标（图 1-54 左侧圆圈起部分）的颜色调成白色，右边不透明色标（图 1-54 右侧圆圈起部分）的不透明度调成 0%，调出一个由白色到透明的渐变。

图1-53

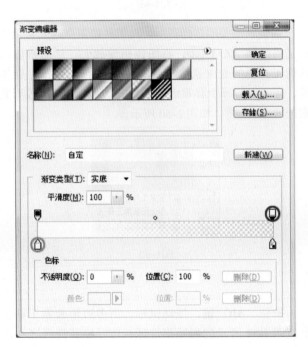

图1-54

13

　　在选择区中由下至上拉出渐变，拖动位置大概如图 1-55 所示。最终效果如图 1-56 所示。

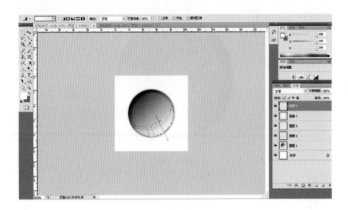

图1-55

图1-56

14

新建"图层6",点选钢笔工具 ✍ (快捷键 **P**),在按钮左上角绘制路径,如图1-57 所示。

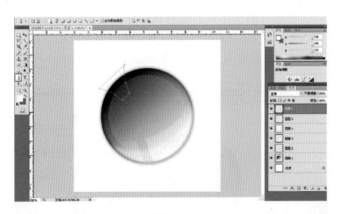

图1-57

然后按〈**Ctrl**〉+〈**Enter**〉将路径变成选区,按住〈**Ctrl**〉+〈**Alt**〉+〈**Shift**〉键同时鼠标左键单击"图层1"的图层缩略图,得到选区如图1-58 所示。

3. 减去图层选区

按住〈**Ctrl**〉+〈**Alt**〉键同时单击图层缩略图,可在选区内减去该图层的选区。如下图,图层2的选区被减去。

4. 选择相交的图层选区

按住〈**Ctrl**〉+〈**Shift**〉+〈**Alt**〉同时单击图层缩略图,将得到该图层选区和原有选区的相交选区。如下图,画布已载入图层3的选区。

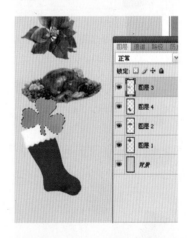

按住〈**Ctrl**〉+〈**Shift**〉+〈**Alt**〉同时单击图层4的图层缩略图。得到图层3与图层4的图层相交选区,如下图所示。

注：载入图层选区不影响当前图层的选择。

如下图所示，当前选择的是图层1。

载入图层3的选区后，当前选择的仍是图层1。

图1-58

15

执行"选择"→"修改"→"收缩"命令，在弹出的对话框中将"收缩值"设为2，将选择区收缩2像素，如图1-59所示。

图1-59

然后用渐变工具在选择区中由左上至右下做出白色到透明渐变。按〈Ctrl〉+〈H〉键取消选择后，把图层不透明度设置为65%，效果如图1-60所示。

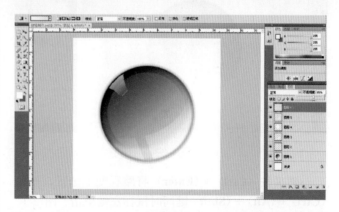

图1-60

16

　　新建"图层 7"，用椭圆选择工具，在按钮的左上角拖出一个椭圆选择区，用白色填充，取消选择。设置图层的不透明度为 50%，然后按〈**Ctrl**〉+〈**T**〉调出自由变换，如图 1-61 所示将其属性栏里的角度值设置为 –16 度。取消选择，效果如图 1-62 所示。

图1-61

图1-62

17

　　拖动"图层 7"到 上，"图层 7"将被复制，在它上面会出现一个新图层"图层 7 副本"，将"图层 7 副本"的不透明度设置为 60%，然后执行"滤镜→模糊→高斯模糊"，将对话框中"半径"值设置为 3 像素。将"图层 7 副本"拖动到"图层 7"下面，效果如图 1-63 所示。

修改选区命令

　　执行"选择→修改"命令，可对选区进行边界、平滑、扩展、收缩和羽化命令。

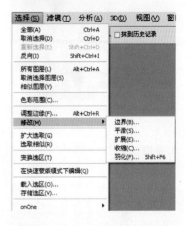

1. 边界

　　可选择现有选区边界的内部和外部的像素的宽度。当要选择图像区域周围的边界或像素带，而不是该区域本身时（例如清除粘贴的对象周围的光晕效果），此命令将很有用。

原有选区

边界选区 6 像素

2. 平滑

减少选区边界中的不规则区域，以创建更加平滑的轮廓。输入一个值或将滑块在 0 ~ 100 之间移动。

现在，以颜色填充来直观地表现选区边缘平滑前与平滑后的区别。

平滑前填充单色效果，如下图所示。

平滑选区 10 个像素后填充单色效果，如下图所示。

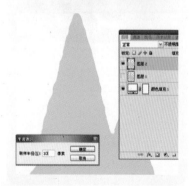

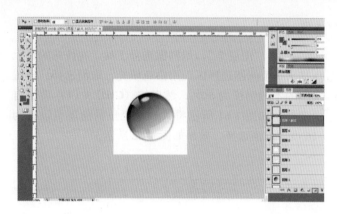

图1-63

18

新建"图层 8"，按住〈Ctrl〉键同时单击"图层 1"的图层缩略图，载入"图层 1"的选择区，执行"选择→修改→收缩"命令，收缩 3 像素。拖动文档的边角往外拉，确保文档窗口有足够大的灰色空间，用椭圆工具，按住〈Alt〉键从正圆选择区中减去下半部分的选区，位置大概如图 1-64 所示。

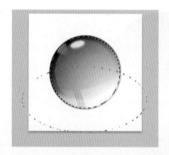

图1-64　　　　　　　　　　图1-65

最后得到如图 1-65 所示的选区。这部分将做为按钮上半部分的高光。

19

在工具栏中选择渐变工具从上往下拉出白色到透明的渐变，位置大概如图 1-66 所示。

取消选择后把图层不透明度设置为 70%，并单击移动工具，用键盘上的下方向键向下轻移 3 像素，效果如图 1-67 所示。

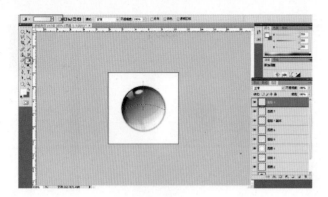

图1-66

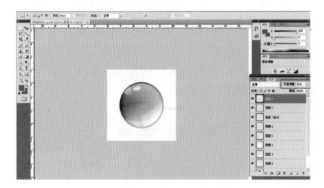

图1-67

20

复制"图层1",将"图层1副本"拖到图层最上面,如图1-68所示。

载入"图层1副本"的选择区,执行"选择→修改→收缩"命令,收缩2像素,按住键盘上的〈**Delete**〉键,删除掉选区内渐变颜色。同时,载入"图层1副本"的选择区,此时选区为一个2像素大小的圆环,如图1-69所示。

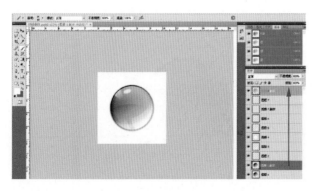

图1-68

3. 扩展/收缩

在弹出的对话框的"扩展量/收缩量"中输入一个 **1~100** 之间的像素值,然后单击"确定"。边框按指定数量的像素缩小/扩大。

如果"扩展量/收缩量"数值设置过大,选区将会有所变化。

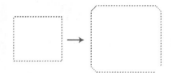

矩形选区扩展50像素后

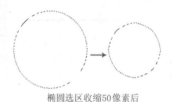

椭圆选区收缩50像素后

4. 羽化

通过建立选区和选区周围像素之间的转换边界来模糊边缘。该模糊边缘将丢失选区边缘的一些细节。羽化值越大,边缘就越模糊,这种效果可以很自然的融入其他图层里,使选择边缘有一个由浅入深的过渡效果。

执行"选择"→"修改"→"羽化"命令可向现有的选区中添加羽化,如果正在使用的是矩形选框工具、椭圆选框工具或套索工具,单击鼠标右键,从下拉菜单中选择"羽化"选项,在弹出的对话框中通过设置羽化值的大小,也可以定义选区的羽化。

单击鼠标右键弹出菜单如下图所示。

如果正在使用的是矩形选框工具、椭圆选框工具或套索工具，在其工具属性栏的"羽化"值 羽化: 0 px 可以定义相应工具的羽化。通过往选区里填充颜色，可以看到选区羽化和没有羽化的区别。

羽化值设为 0 像素拉出选区后填充颜色，如下图所示。

羽化值设为 6 像素拉出选区后填充颜色，如下图所示。

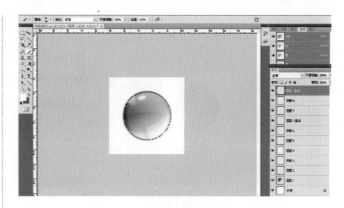

图1-69

把前景色设为白色，选用画笔工具 ，在其属性栏里，单击"画笔"旁的 ，选柔角 45 像素的笔刷，如图 1-70 所示。分别在按钮的左上、左下、右下三个部分点击，如图 1-71 所示。

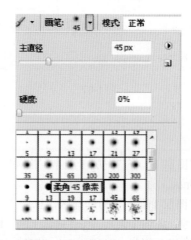

图1-70

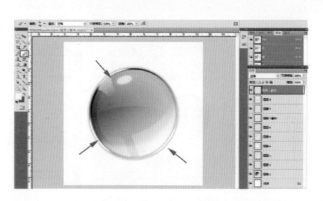

图1-71

21

新建"图层 9",并将其放在"图层 1"下面。载入"图层 1"选择区,执行"编辑"→"描边",将对话框中"宽度"的数值设为 1,"颜色"调成黑色,"位置"下面选中"居外"选项,设置如图 1-72 所示。

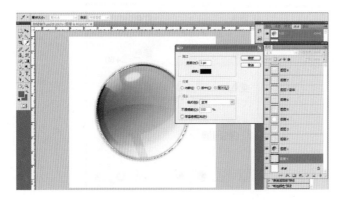

图1-72

然后单击"确定"按钮,取消选择,将 "图层 9"的图层不透明度设为 70%,效果如图 1-73 所示。

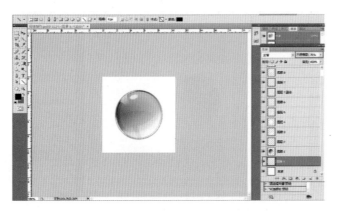

图1-73

22

单击"图层 1",再单击图层面板下的 ⬭ ,创建新填充或调整图层按钮,在"图层 1"上面添加一个色彩平衡调整图层,将右侧弹出的对话框中的数值依次设置为 –50,+60,–5,设置如图 1-74 所示。

工具箱工具介绍
绘画工具库——画笔工具组——
画笔工具
绘画工具库

1. 画笔工具组
2. 历史记录工具组
3. 填充颜色工具组

画笔工具组

🖌 画笔工具:此工具主要用于绘制图像,但实际上,它远远超过了普通画笔的功能界限。

画笔工具操作流程

(1) 选取一种前景色 ■ (工具栏中前景色背景色按钮)。
(2) 选择画笔工具 🖌。
(3) 从"画笔预设"选取器中选取画笔。
(4) 在工具属性栏中,设置画笔预设,可选择画笔笔尖形状,调节大小、硬度。

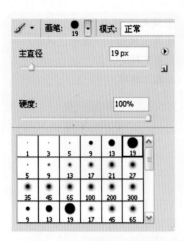

画笔工具属性栏还可设置画笔的模式、不透明度、流量和喷枪 效果。

（5）设置完成后，执行下列操作：
① 在图像中拖动来进行绘画，下图为选择不同画笔预设下画笔笔尖的效果。

② 用画笔工具绘制直线，按住〈**Shift**〉键，同时拖动鼠标，将绘制出一条与起点同在 X 轴或 Y 轴的直线，如下图所示。

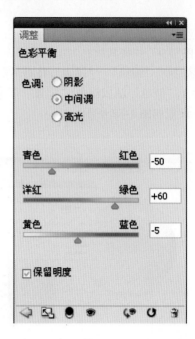

图1-74

直接关掉对话框，效果如图 1-75 所示，当然，也可以试着把数值随意调整，达到自己喜欢的效果。

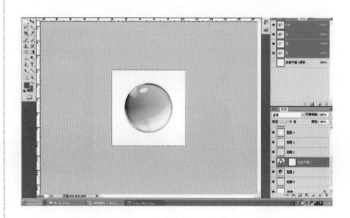

图1-75

单击调整图层当中的 图标，可以再使用色彩平衡选项调整出我们喜爱的颜色，如图 1-76、图 1-77 所示。

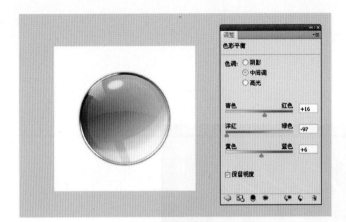

图1-76

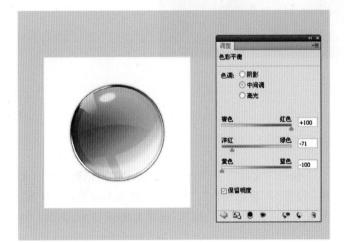

图1-77

先单击画布任意一点，再按住〈**Shift**〉键，同时在画布别处单击鼠标左键，将会绘制出一个起点到终点的直线，如下图所示。

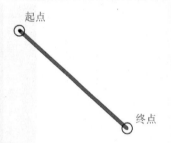

③ 将画笔工具用作喷枪时，按住鼠标左键（不拖动）可增大颜色量，如下图所示。

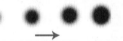

随画笔工具单击画布次数增多，颜色量逐渐增加

1.3 标志制作

知识点：钢笔工具、路径面板、图层样式、不透明度、渐变。

知 识 点 提 示

工具箱工具介绍

**绘画工具库→画笔工具组→铅笔
工具**

✏️ **铅笔工具：** 是一种常用的绘
图工具，它模拟真实的铅笔进行
绘画，产生一种硬性的边缘线效
果，笔触比较生硬，如下图所示。

01

执行"文件"→"新建"，在弹出的对话框中将"名
称"设置为"标志制作"，"宽度"设置为 800 像素，"高度"
设置为 600 像素，"颜色模式"设置为 RGB 颜色，如图 1-78
所示。

图1-78

单击"确定"按钮，这样就创建了一个"标志制作"
的图像文件。设置前景色为黑色，按〈**Alt**〉+〈**Delete**〉
组合键填充前景色为黑色，如图 1-79 所示。

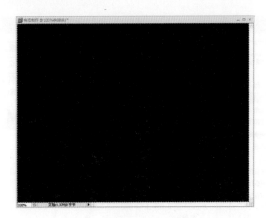

图1-79

原图

颜色替换工具可改变图片颜色，如下图所示。

02

　　用钢笔工具，在画布中间偏左的位置绘制鱼头部造型的路径，要是钢笔工具描完后造型不够好看，再用鼠标长按钢笔工具，在展开的列表里选择下方的转换点工具。选中路径，调节路径的锚点，使其尽可能圆滑，效果如图1-80所示。接着绘制鱼身的造型，方法和绘制头部造型一样，最后效果如图1-81所示。

图1-80

图1-81

　　新建"图层1"，按住〈**Ctrl**〉+〈**Enter**〉键，将路径转换为选区，先往里面任意填充一个颜色，然后单击图层面板下的图层样式按钮 *fx.*，从下拉菜单中点击"混合选项"，在弹出的菜单中勾选"外发光"、"内发光"、"斜面和浮雕"、"颜色叠加"、"渐变叠加"、在"外发光"的面板上的结构一栏下有一处颜色选择区，点击它将颜色设置为（R215，G215，B212），其面板中的其他参数设置如图1-82所示。

样式面板

样式就是效果的集合。执行"窗口→样式"命令，Photoshop界面中将出现"样式"面板，如下图所示。

添加图层样式

单击图层面板底部的"添加图层样式"按钮，单击"混合选项"，在弹出的对话框中，也可直接单击面板左上角的"样式"。对话框中出现"样式"的可选项，如下图所示。

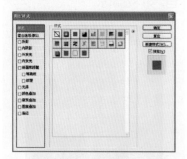

图层样式里面有很多样式可供选择，也可将样式从"样式"面板拖动到"图层"面板中的图层上。在"样式"面板中单击一种样式以将其应用于当前选定的图层。

混合选项

如果要自己设置样式，则可以单击图层面板底部的"添加图层样式"按钮，选择下拉菜单中的"混合选项"，也可以双击图层的缩略图，或者右击图层缩略图，从下拉菜单选择"混合选项"选

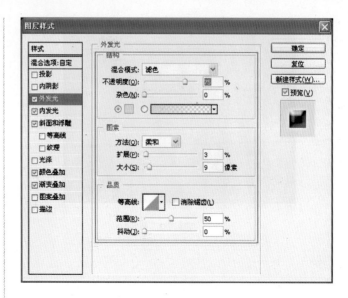

图1-82

"内发光"的颜色渐变设置为（R14，G32，B83）到白色的渐变，其面板中的其他参数设置如图1-83所示。

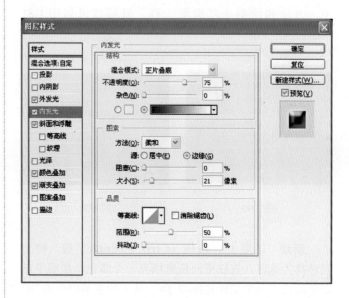

图1-83

"斜面和浮雕"面板中的参数设置如图1-84所示，"颜色叠加"的混合模式设置为"正常叠加"，颜色设置为（R105，G108，B110），其他参数不变。

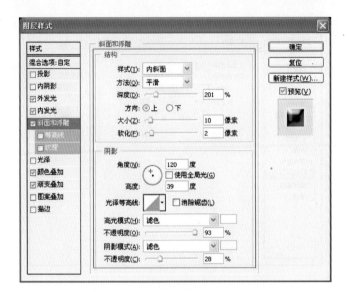

图1-84

项，在弹出的"图层样式"对话框的左边，有很多复选项，勾选复选框可应用当前设置，而不显示效果的选项。单击效果名称可显示效果选项。

"渐变叠加"的渐变颜色设置为从（R231，G233，B234）到（R88，G85，B85）到（R170，G168，B168）到白色的渐变，色标位置如图 1-85 所示。

图1-85

其面板中的其他参数设置如图 1-86 所示。

设置完这些数值后，点击面板右边的"新建样式"，在弹出的对话框中可以另存一个名字，这里将它存储为默认名称"样式 1"，单击"确定"就将刚做好的样式保存在样式面板里了，如图 1-87 所示。

再单击混合选项的"确定"按钮，最后效果如图 1-88 所示。

工具箱介绍
绘画工具库→历史记录工具组、
填充工具组

历史记录工具组

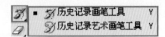

历史记录画笔工具：历史记录
画笔工具可以恢复图像至任一操
作，而且还可以结合选项栏上的
笔刷形状、不透明度和色彩混合
模式等选项制作出特殊的效果。
以下图为例，打开一张图片，选
择"历史记录画笔工具"，在其"历
史记录"面板（执行"窗口→历
史记录"命令可打开历史记录面
板）的"打开"步骤的左方框处
单击鼠标左键。

选择画笔工具在画布随意涂
抹，如下图所示。

选择历史记录画笔，拖动鼠
标经过画布处，图像恢复到"打
开"步骤，如下图所示。

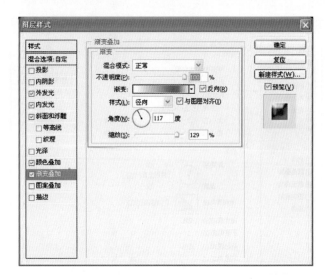

图1-86

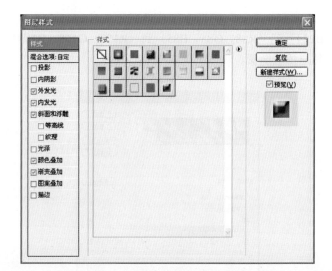

图1-87

图1-88

03

新建"图层2",保持刚才的选择区,用渐变工具,将颜色设置为从(R224,G190,B247)到(R113,G76,B196)到(R157,G112,B214)到(R202,G166,B236)的渐变,色标位置如图1-89所示,单击"确定"按钮完成渐变颜色设置。

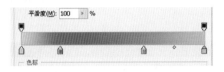

图1-89

04

从图形的右边偏上方向往左边偏下方向拖动鼠标,位置如图1-90所示,将"图层2"的图层混合模式设置为"颜色",隐藏选择区,最后效果如图1-91所示。

图1-90   图1-91

05

新建"图层3",用椭圆选择工具,在鱼头造型的中间偏下位置,配合〈Shift〉键,拖动鼠标,拉出一个正圆形的选择区,往里面随便填充一个单色,这里填充白色,如图1-92所示。

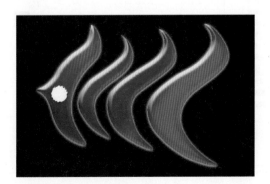

图1-92

历史记录艺术画笔工具:历史记录艺术画笔工具也具有恢复图像的功能,所不同的是,它以将局部图像按照制定的历史记录转换成各种绘画效果。历史记录艺术画笔工具使用指定历史记录状态或快照中的源数据,以风格化描边进行绘画。通过尝试使用不同的绘画样式、大小和容差选项,可以用不同的色彩和艺术风格模拟绘画的纹理,如下图所示。

填充工具组

渐变工具：渐变工具可以创建多种颜色间的逐渐混合。从预设渐变填充中选取或创建自己的渐变。

渐变颜色编辑器

1. 颜色预设
2. 不透明度色标
3. 颜色色标
4. 存储当前使用渐变颜色

使用时，首先在工具属性栏选择好渐变方式和渐变色彩。

（1）线性渐变
（2）径向渐变
（3）角度渐变
（4）对称渐变
（5）菱形渐变

用鼠标在图像上单击起点，拖拉后再单击终点可得到一个渐变，可以用拖拉线段的长度和方向来控制渐变的效果，渐变工具不能用于位图或索引颜色图像。

单击图层面板下的图层样式按钮 **fx.**，从下拉菜单中点击"混合选项"，单击"图层样式"面板上的"样式"，在打开的样式面板中单击刚刚保存下来的"样式1"样式，将混合选项下的"外发光"效果去除，保留"内发光"、"斜面和浮雕"、"颜色叠加"和"渐变叠加"，"内发光"和"渐变叠加"的设置都不变，将"斜面和浮雕"的"样式"由"内斜面"改为"外斜面"，如图1-93所示。

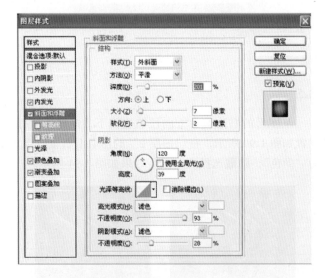

图1-93

"颜色叠加"的颜色设置改为（R236，G129，B42），如图1-94所示，单击"确定"按钮，隐藏选择区。

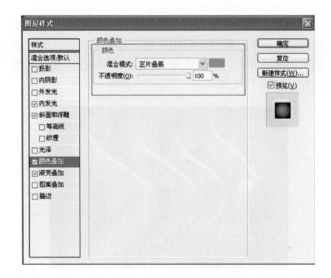

图1-94

效果如图 1-95 所示。

图1-95

06

拖动"图层 3"到新建图层按钮上,复制"图层 3",得到"图层 3 副本",双击"图层 3 副本"重命名为"图层 4"。然后再双击"图层 4"效果下的"斜面和浮雕",如图 1-96 所示。

图1-96

弹出"图层样式"的面板,"斜面和浮雕"的参数设置面板中将"样式"中的"外斜面"改为"内斜面",单击"确定"按钮。

然后按住〈Ctrl〉+〈T〉键,调出自用变换工具,按住〈Shift〉键,拖动鼠标,将"图层 4"的圆形图案按原始比例缩小一点,按快捷键〈V〉转换到移动工具,用键盘上的上下左右键将"图层 4"的图案放到"图层 3"图案的中间,如图 1-97 所示。

油漆桶工具:主要用来在图像和选择区域内填充颜色和图案,单击鼠标就可以完成工作,如下图所示。

修饰工具库

1. 污点修复画笔组
2. 仿制图章工具组
3. 橡皮工具组
4. 模糊工具组
5. 亮化工具组

污点修复画笔组

仿制图章工具组

橡皮工具组

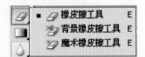

（1）橡皮工具：可将像素更改为背景色或透明。如果在背景或已锁定不透明度的图层中工作，像素将更改为背景色，否则像素将被抹成透明的，如下图所示。

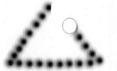

图1-97

07

在"图层3"上新建"图层5"，单击"图层4"，按住快捷键〈Ctrl〉+〈E〉，向下合并一个图层，这样"图层4"和"图层5"合并成"图层5"，将其重命名为"图层4"。再单击图层面板下的图层样式按钮，从下拉菜单中点击"内发光"，在弹出的"图层样式"面板中，在"内发光"的参数设置中将"不透明度"改为40%，如图1-98所示。

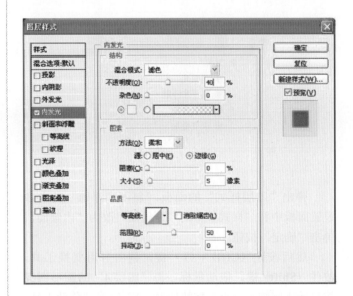

图1-98

单击"确定"按钮，效果如图1-99所示。

图1-99

08

新建"图层5"，载入"图层1"的选择区，执行"选择→修改→收缩"，将选择区收缩6个像素，快捷键〈M〉，单击鼠标右键，从下拉菜单中点击"选择反选"，然后按住〈Shift〉+〈Ctrl〉+〈Alt〉键，同时单击"图层1"的图层缩略图，将会得到反选后的选择区与"图层1"选择区的相交选区，如图1-100所示。

图1-100

单击鼠标右键，从下拉菜单中点击"填充"，在"使用"选项里选择白色，单击"确定"按钮后，单击图层样式按钮，将图层混合模式设置为变亮，图层的不透明度设置为5%，〈Ctrl〉+〈D〉取消选择，效果如图1-101所示。

（2）背景色橡皮擦工具：使用效果与普通的橡皮擦相同，都是抹除像素，可直接在背景层上使用，使用后背景层将自动转换为普通图层。其选项与颜色替换工具有些类似，使用该工具擦除图像，擦除内容的区域将变成透明区域，如下图所示。

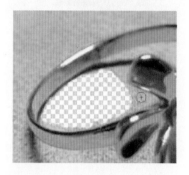

（3）魔术橡皮擦工具：用魔术橡皮擦工具在图层中单击时，该工具会将所有相似的像素更改为透明。如果在已锁定不透明度的图层中工作，这些像素将更改为背景色。如果在背景中单击，则将背景转换为图层并将所有相似的像素更改为透明。

工具属性栏的 □对所有图层取样 可以选择在当前图层上，只抹除邻近的像素，或是要抹除所有相似的像素，如下面两图所示。

原图

使用魔术橡皮擦工具擦除

图1-101

09

单击图层面板下面的创建新组图标 ▭，图层面板
上将增加一个"组1"，单击"图层5"，然后按住〈Shift〉
键同时单击"图层1"，"图层5"和"图层1"以及它们
中间的图层都将被选中，鼠标左键拖动他们至"组1"
的位置，放开鼠标，这些图层被移动到"组1"里。用
缩放工具，单击鼠标右键，单击下拉菜单中的"缩小"，
将窗口的显示比例缩小到50%，可以看到整个图形有点
偏右，如图1-102所示。

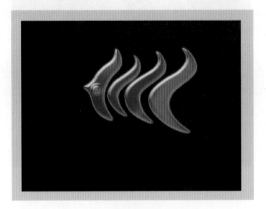

图1-102

单击"组1"，快捷键〈V〉转换到移动工具，用键
盘的向左键，移动图形，让它排在中间位置，如图1-103
所示。

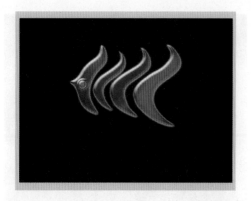

图1-103

10

　　单击背景层左边的眼睛图标 👁（指示图层可见性），关闭掉背景层的可见性，保持"组1"选择，按住〈Shift〉+〈Ctrl〉+〈Alt〉+〈E〉键，盖印可见图层，这样所有显示可见性的图层，都将复制并且合并到新的图层"图层6"里，如图1-104所示。单击"组1"左边的图层可见性按钮，再打开背景层的可见性。这样面板里可见的图层就剩下"图层6"和背景层。

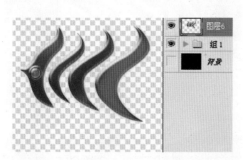

图1-104

11

　　复制"图层6"，得到新图层"图层6副本"，将其重命名为"图层7"。取消"图层6"的图层可见性，〈Ctrl〉+〈T〉调出自由变换工具，单击鼠标右键，单击下拉菜单中的"垂直翻转"，鼠标移至图1-105所示的圆圈处，往下拖拉，将高度缩至原图的1/2处。

模糊工具组

　　（1）💧 模糊工具：通过笔刷可以对图像或图案进行模糊操作，它的工作原理是降低像素之间的反差。模糊工具可柔化硬边缘或减少图像中的细节。使用此工具在某个区域上方绘制的次数越多，该区域就越模糊，如下图所示。

　　（2）△ 锐化工具：与模糊工具相反，它是一种可以对图像或图案进行色彩锐化的工具，也就是增加像素间的反差。锐化工具用于增加边缘的对比度以增强外观上的锐化程度。用此工具在某个区域上方绘制的次数越多，增强的锐化效果就越明显，如下图所示。

　　（3）👆 涂抹工具：涂抹工具能制造出用手指在未干的颜料上涂抹的效果，也就是说笔触周围的

像素随笔触一起移动。涂抹工具模拟将手指拖过湿油漆时所看到的效果。该工具可拾取描边开始位置的颜色，并沿拖动的方向展开这种颜色，如下图所示。

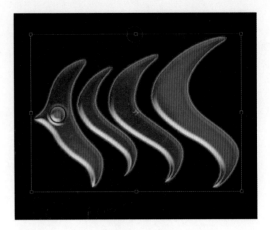

图1-105

打开"图层6"的图层可见性，选择移动工具，按住〈Shift〉键同时按住鼠标向下拖拉，这样"图层7"的图形将被向下直线移动，最后效果如图1-106所示。

图1-106

12

单击图层面板下面的添加图层蒙版 命令，给"图层7"添加一个蒙版通道，用渐变工具，渐变颜色用黑白渐变，在刚创建的蒙版通道层里，由下到上拉出一个黑白渐变。位置如图1-107所示。

图1-107

将"图层7"的图层不透明度设置为75%，效果如图1-108所示。

图1-108

13

在背景层上新建"图层8"，用渐变工具，单击其属性栏里的渐变颜色 ▨▨，在弹出的渐变编辑器里，单击左边的色标，将颜色设置为（R56，G14，B123），右边色标的颜色设置为黑色，单击不透明色标，将右边色标不透明度设置为0%，如图1-109所示。

单击"确定"按钮，用径向渐变，在文档中间位置向左边拖动鼠标，位置如图1-110所示。

亮化工具组

（1）🔍 减淡工具：对图像颜色进行减淡处理。可以对图像的阴影、中间色和高光部分进行增亮和加光处理，如下面两图所示。

原图

减淡工具处理后

（2）🖑 加深工具：对图像的颜色加深。可以改变图像特定区域的曝光度，使图像变暗，如下图所示。

加深工具处理后

减淡工具和加深工具基于用于调节照片特定区域的曝光度的传统摄影技术，可用于使图像区域变亮或变暗。摄影师可遮挡光线以使照片中的某个区域变亮（减淡），或增加曝光度以使照片中的某些区域变暗（加深）。用减淡或加深工具在某个区域上方绘制的次数越多，该区域就会变得越亮或越暗。

（3） 海绵工具：是用来改变图像的色彩饱和度的工具。海绵工具可精确地更改区域的色彩饱和度。当图像处于灰度模式时，该工具通过使灰阶远离或靠近中间灰色来增加或降低对比度。海绵工具降低饱和度处理后，如下图所示。

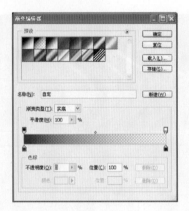

图1-109

图1-110

14

用缩放工具，单击鼠标右键，单击下拉菜单中的"实际像素"，文件将以实际像素显示，如图 1-111 所示，"标志制作"完成。

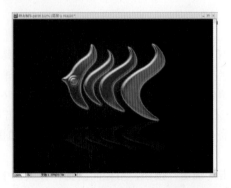

图1-111

1.4 网页图标制作

知识点：透视关系、钢笔工具、图层样式、杂色、动感模糊、色相饱和度、自由变换工具、选区修改。

01

执行"文件"→"新建"命令，在弹出的对话框中将"名称"设置为图标制作，"宽度"和"高度"都设置为 512 像素，"颜色模式"设置为 RGB 模式，"背景内容"设置为透明，如图 1-112，单击"确定"按钮，这样就创建了一个"图标制作"的图像文件。设置前景色为白色，〈Ctrl〉+〈A〉全选整个画布，执行"编辑→填充"，在"图层 1"上填充白色，如图 1-113 所示。

操 作 提 示

执行"文件"→"新建"后，如果将"背景色"设置为"透明"，那么在打开的文档中，画布是空的，图层面板上也没有背景层。

图1-112   图1-113

02

按〈Ctrl〉+〈D〉键取消选择，将"前景色"设置

透视原理

透视分一点透视（又称平行透视），两点透视（又称成角透视）及三点透视三类。

（1）一点透视就是立方体放在一个水平面上，前方的面（正面）的四边分别与画纸四边平行时，上部朝纵深的直线与眼睛的高度一致，消失成为一点，而正面则为正方形。

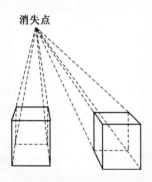

立方体平行透视图（一点透视）

（2）两点透视就是把立方体画到画面上，立方体的四个面相对于画面倾斜成一定角度时，往纵深平行的直线产生了两个消失点。在这种情况下，与上下两个水平面相垂直的平行线也产生了长度的缩小，但是不带有消失点。

为黑色，新建"图层2"，由于接下来要创建带透视效果的书本图形，所以这里要先在文档中确定一个大概的透视，不求精确，但是要符合近大远小的原理。首先，选择选框工具里的"单列选框工具"，按住〈Shift〉键分别点击图1-114的三处位置，右击鼠标选择"填充"，在弹出的对话框中确定"内容"下"使用"里的设置是"前景色"，单击"确定"按钮，书本的长宽位置就确定下来了，效果如图1-115。

图1-114　　　　　　图1-115

03

按快捷键〈B〉调到画笔工具，在其属性栏里点按"画笔"后面的 · 按钮，在下拉的"画笔预设"选取器里，将主直径处的画笔笔尖值设置为2像素，笔尖硬度为100%，如图1-116所示。参考图1-117所示，单击左上角黄色点的位置，按住〈Shift〉键再单击其附近另一黄色点的位置，那么这两个位置之间将连起一条直线，分别将剩下的点的位置用上述方法连起直线，那么一个简单的透视长方体就完成了。

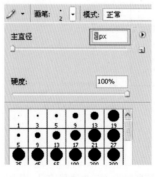
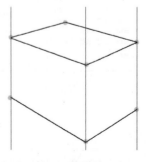

图1-116　　　　　　图1-117

04

将"图层 2"的不透明度设置为"35%",在"图层 1"上新建"图层 3",按快捷键〈P〉,选择钢笔工具,沿着刚绘制出长方体的上面的斜四边形,绘制一个新的选择区,按住〈Ctrl〉+〈Enter〉键将路径转换为选择区,如图 1-118 所示。

按快捷键〈G〉转换到渐变工具,打开渐变编辑器,将颜色设置为(R100,G0,B0)到(R165,G61,B61)的渐变,单击"确定"按钮后,从画布右边往左上角拉出一个深红到浅红的渐变,位置如图 1-119 所示。

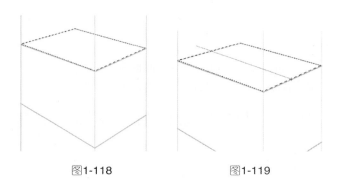

图1-118　　　　　　　图1-119

关闭"图层 2"的图层可见性,按〈Ctrl〉+〈H〉隐藏选择区,效果如图 1-120 所示。

图1-120

05

单击图层面板下的图层样式按钮,从下拉菜单中点击"混合选项",在弹出的"图层样式"面板中,选中"内发光"和"描边",单击"内发光"进入其参数设置面板,将颜色设置为(R192,G93,B93),适当的调整"阻塞"和"大小",设置如图 1-121 所示。

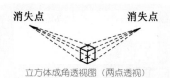

立方体成角透视图(两点透视)

(3)三点透视就是立方体相对于画面,其面及棱线都不平行时,面的边线可以延伸为三个消失点,用俯视或仰视等角度去看立方体就会形成三点透视。

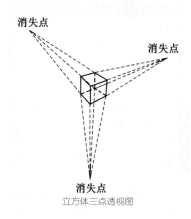

立方体三点透视图

绘图工具和文字工具库

1. 路径工具组
2. 文字工具组
3. 路径选择工具组
4. 形状工具组

路径工具组

利用钢笔工具可以绘制不规则曲线,进而轻松选取照片中需要调整的部分。这个工具广泛应用于绘制标志、勾勒轮廓、绘制图案等,在学习 Photoshop 的过程中是必备技能。

选择钢笔工具,在图形上创建路径,在图像上单击开始创建路径,然后单击添加锚点以调整路径的形状。

路径提供平滑的轮廓,可以将它们转换为精确的选区边框。也可以使用直接选择工具 ↘ 进行微调,将选区边框转换为路径。

任何闭合路径都可以定义为选区边框。可以从当前的选区中添加或减去闭合路径,也可以将闭合路径与当前的选区结合。

钢笔工具:钢笔工具的主要作用是创建路径和形状。

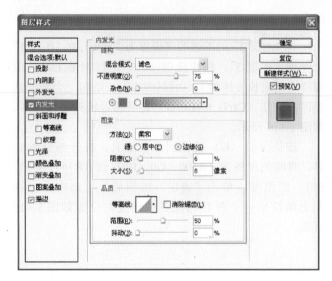

图1-121

单击"描边"进入其参数设置面板,将颜色设置为(R113,G31,B32),"大小"设置为 2 像素,如图 1-122 所示。

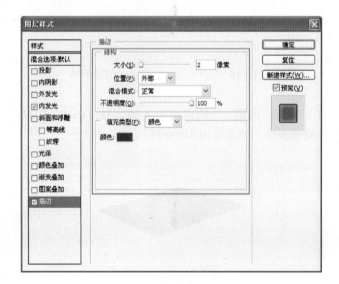

图1-122

单击"确定"按钮,效果如图 1-123 所示。

图1-123

06

用移动工具，按住〈Alt〉键，将画布中刚填充好的斜矩形往下拖动，这样在原来的位置的正下方，"图层 3"的斜矩形被复制移动出一个，在图层面板中也会出现新图层"图层 3 副本"，将其重命名为"图层 4"，将"图层 4"拖动到"图层 3"下面，效果如图 1-124 所示。

图1-124

按住〈Ctrl〉+〈T〉键，调出自由变换工具，同时往下拖动图 1-125 中被圈起的节点，调整好书页的透视，如果效果不佳，可按住〈Ctrl〉键，稍微往上拖动下面的左右两个节点。

图1-125

按下〈Enter〉键确定后，效果如图 1-126 所示。

图1-126

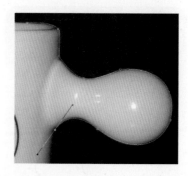

钢笔工具的使用方法

（1）绘制直线段的方法

　　① 选择钢笔工具。

　　② 将钢笔工具定位到所需的直线段起点并单击，定义第一个锚点（不要拖动），再依次定位锚点位置单击鼠标，绘制直线路径。

（2）绘制曲线的方法

　　① 选择钢笔工具。

　　② 将钢笔工具定位到曲线的起点，并按住鼠标按钮。此时会出现第一个锚点，同时钢笔工具指针变为一个箭头。在 Photoshop 中，只有在开始拖动后，指针才会发生改变。

　　③ 拖动设置要创建的曲线段的斜度，然后松开鼠标按钮。

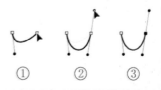

①　　　　②　　　　③

（3）绘制根部有曲线的直线的方法

结合绘制直线（单击鼠标后不拖拉鼠标）和绘制曲线（单击鼠标后拖拉鼠标）和方法，可绘制根部有曲线的直线。

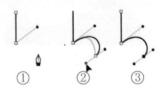

同理可绘制根部有直线的曲线。

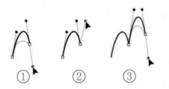

自由钢笔工具：用此工具绘制路径，不必考虑节点问题，建立好路径以后，电脑会自动安排节点。自由钢笔工具可用于随意绘图，就像用铅笔在纸上绘图一样。

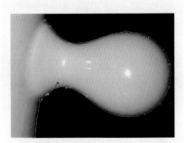

添加锚点工具：可以在已经绘制好的路径上增加节点。

07

在"图层 4"上新建"图层 5"，按〈Ctrl〉+〈A〉全选整个画布，快捷键〈M〉调到选框工具，右键鼠标选择"填充"，在对框中将"内容"下的"使用"设置为"50% 灰色"，单击"确定"后效果如图 1-127 所示。

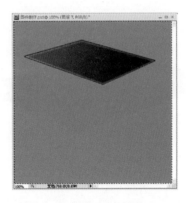

图1-127

执行"滤镜"→"杂色"→"添加杂色"，将对话框中的"数量"设置为 15%，选中"单色"，如图 1-128 所示。

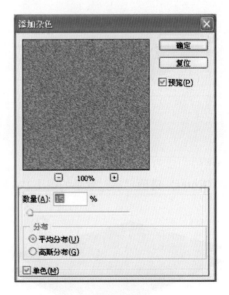

图1-128

单击"确定"按钮，效果如图 1-129 所示。

图1-129

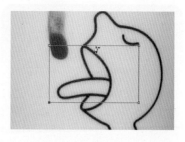

删除锚点工具：可以在已经绘制好的路径上删除节点。

08.

执行"滤镜"→"模糊"→"动感模糊"，将对话框中的将"角度"设置为 0 度，"距离"设置为 999 像素，如图 1-130 所示。

图1-130

单击"确定"按钮，执行"图像"→"调整"→"曲线"命令，在对话框中将"输出"设置为 197，"输入"设置为 120，如图 1-131 所示。

效果如图 1-132 所示。

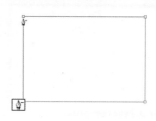

转换点工具：用此工具调整节点，对路径进行形状编辑，如下图所示。

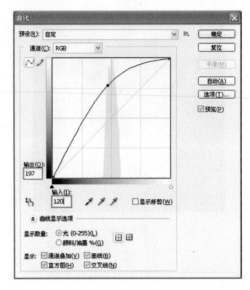

图1-131

路径转换为选区
转换路径为选区

(1) 单击"路径"面板底部的
"将路径作为选区载入"按
钮 ○。

(2) 按住〈Ctrl〉键并单击"路径"
面板中的路径缩略图。

(3) 快捷键〈Ctrl〉+〈Enter〉。

文字工具组

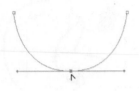

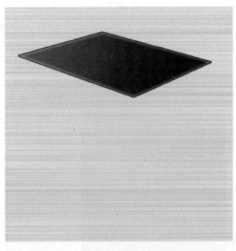

图1-132

文字工具属性栏介绍

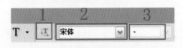

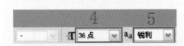

1. 更改文字方向
2. 字体系列
3. 字体样式
4. 字体大小
5. 消除锯齿方法
6. 文本对齐
7. 文字颜色
8. 变形文字

09

　　先降低"图层5"的图层不透明度，将下面的"图层4"的轮廓显出来，打开"图层2"的图层可见性，用矩形选框工具，在斜矩形的右边建立一个如图1-133所示的矩形。注意，其宽度要稍大于"图层2"右边两条直线的宽度。按住〈Ctrl〉+〈C〉键，将"图层5"这个选择区中的一块复制下来，再按住〈Ctrl〉+〈V〉键将它粘贴出来，图层面板出现新的图层"图层6"，也先降低"图层6"的图层不透明度，按住〈Ctrl〉+〈T〉

键，调出自由变换工具，按住〈**Ctrl**〉键，根据"图层 4"的轮廓位置，将右边两个节点往上拖，做出书页厚度的透视，按下〈**Enter**〉键确定，将"图层 5"重名命为"书页"，不要删除图层，只关闭它的图层可见性，接下来再画别的书页时，可节省书页效果的制作时间。将"图层 6"的图层不透明度设置为 100%，效果如图 1-134 所示。

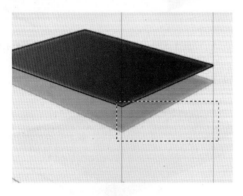

图1-133

图1-134

10

　　关闭"图层 2"的图层可见性，载入"图层 4"的选择区，保持图层面板上对"图层 6"的选择，单击图层面板下的添加矢量蒙版按钮，为"图层 6"添加一个蒙版，效果如图 1-135 所示，快捷键〈**Z**〉，用放大工具放大书本右边角的位置，用套索工具的多边形套索工具，绘制一个如图 1-136 所示的选区，查看工具里的"前景色"是否为黑色，若不是调整为黑色，按下〈**Delete**〉键，基于通道蒙版中"黑透白不透"的原理，"图层 6"蒙版的这块选区颜色变为白色，也就是说这块区域会在画布

9. 显示 / 隐藏字符和段落调板

T　横排文字工具：横排文字工具可以在水平方向上创建普通文本，并且在输入文本的同时自动新建一个文本图层。

Happy

T　直排文字工具：直排文字工具可以在垂直方向上创建普通文本，并且在输入文本的同时自动新建一个文本图层。

横排文字蒙版工具：可以在水平方向上创建文字蒙版或选区。

中显示出来,如图1-137所示。这样书页的厚度就完成了。

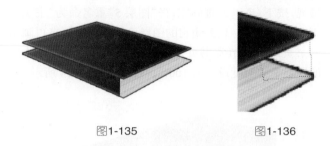

图1-135　　　　　　图1-136

图1-137

直排文字蒙版工具:可以在垂直方向上创建文字蒙版或选区。

文字变形

在文字图层输人文字后,用变形工具只能缩放文字,这是因为在栅格化文字之前,文字和绘制的形状都属于矢量图,很多矢量图形的操作,要栅格化之后才能用。

如果文字需要变形,那么可以单击其属性栏里的创建文字变形按钮，通过调整里面的参数,达到一些文字变形效果。

文字变形工具里有多种样式的变形。

11

在路径面板新建一层,和之前的路径避免建在同一层,如果在PS界面里找不到路径面板,可执行"窗口→路径"命令调出它的面板,用钢笔工具,沿着"图层3"的左下边缘位置绘制出书脊的矩形,绘制完后可用直接选择工具调整锚点,效果如图1-138所示,按〈Ctrl〉+〈Enter〉键将路径转换为选区,在"图层3"上新建"图层7",用渐变工具,依然用深红到浅红的颜色渐变,由选框的下方至上拉出一个渐变,如图1-139所示。

图1-138　　　　　　图1-139

12

鼠标右键单击"图层 3"的标题处，单击下拉菜单的"拷贝图层样式"，再鼠标右键点击"图层 7"的标题处，单击下拉菜单的"粘贴图层样式"，"图层 7"将添加一个和"图层 3"一样的图层样式。单击"内发光"进入其参数设置面板，调整阻塞和大小，设置如图 1-140 所示，单击"确定"按钮，效果如图 1-141 所示。

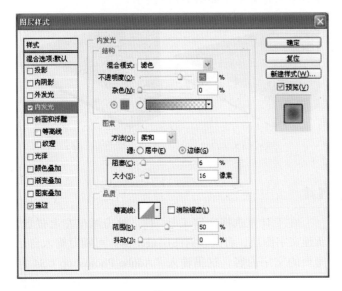

图1-140

图1-141

13

载入"图层 4"的选择区，按住〈Ctrl〉+〈Shift〉键同时单击"图层 6"的图层缩略图后面链接的蒙版缩略图，得到"图层 4"和"图层 6"蒙版的相加选择区。再按住〈Ctrl〉+〈Alt〉键同时单击"图层 7"的图层缩

栅格化文字

栅格化文字就是把文字变成图像，文字栅格化之后就变成了位图，也就是说变成像素图，在文字栅格化之前可以改变字体和大小等。点击栅格化后就不可以再改变字体了。文字将作为图像图层，可以进行编辑，像一些拉伸、扭曲、变形，都需要将文字图层栅格化以后，才能进行操作。一些自定义形状都需要用到栅格化。

栅格化文字之前可以以文本形式编辑。

栅格化文字之后以图像方式编辑。

路径选择工具组

路径工具组运用

（1）要选择路径组件（包括形状图层中的形状），选择路径选择工具 ，并单击路径组件中的任何位置。如果路径由几个路径组件组成，则只有指针所指的路径组件被选中。

注：要同时显示外框和选中的路径，需在属性栏中选择"显示定界框"。

（2）要选择路径段，请选择直接选择工具 ，并单击段上的某个锚点，或在段的一部分上拖动选框。

 路径选择工具：路径选择工具可以将路径整体选中，并且能够移动、组合、排列，复制路径。按住〈Ctrl〉键可与直接选择工具进行互相转换。

路径选择工具选择路径

略图，减去"图层7"的选择区，同法再减去"图层3"的选择区，将会得到一个如图1-142所示的选择区。执行"选择→修改→收缩"命令，将选择区收缩2个像素，单击选框工具，再用键盘的右、上箭头键分别将这个选区向右移动1个像素，向上移动2个像素。单击鼠标右键在弹出的菜单中点击"选择反选"，单击图层面板"图层6"的蒙版缩略图，将"前景色"设置为白色，按下〈Delete〉键，效果如图1-143所示。

图1-142　　　　　　　　图1-143

14

在工具里选择文字工具 ，单击画布左上位置，新建文字图层，将其移到图层最顶部。可随意输入自己需要的文字内容，这里输入"Adobe Photoshop CS4 网页图标设计"，拖动鼠标，全选这些文字，在其属性栏里设置字体系列为"华文细黑"，字体大小为"14点"，文本颜色设置为白色，效果如图1-144所示。

图1-144

按着〈Ctrl〉键，文字出现自由变换的调整框，同时拖动鼠标，转动文字，将它与书脊线平行，稍移动鼠标，等鼠标变成移动图标，将文字放到书脊背面，将"Adobe Photoshop CS4"与"网页图标设计"中的间隔调大。单击其属性栏里的创建文字变形按钮 ，将"样式"设置为"下弧"，勾选"垂直"选项，"弯曲"值设为–10，"水平扭曲"值设为+36，如图1-145所示，单击"确定"按钮，将图层不透明度设置为55%，效果如图1-146所示。

图1-145

图1-146

15

　　鼠标右键单击图层面板里文字图层的图层标题处，从下拉菜单中选择"栅格化文字"，按〈Ctrl〉+〈T〉键调出自由变换工具，按住〈Ctrl〉键拖动节点，如图1-147所示，按下〈Enter〉键确定，效果如图1-148所示。将栅格化后的文字图层重名命为"文字1"，书脊处的文字完成。

图1-147　　　　　　图1-148

16

　　同样的方法做好书的封面文字，如图1-149所示，顶部的书就做好了。

　　直接选择工具：可单独选择路径锚点，对单独锚点进行编辑。

　　选择路径组件或路径段将显示选中部分的所有锚点，包括全部的方向线和方向点（如果选中的是曲线段）。方向点显示为实心圆，选中的锚点显示为实心方形，而未选中的锚点显示为空心方形。

形状工具组

　　矩形工具：矩形工具的主要作用是绘制矩形或正方形。

　　圆角矩形工具：主要用来创建圆角矩形。

　　椭圆工具：主要用来绘制椭圆形或圆形。

图1-149

多边形工具：用于创建多边形，可以选择星形和平滑拐角模式。

直线工具：可以绘制直线形状或带有箭头的直线形状。

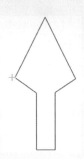

自定形状工具：可以把一些定义好了的图形拿过来直接使用，使创建图形更加灵活便捷。

17

新建组"红"，将书本的所有图层都拖入"红"，并且再次重命名这些图层，根据书的各个部分，分别命名为"红_封面文字"、"红_书脊文字"、"红_书脊"、"红_封面"、"红_书页"、"红_底面"，复制"红_封面"，将"红_封面副本"往上拖动，拖出"组1"，关闭组"红"的图层可见性，在"红_封面副本"下新建图层，单击"红_封面副本"，按住〈Ctrl〉+〈E〉键向下合并一个图层，重命名这个图层为"绿_封面"。执行"图像"→"调整"→"色相/饱和度"命令（快捷键〈Ctrl〉+〈U〉），在对话框中将"色相"设置为106，如图1-150所示，单击"确定"按钮后，效果如图1-151所示，以它为封面，再制作一个绿色的笔记本。

图1-150

图1-151

18

接下来参考红色书本的底面和书页厚度的制作方法，做出这个绿色笔记本的底面和书页厚度，由于这里不需要书脊，所以在图 1-152 所示的红色框内再做一个书页厚度，并且用曲线命令将这一块稍微调暗，最后效果如图 1-153 所示。

图1-152　　　　　　图1-153

19

在图层"绿_封面"新建"图层 3"，用椭圆选框工具建立一个如图 1-154 所示的椭圆选择区，往里填充颜色（R61，G58，B51），执行"选择"→"修改"→"收缩"命令，将选择区收缩 3 个像素，用键盘的左方向键将选区向左移动一个像素，按下〈Delete〉键，删除里面的颜色，载入"图层 3"的选择区，执行"选择"→"修改"→"收缩"命令，将选择区收缩 1 个像素，用减淡工具，在圆环的右上角往两边涂抹，效果如图 1-155。

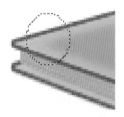 

图1-154　　　　　　图1-155

20

关闭"图层 3"的图层可见性，新建"图层 4"，再建立一个椭圆选区，填充前景色，再单击图层面板下的图层样式按钮，点击下拉菜单的"外发光"，将其参数设置面板的"大小"设置为 1 个像素，单击"确定"按钮，效果如图 1-156 所示。用橡皮工具，将"图层 3"的下

导航工具库

查看视图工具组

缩放工具组

查看视图工具组

抓手工具　　　　　H
旋转视图工具　　　R

抓手工具：抓手工具用于在放大的视图中观察无法显示的图像部分，在窗口中左右移动画布。

　　放大图像后只显示部分图像

抓手工具拖动视图，可在窗口移动图像位置，查看图像。

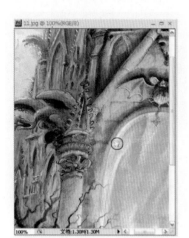

Q 缩放工具：用此工具可以放大或缩小图像，便于编辑图像的局部，按下〈**Alt**〉键可在放大和缩小之间进行切换。

缩放工具操作：点击缩放工具后，可点按鼠标左键不放，拖动鼠标，此块区域的图像将被放大查看，在属性栏里，将工具换成缩小工具 Q · QQ，或按住〈**Alt**〉键同时点按鼠标左键不放拖动，可缩小图像的显示比例。

下图图像为 **25%** 显示。

放大工具放大图像在窗口视图的显示。

下图为图像 **70.3%** 显示。

半部擦除，如图 1-157 所示。合并"图层 **3**"和"图层 **4**"，重名命图层为"绿＿环"，新建"图层 **3**"，用画笔工具，配合〈**Shift**〉键拉出一条斜的直线，按住〈**Alt**〉键，拖动"绿＿环"，依次往右复制出圆环，效果如图 1-158 所示，删除"图层 **3**"，将所有圆环的图层合并在一起，仍然命名为"绿＿环"，按〈**Ctrl**〉＋〈**T**〉调出自由变换工具，按住〈**Ctrl**〉键拖动右边的节点，做出圆环的透视效果。如图 1-159 所示。新建组"绿"，将所有笔记本的图层拖进组里。

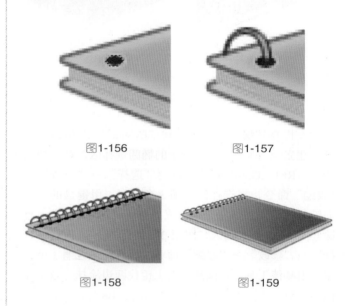

图1-156　　　　　　　　图1-157

图1-158　　　　　　　　图1-159

21

将组"绿"放到组"红"的下面，并且用移动工具将组"绿"在画布上往下移动，如图 1-160 所示。用〈**Ctrl**〉＋〈**T**〉键调出自由变换工具，配合〈**Ctrl**〉键，拖动节点，将笔记本与书本的位置在视觉上错开一点，效果如图 1-161 所示。

图1-160　　　　　　　　图1-161

22

同上方法，依次做出如图 1-162~ 图 1-166 所示的书本和笔记本图形，每个图形一个组，根据颜色，分别将它们的组命名为"黄"、"深蓝"、"紫"、"橙黄"和"浅蓝"，由于组"浅蓝"是最底一层，所以需要在组"浅蓝"里的图层"浅蓝_底面"里，给它加个"投影"的图层样式，在其层数设置面板中将"不透明度"设置为 50%，"角度"设置为 115 度，"距离"设置为 5，"扩展"设置为 6，"大小"设置为 8，效果如图 1-166 所示。

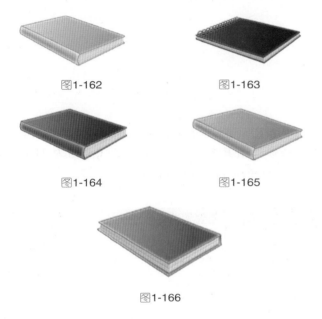

图1-162　　　　　　图1-163

图1-164　　　　　　图1-165

图1-166

最后将它们依次排列，效果如图 1-167 所示。

图1-167

单击鼠标右键，出现如下图选项，方便图像缩放查看操作。

按屏幕大小缩放
实际像素
打印尺寸

放大
缩小

吸管工具组

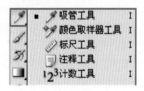

吸管工具：吸管工具的作用是吸取图像中某个像素点的颜色作为工具箱中的前景色或背景色。除了在图像中单击取色以外，还可以在图像中按住后四处拖动，这样所经过地方的颜色将不断作为前景色（按住〈Alt〉键后拖动即可为背景色，拖动开始后〈Alt〉键可松开）。

吸管工具吸取颜色至前景色

按下〈**Alt**〉键用吸管工具吸取颜色至背景色

 颜色取样器工具：在画面中进行颜色取样，最多可以取四个点的样本。在信息面板中可查看四点的颜色数值。

标尺工具：可以精确测量图像中任意两点之间的距离和度量物体的角度。

23

关闭所有组的可见性，新建图层"纸"，用钢笔工具建立如图 1-168 所示的路径，转换路径为选择区，用渐变工具，颜色设置为（R226，G226，B227）至白色的渐变。然后从选择区的右边至左边拉出渐变。

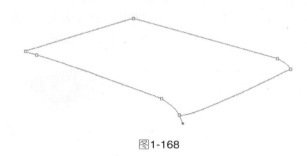

图1-168

单击图层面板的图层样式按钮，点击下拉菜单中的"投影"，在其参数设置面板里将颜色设置为（R158，G156，B156），其他设置如图 1-169 所示。

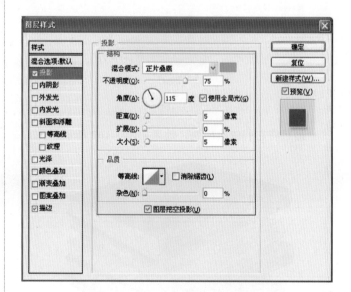

图1-169

再单击"混合选项"下的"描边"，将其参数设置面板颜色设置为（R219，G219，B220），"大小"设置为 2 个像素，如图 1-170 所示。

单击"确定"按钮，效果如图 1-171 所示。

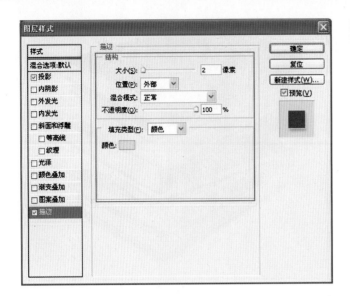

图1-170

前景色和背景色

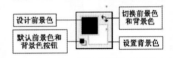

■ 设置前景色：显示前景色，点击该按钮，可以打开拾色器对话框进行颜色选择。

↰ 切换前景色和背景色：点击该按钮将切换前景色与背景色的颜色。

■ 默认前景色和背景色按钮：点击该按钮可以恢复前景色和背景色的颜色到默认状态，即前景色为黑色，背景色为白色。

■ 设置背景色：显示背景颜色。点击该按钮可以打开拾色器对话框进行颜色选择。

图1-171

24

　　复制图层"纸"，将新图层重命名为"纸2"，将其放到图层"纸"的下面，按〈Ctrl〉+〈T〉调出自由变换工具并旋转它，且用钢笔工具绘制一个路径，转换为选区删除图层"纸2"的多余部分，如图1-172所示。依此方法，可再做出图层"纸3"，如图1-173所示。

图1-172　　　　　　　图1-173

25

　　打开所有组的可见性，将图层"纸"、"纸2"和"纸3"分别放在组"黄"、"紫"和"浅蓝"上，调整画布上的位置，效果如图1-174所示。

自由变换工具——斜切

执行"编辑→自由变换"命令或按下快捷键〈Ctrl〉+〈T〉键，可调出自由变换工具，直接拖动节点，效果如下图所示。

单击鼠标右键，从下拉菜单选择"斜切"，或者按住〈Ctrl〉键，再拖动一边的手柄，可倾斜外框。效果如下图所示。

图1-174

26

关闭"图层1"的图层可见性，执行"文件→存储为"命令，在弹出的对话框中将"文件名"设置为"图标制作_完成"，设置为"PNG"格式，如图1-175所示，这样将会存储一个背景透明的文件。

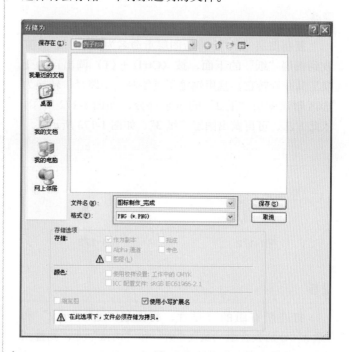

图1-175

执行"文件→打开"命令，找到刚存好的"图标制作_完成"文件，打开文件后，可以看到文件背景是透明的，如图 1-176 所示，记得将"图标制作"的 PSD 文件保存一下，网页图标就完成了。

图1-176

Photoshop

图像处理制作案例教程

本章小结

　　本章对 Photoshop CS4 中的各工具组件进行了初步介绍，通过四个实例详细讲解了如何巧用图层、路径、自由变形等工具制作具有通透质感及透视效果的按钮和网页图标。图层样式各参数的设置不仅能塑造图形的立体感，而且可以使画面的色彩与层次丰富起来。在以后的章节当中，还将就这些知识点巩固学习与使用。形成最初图层的概念也是本章需要解决的一个既是重点也是难点的问题。

课后练习

1 Photoshop默认的存储格式是 ＿＿＿＿＿＿＿。
　　A. JPG　　　　　　　　B. PSD　　　　　　　　C. TGA　　　　　　　　D. PNG

2 取消选区的快捷键是 ＿＿＿＿＿＿＿。
　　A. 〈Ctrl〉+〈A〉　　B. 〈Ctrl〉+〈B〉　　C. 〈Ctrl〉+〈C〉　　D. 〈Ctrl〉+〈D〉

3 简要叙述你对图层最初的认识。

4 通过哪两种方式可以为图层添加图层样式。

5 参考本章所讲知识点，利用 Photoshop 完成以下网页图标（图 1-177）的制作。

图1-177

第二章

图像的颜色处理调整

本章学习时间：6课时。

学习目标：熟悉Photoshop CS4相关色彩调整的命令和基本操作。

教学重点：掌握图像色彩调整。

教学难点：对色彩模式的认识，根据图像的特点挑选相应的命令对图像进行处理。

讲授内容：色彩模式，色阶、亮度对比度，色相饱和度，色彩平衡、图像混合模式，通道、图层、照片滤镜等。

课程范例文件：chapter2\final\图像的颜色处理调整.rar。

增加图像色彩饱和度

增加图片的色彩层次

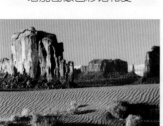

曝光不足修改

校正偏色的图片

本章课程总览

在使用Photoshop CS4之前，首先需要理解色彩并掌握调整色彩的方法和技巧，便于在以后的学习或工作中有一个清晰的思路。通过实例的学习，读者可认识及了解多种提高图像色彩质量和对图像进行处理的工具和命令，通过本章讲解，读者可熟练掌握调整色彩的操作，为今后的制作打下扎实的基础。

2.1 增加图像色彩饱和度

知识点：饱和度模式、填充、添加蒙版、羽化选区、色阶、曲线命令。

知 识 点 提 示

饱和度混合模式

　　饱和度混合模式用于增加照片的饱和度。如果为原图像添加颜色图层，图像的饱和度会增加。在不同的照片中运用该模式会出现不同的效果。在下面示范照片中运用饱和度模式后，颜色就显得有些失真，需要进行调整。

原图

01

　　启动 Photoshop 程序，双击工作区域，选择路径到附书光盘，打开 chapter2 中 media 素材文件夹当中的"增加图片色彩鲜艳饱和度 .jpg"素材文件，单击打开按钮。如图 2-1 所示，素材如图 2-2 所示。

图2-1　　　　　　　　图2-2

02

　　在图层面板中单击 按钮，创建"图层 1"新图层，如图 2-3 所示。

　　选择工具箱中的"默认前景色和背景色"图标，单击"前景色"图标，在弹出的"拾色器"对话框中将前景色设置为（R17，G192，B41），并按确定按钮。如图 2-4 所示。

图2-3

图2-4

在"图层"面板中复制"背景"图层，调整背景副本图层的混合模式。

混合模式：饱和度、不透明度为100%，效果如下图所示。

03

直接按键盘上的〈Alt〉+〈Delete〉键填充前景色或选择"编辑"→"填充"命令，在弹出对话框（图2-5）中，选择使用前景色，并按确定按钮，得到图2-6所示效果。

图2-5

图2-6

改变背景副本图层的"不透明度"。

混合模式：饱和度、不透明度为50%，效果如下图所示。

04

选择"图层1"面板，将图层的混合模式设置为"饱和度"，设置"不透明度"为60%，如图2-7所示，得到图2-8所示的效果。

图2-7

图2-8

在图层面板中新建图层"图层1"，再将该图层填充黑色或者白色，然后调整图层的混合模式。

图层 1 图层填充为黑色。

图层 1 图层填充为白色。

此时的图像为黑白效果，如下图所示。

色相 / 饱和度命令

利用色相 / 饱和度命令可以改变图像的颜色、饱和度、亮度，一般用来增强照片中颜色的鲜艳度。该命令操作简单，容易控制，但是不能保持图像的对比度。

执行"图像"→"调整"→"色

05

在图层面板上选择"图层 1"图层，单击"添加蒙版"按钮 ⬜，为图层添加蒙版，如图 2-9 所示。

图2-9

06

在图层面板上选择"背景"图层，如图 2-10 所示。再在工具栏中选择磁性套索工具 ⬚，在人物上建立选区，得到如图 2-11 所示图片的效果。

图2-10

图2-11

07

执行〈Shift〉+〈F6〉命令，调出羽化选项，在弹出的对话框中将羽化半径设置为 4 像素，如图 2-12 所示，完成后点击"确定"按钮。

图2-12

08

在"图层"面板中单击"图层 1"图层的蒙版缩略图，如图 2-13 所示，确定背景色为黑色，按快捷键〈Ctrl〉+〈Delete〉，对蒙版缩略图上人物进行填充。然后再按快捷键〈Ctrl〉+〈D〉取消选区。

图2-13

09

按着键盘上〈Ctrl〉键，单击蒙版缩略图部分调出的是背景的选区，执行〈Ctrl〉+〈Shift〉+〈I〉反选，此时，得到的是人物的选区，选中背景图层，如图 2-14 所示，按组合键〈Ctrl〉+〈U〉调整图像的色相饱和度，参数效果如图 2-15 所示。

图2-14

图2-15

10

保持选区，执行"图像"→"调整"→"可选颜色"，参数调整如图 2-16 所示，单击"确定"按钮，效果如图2-17 所示。

相/饱和度"命令，在弹出的对话框中设置各项参数，完成后单击"确定"命令。

编辑：选择需要调整的基准颜色。

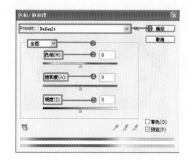

在下拉列表框中选择需要调整的颜色。

色相：改变图像的颜色，通过参数来改变图像的颜色。
饱和度：改变图像的饱和度。
明度：调整图像的亮度。

原图

编辑：黄色，全图
色相：5
饱和度：20
明度：0
效果图

编辑：自定，全图
色相：50
饱和度：50
明度：50

编辑：自定，红色
色相：50
饱和度：50
明度：50

　　选中"着色"复选框后，图像为"着色"。

图2-16　　　　　　　　图2-17

11

　　继续保持选区不变，确定在背景图层上操作，用组合键〈Ctrl〉+〈M〉调出曲线命令，参数调整如图2-18所示。

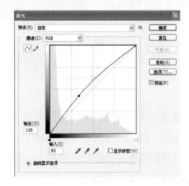

图2-18

　　完成后单击"确定"按钮，效果如图2-19所示。

图2-19

2.2 增加图片的色彩层次

知识点：通道、色阶、羽化、套索工具、颜色混合模式。

01

启动 Photoshop 程序，双击工作区域，打开附书光盘 chapter2 中 media 素材文件夹当中"增加图片的色彩层次 .jpg"素材文件，如图 2-20 所示，再单击打开按钮，素材如图 2-21 所示。

图2-20 图2-21

02

在选中背景图层的基础上，按组合键〈Ctrl〉+〈J〉

知 识 点 提 示

通道的操作

（1）反相通道

在"通道"面板上选择需要反相的通道，然后按快捷键〈Ctrl〉+〈I〉进行反相。

原图

选择"蓝"通道

反相后的通道

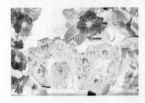

反相通道后的图像

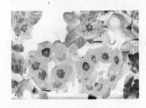

（2）图层与通道的转换

选择"图层"面板并全选图像，再复制选区，然后选择"通道"面板，并创建新建 Alpha 通道，再进行粘贴，原图像随之发生变化。

复制原图像到新建通道

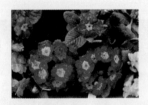

粘贴后的效果

键复制"背景"，得到"背景副本"图层，如图 2-22 所示。

图 2-22

03

打开"通道"面板，选择"蓝"通道并复制，如图 2-23 所示。按快捷键〈Ctrl〉+〈L〉，在弹出的对话框中设置各项参数，如图 2-24 所示。

图2-23

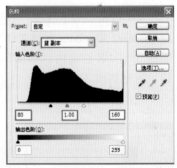

图2-24

完成后单击"确定"按钮，效果如图 2-25 所示。

04

按〈D〉键恢复前景色和背景色的默认设置，使前景色为黑色，选择画笔工具 ✐ ，在"蓝副本"通道上对照片的右下方进行描绘，使其成为黑色，如图 2-26 所示。

图2-25   图2-26

05

按住〈Ctrl〉键单击"蓝副本"通道，如图 2-27 所示，调选出蓝副本通道当中的选区。生成的选区如图 2-28 所示。

图2-27   图2-28

06

用组合键〈Ctrl〉+〈~〉键返回"图层"面板，新建"图层 1"图层，如图 2-29 所示。修改前景色，在弹出的"拾色器"对话框中将其设置为（R80，G0，B0），如图 2-30 所示，然后单击"确定"按钮。

（3）在文件之间复制通道

在原图像上选择所需要通道，全选并复制通道，然后在新图像的"通道"面板中创建新通道，最后进行粘贴，图像随之发生变化。

原图

复制"蓝"通道

原图

粘贴后的效果

拾色器

单击工具箱中的"前景色"图标或"背景色"图标,在弹出的"拾色器"对话框中设置各项参数。不同的参数设定不同的色域

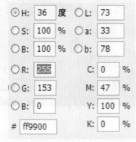

H: 色相

S: 饱和度

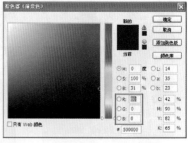

图2-29　　　　　　图2-30

07

按快捷键〈Alt〉+〈Delete〉,在"图层 1"图层上对选区进行颜色填充,如图 2-31 所示。

图2-31

08

选择"图层 1"图层,将图层的混合模式设置为"颜色",如图 2-32 所示,得到效果如图 2-33 所示。

图2-32　　　　　　图2-33

09

按快捷键〈**Ctrl**〉+〈**D**〉取消选择，复制"图层 1"图层，得到"图层 1 副本"图层，如图 2-34 所示。选择"图层 1 副本"图层，再选择套索工具 ，在照片上建立一个选区，如图 2-35 所示。

B：亮度

图2-34　　　　　　　图2-35

R：红色

在选区中单击鼠标右键并在弹出的快捷键菜单中执行"羽化"命令，如图 2-36 所示，在弹出的对话框中将"羽化半径"设置为"15 像素"，如图 2-37 所示，完成后单击"确定"按钮。按〈**Delete**〉键删除选区，再按快捷键〈**Ctrl**〉+〈**D**〉取消选择。

G：绿色

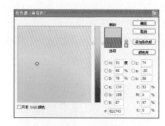

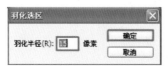

B：蓝色

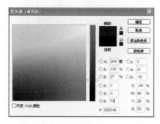

图2-36　　　　　　　图2-37

L：亮度

A：红绿

B：蓝黄

一般通过 H（色相）来设定颜色。可以利用颜色滑块设定色相，在色域的上下方向设定颜色的明度，在水平方向设定颜色的饱和度。

10

选择"背景副本"图层。然后按快捷键〈Ctrl〉+〈L〉，在弹出的"色阶"对话框中设置各项参数，如图 2-38 所示，完成后单击"确定"按钮，效果如图 2-39 所示。

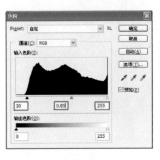

图2-38

图2-39

2.3　曝光过度的修改

知识点：通道、正片叠底混合模式、可选颜色、色阶调整图层、智能锐化。

01

启动 Photoshop 程序，双击工作区域，打开附书光盘中的 chapter2 中 media 素材文件夹当中"曝光过度.jpg"素材文件，如图 2-40 所示，再单击"打开"按钮，素材如图 2-41 所示。

图2-40　　　　　　　　图2-41

02

将背景图层拖移至 "创建新图层" 按钮 上，得到"背景副本"图层，如图 2-42 所示。

图2-42

知 识 点 提 示

亮度 / 对比度

亮度 / 对比度命令一般用于将昏暗的照片提亮，同时增加照片的明暗对比，使照片更加鲜明。

执行"图像→调整→亮度 / 对比度"命令，弹出"亮度 / 对比度"对话框。

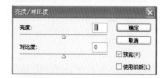

亮度：改变图像中颜色的亮度。亮度的参数值越大，图像的整体就越亮。

对比度：是图像的亮部和暗部的反差。对比度的参数值越大，图像颜色对比就越强。

预览：选中此复选框，可对图像效果进行预览。

原图

亮度：50
对比度：100

亮度：-50
对比度：-50

亮度：40
对比度：-30

03

选择"通道"面板，再选择蓝色通道。按住〈**Ctrl**〉键的同时单击蓝色通道建立选区，如图 2-43 所示，得到如图 2-44 所示的选区。

图2-43　　　　　　　　　图2-44

04

用组合键〈**Ctrl**〉+〈~〉键返回到图层面板，选择"背景副本"图层，然后单击"添加图层蒙版"按钮 ，如图 2-45 所示，得到如图 2-46 所示的效果。

图2-45　　　　　　　　　图2-46

05

选择"背景副本"图层，并将图层的混合模式设置为"正片叠底"模式，把"不透明度"改为 70%，如图 2-47 所示，得到 2-48 所示的效果。

图2-47　　　　　　　　　图2-48

06

选择"背景副本"图层，执行"图像→调整→可选颜色"命令，在弹出的对话框中设置各项参数，如图2-49所示，完成后单击"确定"按钮，得到效果如图2-50所示。

图2-49　　　　　　　　　图2-50

07

复制"背景副本"图层，并将图层的"不透明度"改为40%，如图2-51所示，得到如图2-52所示的效果。

图2-51　　　　　　　　　图2-52

08

在"图层"面板上单击"创建新的填充或调整图层"按钮，如图2-53所示，在弹出的菜单对话框中执行"色阶"命令，在弹出的对话中设置参数如图2-54所示。

得到效果如图2-55所示。

反相命令：

利用反相命令主要是反转图像的亮度，将原图像中的黑色变为白色，白色变为黑色，对图像的色相进行反相处理。在处理照片中该命令不是很常用于对照片的部分处理以及特殊处理。反相处理后照片转为负片效果，与照片的底片有些相似。

执行"图像→调整→反相"命令，或者按快捷键〈Ctrl〉+〈I〉执行反相操作。

原图

反相

原图

反相

知 识 点 提 示

平均模糊滤镜:

平均模糊滤镜用于自动检查图像中的平均颜色,并在照片中使用平均颜色对图像进行颜色填充。

原图

平均模糊后

在图像上建立选区,再进行平均模糊。

图2-53

图2-54

图2-55

09

按快捷键〈**Ctrl**〉+〈**Shift**〉+〈**E**〉合并所有的图层,得到"背景"图层,如图2-56所示,然后执行"滤镜"→"锐化"→"智能锐化"命令,在弹出的对话框中设置各项参数,如图2-57所示。

图2-56

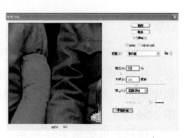

图2-57

得到图像效果如图 2-58 所示。

图2-58

建立选区

平均模糊

建立多个选区

平均模糊

2.4 曝光不足修改

知识点：曲线、亮度/对比度、色阶、可选颜色调整图层。

知 识 点 提 示

可选颜色命令

此命令为选定颜色的命令，在对话框中，可以通过拖动滑块调整 CMYK 四色打印色彩的百分比，并确定"相对"或"绝对"。

01

启动 Photoshop 程序，双击工作区域，打开附书光盘中的 chapter2 中 media 素材文件夹当中"修改曝光不足 .jpg"素材文件，如图 2-59 所示，再单击"打开"按钮，素材如图 2-60 所示。

图2-59　　　　　　　　图2-60

02

将背景图层拖移至"创建新图层"按钮 ▣ 上，得到"背景副本"图层，如图 2-61 所示。

图2-61

03

选择"背景副本"图层，执行"图像"→"调整"→"曲线"命令，在弹出的"曲线"对话框中设置各项参数，如图2-62所示，完成后单击"确定"按钮，效果如图2-63所示。

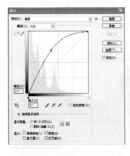
图2-62

图2-63

04

单击"背景"图层，执行"图像"→"调整"→"亮度/对比度"命令，在弹出的对话框中设置各项参数，如图2-64所示，完成后单击"确定"按钮，得到的效果如图2-65所示。

图2-64

图2-65

05

按快捷键〈Ctrl〉+〈L〉，在弹出的"色阶"对话框中设置各项参数，如图2-66所示。完成后单击"确定"按钮，得到如图2-67所示的效果。

图2-66

图2-67

通道混合器命令

在对话框中（注：图像的模式不同，则对话框内容也不同），可以选取要修改的通道并通过拖动滑块来调整图像。"单色"选项，选用时可创建灰度模式的图像。

渐变映射命令

可以将相等的图像灰度方位映射到指定的渐变填充色，比如指定双色渐变填充，在图像中的阴影映射到渐变填充的一个端点颜色，高光映射到另一个端点颜色，而中间调映射到两个端点颜色之间的渐变。

单击对话框中的渐变条，既可弹出可编辑渐变对话框。

06

在"图层"面板中单击"创建新的填充或调整图层"按钮 。在弹出的菜单中执行"可选颜色"命令，在弹出的"可选颜色选项"对话框的"颜色"下拉列表框中选择"红色"，并设置各项参数，如图 2-68 所示，完成后单击"确定"按钮。得到的效果如图 2-69 所示。

图2-68   图2-69

2.5　校正偏色的图片颜色

知识点：平均命令、反相、柔光混合模式、滤色混合模式、应用图像、色彩平衡、曲线。

01

启动 Photoshop 程序，双击工作区域，打开附书光盘中的 chapter2 中 media 素材文件夹当中"修正偏色的图片颜色 .jpg"素材文件，如图 2-70 所示，再点击打开按钮，素材如图 2-71 所示。

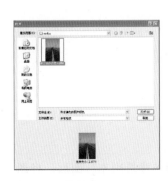

图2-70

图2-71

❹ 不透明度：设置图层图像的不透明度。

方法二：在"图层"面板上，单击右上角的三角按钮，在弹出的菜单中执行"新建图层"命令。

方法三：按快捷键〈Ctrl〉+〈Shift〉+〈N〉，在弹出的"新建图层"对话框中设置各项参数，完成后单击"确定"按钮。

方法四：在"图层"面板上，按住〈Alt〉键单击"创建新图层"按钮，在弹出的对话框中设置各项参数，完成后单击"确定"按钮。

方法五：在只有"背景"图层的情况下，双击"背景"图层，在弹出的对话框中设置各项参数，完成后单击"确定"按钮。

02

将背景图层拖移至"创建新图层"按钮 上，得到"背景副本"图层，如图 2-72 所示。

图2-72

03

选择"背景副本"图层，执行"滤镜"→"模糊"→"平均"命令，效果如图 2-73 所示，然后按快捷键〈Ctrl〉+〈I〉反相，得到如图 2-74 所示的效果。

图2-73

图2-74

04

在"图层"面板上选择"背景副本"图层，将图层的混合模式设置为"柔光"，再单击"添加图层蒙板"

按钮 ，为图层添加蒙版，如图 2-75 所示，得到如图 2-76 所示的效果。

图2-75　　　　　　　　　　　　图2-76

05

选择"背景副本"图层的蒙版，再执行"图像"→"应用图像"命令，在弹出的对话框中设置各项参数，如图 2-77 所示，完成后单击"确定"按钮，效果如图 2-78 所示。

图2-77　　　　　　　　　　　　图2-78

06

多次复制"背景副本"，如图 2-79 所示，得到如图 2-80 所示的效果。

方法六：在"图层"面板中单击"创建新图层"按钮 ，在当前图层上面出现"图层 1"图层。

操 作 技 巧

复制图层进行处理之前，建议先复制原图像再对新图层进行处理，这样可以避免损坏原图像的信息，并可随时将图像效果与原图像的信息做对比。

（1）执行"图层"→"复制图层"命令，在弹出的对话框中输入新的名称，然后单击"确定"按钮，得到新命名的图层。

"复制图层"设置对话框

"图层"面板如下图

(2) 将原图像拖移到"创建新图层"按钮 上,得到"背景副本"图层。"图层"面板如下图

知 识 点 提 示

柔光混合模式

利用该混合模式以柔和的方式叠加图像,并且保持了图层的色彩。在照片的处理中多用于两张或者多张照片叠加,表现镜像、折射等效果。

图2-79

图2-80

07

再次复制"背景副本"图层,并将图层的混合模式设置为"滤色","不透明度"设置为 70%,如图 2-81 所示,得到如图 2 -82 所示的效果。

图2-81

图2-82

08

按快捷键〈**Ctrl**〉+〈**A**〉全选图像,如图 2-83 所示,再按快捷键〈**Ctrl**〉+〈**Shift**〉+〈**C**〉复制图像,最后按快捷键〈**Ctrl**〉+〈**V**〉进行粘贴,得到"图层 1"图层,如图 2-84 所示效果。

图2-83

图2-84

原图 1

原图 2

混合模式：柔光

原图 1

09

　　按快捷键〈Ctrl〉+〈B〉，在弹出的"色相"→"色彩平衡"对话框中设置各项参数，如图 2-85 所示。完成后单击"确定"按钮，效果如图 2-86 所示。

图2-85　　　　　　　　　图2-86

原图 3

10

　　执行"图像"→"调整"→"曲线"命令，在弹出的对话框中设置各项参数，如图 2-87 所示，再单击"确定"按钮，得到如图 2-88 所示的效果。

混合模式：柔光

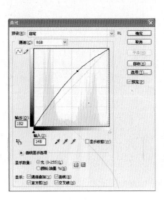

图2-87

图2-88

2.6　校正图片逆光效果

知识点：钢笔工具、工作路径、羽化、色阶、反相、亮度 / 对比度、添加图层蒙版。

01

　　启动 Photoshop 程序，双击工作区域，打开附书光盘中的 chapter 2 中 media 素材文件夹当中的"校正图片逆光效果 .jpg"素材文件，如图 2-89 所示。再单击"打开"按钮，素材如图 2-90 所示。

图2-89　　　　　　　　图2-90

02

　　将背景图层拖移至 "创建新图层"按钮上，得到"背景副本"图层，如图 2-91 所示。

图2-91

知 识 点 提 示

羽化命令

　　羽化选区是指柔和选区边缘。羽化半径的参数值越大，选区的边缘线越宽。在处理数码照片时，多用于合成图像，使边缘过渡很自然。执行"选择"→"修改"→"羽化"命令，在弹出"羽化选区"对话框中设置参数，完成后单击"确定"按钮。

　　选择套索工具，在图像上建立选区，再以不同的羽化选区，然后按〈**Delete**〉键删除选区中的图像部分。

原图

建立选区

羽化半径：0 像素

羽化半径：20 像素

03

　　选择"背景副本"图层，再选择钢笔工具 ，并在工作区上边栏处的选项栏上单击"路径"按钮 ，将人物的轮廓勾绘出来，如图 2-92 所示，在"路径"面板上单击"将路径作为选区载入"按钮 ，如图 2-93 所示，得到如图 2-94 所示的效果。

图2-92　　　　　　　　　　　图2-93

图2-94

04

　　在"工作路径"面板中，双击"工作路径"面板，弹出"存储路径"对话框，更改名称为"路径 1"，并按"确定"按钮，如图 2-95 所示。然后在"路径"面板上单击"将路径作为选区载入"按钮 ，如图 2-96 所示。

图2-95　　　　　　　　　　　图2-96

05

　　执行"选择→修改→羽化"命令，在弹出的对话框（图 2-97）中将"羽化半径"设置为"15"像素，完成后单击"确定"按钮。

图2-97

06

按快捷键〈Ctrl〉+〈L〉，在弹出的"色阶"对话框中设置各项参数，如图2-98所示，完成后单击"确定"按钮。效果如图2-99所示。

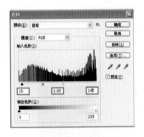

图2-98

图2-99

07

选择"背景副本"图层，在单击"添加图层蒙版"按钮 ，为图层添加蒙版，如图2-100所示。

图2-100

08

执行"图像"→"调整"→"曲线"命令，可以单击"曲线显示选项"中的向下箭头，展开曲线显示选项。

曲线命令

通过在"曲线"调整中更改曲线的形状，可以调整图像的色调和颜色。将曲线向上或向下移动将会使图像变亮或变暗，具体情况取决于对话框是设置为显示色阶还是显示百分比。

曲线中较陡的部分表示对比度较高的区域；曲线中较平的部分表示对比度较低的区域。单击图层面板下的"创建新的填充或调整图层"按钮，从下拉菜单中选择"曲线"，可分别对"RGB""红""绿""蓝"三种通道进行颜色调整。

利用曲线命令可以调整图像上指定的色阶值，照片的高光和阴影的范围就会变化。可以单独调整照片的某个通道的色阶值。调整的幅度是0-255之间。

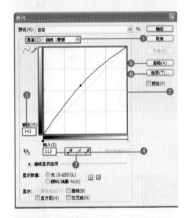

❶ 通道：选择需要调整的通道
❷ 曲线调整图
❸ 显示输出色阶数值
❹ 显示输入色阶数值
❺ 自动调整曲线
❻ 自动调整曲线选项
❼ 设置黑场、灰场、白场

原图

输入：36
输出：100

原图

输入：100
输出：36

设置整个对话框中的各项参数，如图2-101与图2-102所示，完成后单击"确定"按钮。调整后的效果如图2-103所示。

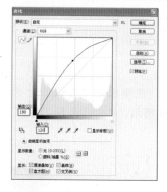

图2-101　　　　　　　　　　图2-102

图2-103

09

按快捷键〈Ctrl〉+〈Enter〉组合键，将路径作为选区载入，如图2-104所示，执行"选择"→"反向"命令，效果如图2-105所示。

图2-104　　　　　　　　　　图2-105

10

单击图层面板上的 ![icon] 按钮，在弹出的菜单中执行"曲线"命令，如图 2-106 所示，然后在弹出的对话框中设置各项参数，如图 2-107 所示，完成后单击"确定"按钮。

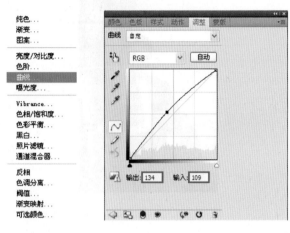

图2-106　　　　　　图2-107

最终得到效果如图 2-108 所示。

图2-108

2.7 彩色照片变黑白照片

知识点：位图、色阶、灰度、叠加混合模式。

知识点提示

去色命令

在 Photoshop 的"调整"菜单中，汇集了多种调整颜色的命令。

按快捷键〈**Shift**〉+〈**Ctrl**〉+〈**U**〉，将图像的彩色模式（RGB、CMYK）去除，图像的饱和度变为 0，将图像调整为类似灰度模式的黑白状态，用此方法也可以制作怀旧的黑白照片。

原图

01

启动 Photoshop 程序，双击工作区域，打开附书光盘中的 chapter2 中 media 素材文件夹当中"彩照变成单色照片 .jpg"素材文件，如图 2-109 所示，再单击"打开"按钮，素材如图 2-110 所示。

图2-109　　　　　　图2-110

02

在"图层"面板中将"背景"图层拖移至"创建新图层"按钮 ⬜ 上，得到"背景副本"图层，如图 2-111 所示。

图2-111

03

执行"图像"→"模式"→"位图"命令，在弹出的对话框中按"拼合"按钮，如图 2-112 所示，得到如图 2-113 所示的效果。

图2-112 　　　　　　　　 图2-113

04

执行"图像→调整→色阶"命令，然后选择右边吸管在图像中取样，如图 2-114 所示，并点击右脚裤子部分，如图 2-115 所示，并单击"确定"按钮。

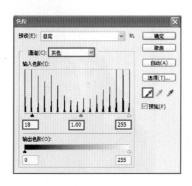

图2-114

图2-115

去色后

知 识 点 提 示

位图对话框

位图模式中只能使用黑白两种颜色表现图像，只有在灰度模式中才能转换为位图模式。

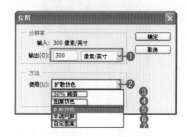

❶ 分辨率：设定位图图像的分辨率。

❷ 方法：指定把图像转换为位图模式时要使用的变现方式。

原图

❸ 50% 阀值：以 50% 的对比边界为基准表现位图图像。

❹ 图案仿色：使用黑白模式表现图像。

❺ 扩散仿色：以散布像素的效果表现图像。

❻ 半调网屏：使用半调网屏表现图像。

05

按快捷键〈Ctrl〉+〈A〉和快捷键〈Ctrl〉+〈C〉进行复制。所复制的图像将在后面的步骤中使用。再按快捷键〈Ctrl〉+〈D〉取消选区。执行"图像→模式→位图"命令，在弹出的对话框中设置各项参数，如图2-116所示，完成后单击"确定"按钮，得到如图2-117所示的效果。

图2-116　　　　　　　　　　图2-117

06

执行"图像"→"模式"→"灰度"命令，在弹出的对话框中设置各项参数，如图2-118所示，完成后单击"确定"按钮，得到如图2-119所示的效果。

图2-118　　　　　　　　　　图2-119

07

在"图层"面板中双击"背景"图层，得到"图层 0"图层，如图 2-120 所示。按快捷键〈Ctrl〉+〈V〉粘贴所复制的黑白照片，把粘贴黑白照片的图层移动到最下面。也就是使位图图片图层上方，使灰度图片在下方，如图 2-121 所示。

图2-120　　　　　　　图2-121

08

选择"图层 0"图层,将图层的混合模式设置为"叠加"，把不透明度改为 90%，如图 2-122 所示。得到如图 2-123 所示的效果。

图2-122　　　　　　　图2-123

❼ 自定图案：使用所载入的图案图像表现图像。

色阶对话框

自动色阶命令：用于调整图像的对比度、饱和度及明亮度。

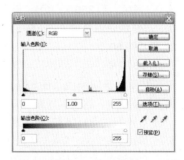

"自动色阶"命令：通过搜索图像来标识阴影、中间调和高光，从而调整图像的对比度和颜色。

"自动对比度"命令：可以对图像的对比度进行自动调整。

"自动颜色"命令：可以对图像的颜色进行自动调整

2.8 为黑白照片上色

知识点：钢笔工具、路径、羽化、颜色混合模式、纯色调整图层、画笔工具。

知 识 点 提 示

RGB 颜色模式

　　Photoshop 颜色模式使用 RGB 模型，并为每个像素分配一个强度值。在 8 位 / 通道的图像中，彩色图像中的每个 RGB（红色、绿色、蓝色）分量的强度值为 0（黑色）到 255（白色）。例如，亮红色使用 R 值 246、G 值 20 和 B 值 50。

　　RGB 图像使用三种颜色或通道在屏幕上重现颜色。在 8 位 / 通道的图像中，这三个通道将每个像素转换为 24（8 位 × 3 通道）位色彩信息。对于 24 位图像，这三个通道最多可以重现 1 670 万种颜色 / 像素。对于 48 位（16 位 / 通道）和 96 位（32 位 / 通道）图像，每像素可重现甚至更多的颜色。新建的 Photoshop 图像的默认模式为 RGB，计算机显示器使用 RGB 模型显示颜色。这

01

　　启动 Photoshop 程序，双击工作区域，打开附书光盘中的 chapter2 中 media 素材文件夹当中"为黑白照上色 .jpg"素材文件，如图 2-124 所示，再单击"打开"按钮，素材如图 2-125 所示。

图2-124　　　　　　　　图2-125

02

　　将背景图层拖移至 "创建新图层"按钮 ⬒ 上，得到"背景副本"图层，如图 2-126 所示。

图2-126

03

　　选择钢笔工具 ，确定是 选项，把要替换的颜色区域抠选出来，如图 2-127 所示。然后在"路径"面板中双击"工作路径"，如图 2-128 所示，在弹出的对话框中保持默认，如图 2-129 所示，完成后单击"确定"按钮。

图2-127　　　　　图2-128　　　　　图2-129

04

　　选择"路径面板"，按住〈Ctrl〉键单击"路径 1"把路径载入选区，如图 2-130 所示，得到如图 2-131 所示的效果。

图2-130　　　　　　　图2-131

意味着在使用非 RGB 颜色模式（如 CMYK）时，Photoshop 会将 CMYK 图像转换为 RGB，以便在屏幕上显示。

多通道模式

　　多通道模式图像在每个通道中包含 256 个灰阶，对于特殊打印很有用。多通道模式图像可以存储为 Photoshop、大文档格式 (PSB)、Photoshop 2.0、Photoshop Raw 或 Photoshop DCS 2.0 格式。

　　当将图像转换为多通道模式时，可以使用下列原则：

　　原始图像中的颜色通道在转换后的图像中变为专色通道。

　　通过将 CMYK 图像转换为多通道模式，可以创建青色、洋红、黄色和黑色专色通道。

　　通过将 RGB 图像转换为多通道模式，可以创建青色、洋红和黄色专色通道。通过从 RGB、CMYK 或 Lab 图像中删除一个通道，可以自动将图像转换为多通道模式。

CMYK 颜色模式

　　在 CMYK 模式下，可以为每个像素的每种印刷油墨指定一个百分比值。为最亮（高光）颜色指定的印刷油墨颜色百分比较低；而为较暗（阴影）颜色指定的百分比较高。例如，亮红色可能包含 2% 青色、93% 洋红、90% 黄色和 0% 黑色。在 CMYK 图像中，当四种分量的值均为 0% 时，就会产生纯白色。

在制作要用印刷色打印的图像时，应使用 CMYK 模式。将 RGB 图像转换为 CMYK 即产生分色。如果从 RGB 图像开始，则最好先在 RGB 模式下编辑，然后在编辑结束时转换为 CMYK。在 RGB 模式下，可以使用"校样设置"命令模拟 CMYK 转换后的效果，而无需真的更改图像数据。也可以使用 CMYK 模式直接处理从高端系统扫描或导入的 CMYK 图像。

Lab 颜色模式

Lab 颜色模式 (Lab) 基于人对颜色的感觉。Lab 中的数值描述为正常视力的人能够看到的所有颜色。因为 Lab 描述的是颜色的显示方式，而不是设备（如显示器、桌面打印机或数码相机）生成颜色所需的特定色料的数量，所以 Lab 被视为与设备无关的颜色模型。颜色色彩管理系统使用 Lab 作为色标，以将颜色从一个色彩空间转换到另一个色彩空间。

05

执行"选择"→"修改"→"羽化"命令，在弹出的"羽化选区"对话框中设置"羽化半径"为 3 像素，如图 2-132 所示，完成后单击"确定"按钮，得到如图 2-133 所示的效果。

图2-132 图2-133

06

选中"背景副本"图层，如图 2-134 所示，再单击"创建新的填充或调整图层"按钮 ，在弹出的菜单中执行"纯色"命令，在弹出的对话框中设置各项参数，如图 2-135 所示。得到如图 2-136 所示的效果。

图2-134 图2-135

图2-136

07

将"颜色填充1"图层的混合模式设置为"颜色"，"不透明度"改为90%，如图2-137所示，得到效果2-138所示的效果。

图2-137

图2-138

08

参考03步至07步，制作人物裤子的颜色，图层如图2-139所示得到如图2-140所示的效果。

图2-139

图2-140

09

参考03至07步，制作人物上衣右上角另一小部分的颜色，图层如图2-141所示得到如图2-142所示的效果。

Lab 颜色模式的亮度分量 (L) 范围是 0 到 100。在 Adobe 拾色器和"颜色"面板中，a 分量（绿色－红色轴）和 b 分量（蓝色－黄色轴）的范围是 +127 到 −128。

灰度模式

在图像中使用不同的灰度级。在 8 位图像中，最多有 256 级灰度。灰度图像中的每个像素都有一个 0（黑色）到 255（白色）之间的亮度值。在 16 和 32 位图像中，图像中的级数比 8 位图像要大得多。灰度值也可以用黑色油墨覆盖的百分比来度量（0% 等于白色，100% 等于黑色）。

灰度模式使用"颜色设置"对话框中指定的工作空间设置所定义的范围。

双色调模式

该模式通过一至四种自定油墨创建单色调、双色调（两种颜色）、三色调（三种颜色）和四色调（四种颜色）的灰度图像。

索引颜色模式：

索引颜色模式可生成最多256 种颜色的 8 位图像文件。当转换为索引颜色时，Photoshop将构建一个颜色查找表 (CLUT)，用以存放并索引图像中的颜色。如果原图像中的某种颜色没有出现在该表中，则程序将选取最接近的一种，或使用仿色，即以现有颜色来模拟该颜色。

尽管其调色板很有限，但索引颜色能够在保持多媒体演示文稿、Web 页等所需视觉品质的同时，减小文件大小。在这种模式下只能进行有限的编辑，要进一步进行编辑，应临时转换为 RGB模式。索引颜色文件可以存储为 Photoshop、BMP、DICOM（医学数字成像和通信）、GIF、Photoshop EPS、大型文档格式(PSB)、PCX、Photoshop PDF、Photoshop Raw、Photoshop 2.0、PICT、PNG、Targa® 或 TIFF 格式，如下图。

图2-141　　　　　　　　图2-142

10

选择图层面板，单击"创建新的填充或调整图层"按钮 ，在弹出的对话框中执行"纯色"命令，在弹出的对话框中设置各项参数，如图 2-143 所示，得到如图 2-144 所示的效果。

图2-143　　　　　　　　图2-144

11

按快捷键〈D〉键恢复前景色和背景色的默认设置，如图 2-145 所示。选择"图层"面板上单击"颜色填充 4图层蒙版缩略图"，按快捷键〈Alt〉+〈Delete〉键进行填充为黑色，将图层的混合模式设置为"颜色"，如图 2-146 所示。

图2-145　　　　　　　　图2-146

12

用键盘上的〈**X**〉键切换前景色与背景色，确定前景色为白色，选择"画笔"工具 ，在选项栏上设置画笔大小 55PX，设置"不透明度"为 35%，"流量"为 57%，如图 2-147 所示，然后在对人物的脸部与手部进行涂抹，得到如图 2-148 所示的效果。

图2-147　　　　　　　　图2-148

13

参考 10 步至 12 步，制作人物的头发颜色、背景颜色颜色、手镯颜色，最终得到如图 2-149 所示的效果。

图2-149

索引颜色表

选取"图像"→"调整"→"颜色表"，并使用子菜单中的颜色调整命令。可得到特殊效果。

本章小结

　　颜色是美术设计的视觉传达重点，也是图像渲染与烘托气氛的一种重要元素，对图像进行校色调色是 Photoshop 中深具威力的功能之一，可方便快捷地对图像的颜色进行明暗、色偏的调整和校正，并可在不同颜色模式之间进行切换以满足图像在不同领域如网页设计、印刷、多媒体等方面应用。本章主要利用 PS 对前期拍摄的照片进行后期处理，一方面可以避免一些传统暗房冲印带来的不足，去除其中不尽如人意之处，增强图片当中的细节，获得最佳的图片质量。另一方面可以激发更多的创作欲望，使数码处理与传统摄影结合，给人们带来美轮美奂的视觉效果。

课后练习

❶ 在对黑白照片进行上色时，需将添加的纯色图层的混合模式改成 _____。

　　A. 正片叠底　　　　B. 叠加　　　　　　C. 亮度　　　　　D. 颜色

❷ 曲线命令的快捷键是 _____。

　　A.〈Ctrl〉+〈M〉　B.〈Ctrl〉+〈L〉　C.〈Ctrl〉+〈U〉　D.〈Ctrl〉+〈B〉

❸ 请简要叙述调整色相饱和度命令可对图像产生何种影响。

❹ 常用的图片格式包含哪一些，请简要说明其各自的特点。

❺ 利用本章所讲知识点实现图2-150的效果。

　　　　　　（a）原图　　　　　　　　　　　　　　　　（b）效果图

图2-150

第三章

影像特效高级处理

本章学习时间：**15**课时。

学习目标：熟练使用Photoshop CS4当中的各项工具对图像进行特效处理。

教学重点：结合实例对各项工具在操作过程当中的技巧进行讲解。

教学难点：巧用图层蒙版制作日景变夜景的效果。

讲授内容：滤镜的应用、抽出命令，历史记录面板、仿章工具，混合模式、画笔工具，图层蒙版、图像。

课程范例文件：**chapter3\final\影像特效高级处理.rar**。

修复老照片

为照片添加艺术效果

打造人物完美容貌

效果图处理（日景变夜景）

本章精选的案例讲述了对影像进行特效高级处理的方法和技巧，针对性较强、实用性也较强。主要内容有修复老照片、添加和去除水印和对人物照片的调色和美化，同时对三维软件当中渲染出的日景图片转变夜景处理，相信通过本章的学习，大家对 Photoshop 会有一个全面而全新的认识。

本章课程总览

3.1 打造人物完美脸型和身材

知识点：液化、色阶。

知 识 点 提 示

液化滤镜的应用 1

液化滤镜是处理人物照片不可缺少的功能。利用该功能可以轻松地对照片中人物的部位进行变形，修饰人物的缺陷，也可以制作图片的底纹效果。

下面主要介绍"液化"对话框中各工具的用法。

（1）向前变形工具：用于处理照片的背景变形。

01

启动 Photoshop 程序，双击工作区域，打开附书光盘中的 chapter3 中 media 素材文件夹当中的"打造人物完美脸型和身材 .jpg"素材文件，如图 3-1 所示，再单击打开按钮，素材如图 3-2 所示。

图3-1   图3-2

02

将"背景"图层拖移至"创建新图层"按钮  上，得到"背景副本"图层，如图3-3所示。

图3-3

03

在图层面板中，选择"背景副本"图层，执行"滤镜"→"液化"命令。在弹出的"液化"对话框中选择缩放工具 🔍，放大人物的脸部，然后选择向前变形工具 👆，并设置各项参数，在人物的脸部向内推移，如图3-4所示，得到如图3-5所示的效果。

图3-4

图3-5

原图

右脸向前变形

（2）重建工具：用于在变形后恢复到原图像。如果对变形不满意，可以用此工具恢复。

右脸向前变形

重建后

（3）顺时针旋转扭曲工具：
选择该工具后，在图像上单击并
按住不放，图像就产生旋转扭曲。
在照片处理中多用于制作背景的
漩涡。

（4）褶皱工具：选择工具后，
在图像上单击并按住不放，图像
就会由外向中心缩小，在照片处
理中主要用于缩小部分景物。

04

在"液化"对话框中选择缩放工具 🔍，放大人
物的手臂，然后继续选择向前变形工具 🖑，并设置各
项参数，仔细地向人物手臂上内推，如图 3-6 所示。得
到如图 3-7 所示的效果。

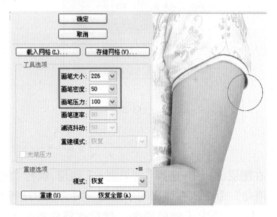

图3-6

图3-7

05

在"液化"面板中选择缩放工具 🔍，放大人物
的腰部，再选择抓手工具 🖑，移动人物的腰部，然后
继续选择向前变形工具 🖑，并设置各项参数，在人物
的腰部向内推，如图 3-8 所示，得到 3-9 所示的效果。

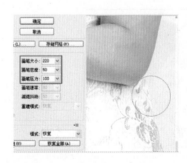

图3-8　　　　　　　　　　图3-9

06

在"液化"面板中选择缩放工具 ，放大人物的眼睛，然后继续选择向前变形工具，并设置各项参数，如图 3-10 所示，再向人物的眼睛部位向上内推，效果如果不满意可以选择重建工具，在图像上涂抹，返回原始图像，最终得到如图 3-11 所示效果。

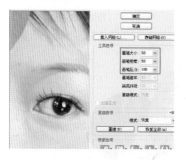

图3-10　　　　　图3-11

（5）膨胀工具：选择工具后，在图像上单击并按住不放，图像就会由内向外膨胀。与褶皱工具相反，在照片处理中主要用于放大部分景物。

07

单击"确定"按钮，如图 3-12 所示，得到效果如图 3-13 所示。

图3-12　　　　　图3-13

08

选择"背景副本"图层，如图 3-14 所示，按快捷键〈**Ctrl**〉+〈**L**〉在弹出的"色阶"对话框中设置各项参数，如图 3-15 所示，完成后单击"确定"按钮。

（6）左推工具：单击该工具后，在图像上进行变形，可以在照片中对人物的缺点进行修复，也可以在照片中任意变形，制作出趣味十足的搞笑照片。

（7）镜像工具：选择该工具后，在图像上按照需要进行变形，将图像变为反射的状态。一般不用于对人物照片的处理，常用于制作个性的图形。

上述变形都可以利用重建工具恢复其原图像。

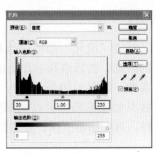

图3-14   图3-15

得到如图 3-16 所示的效果。

图3-16

3.2　修复老照片

知识点：历史记录、高斯模糊、高反差保留、仿章工具、修复画笔、叠加混合模式。

01

　　启动 Photoshop 程序，双击工作区域，打开附书光盘中的 chapter3 中 media 素材文件夹当中的"修复老照片 .jpg"素材文件，如图 3-17 所示，再单击"打开"按钮，素材如图 3-18 所示。

图3-17　　　　　　　　图3-18

02

　　将背景图层拖移至"创建新图层"按钮 _□ 上，

知 识 点 提 示

液化滤镜的应用 2
液化滤镜的工具

　　向前变形工具：对图像进行左右上下变形。

　　重建工具：对图像变形扭曲后，如果不满意可以利用重建工具在图像上涂抹，返回原始图像。

　　顺时针旋转扭曲工具：对图像应用螺旋笔刷效果。

　　褶皱工具：使图像产生自然褶皱效果。

　　膨胀工具：对图像局部进行放大，产生膨胀的效果。

　　左推工具：用于移动图像的像素，从而对图像进行扭曲变形。

　　镜像工具：将图像扭曲为反射的形态。

≋ 湍流工具：对图像进行扭曲，形态酷似烽火或者气流流动。

✎ 冻结蒙版工具：在图像上设置蒙版，使图像不会被扭曲变形。

✎ 解冻蒙版工具：取消设置好的蒙版区域。

✋ 抓手工具：移动窗口中的图像。

🔍 缩放工具：放大或者缩小浏览窗口中的图像。

设置快捷键

为了在 Photoshop 中更方便地操作，可以根据自己的喜好设定工具、面板、菜单的快捷键。

执行"编辑"→"键盘快捷键"命令，在弹出的"键盘快捷键和菜单"对话框的"快捷键用于"下拉列表框中任意选择一个，然后在"应用程序菜单命令"列表中设置快捷键。

得到"背景副本"图层，如图 3-19 所示。再执行"图像"→"调整"→"去色"命令，效果如图 3-20 所示。

图3-19　　　　　　　　图3-20

03

选择"窗口"→"历史记录选项"，单击"历史记录"面板右上角的三角按钮，如图 3-21 所示，在弹出的扩展菜单中执行"历史记录选项"命令。在弹出的"历史记录选项"对话框中勾选"允许非线性历史记录"选项，如图 3-22 所示，完成后单击"确定"按钮。

图3-21　　　　　　　　图3-22

04

选择图层面板中"背景副本"图层，如图 3-23 所示，再执行"滤镜"→"模糊"→"高斯模糊"命令，在弹出的对话框中将"半径"设置为"3.5 像素"，如图 3-24 所示。完成后单击"确定"按钮，效果如图 3-25 所示。

图3-23

输入快捷键

图3-24

图3-25

完成后单击"接受"按钮，再单击"确定"按钮即可。

历史记录面板

历史记录面板具有记录功能，将处理照片时执行的命令按照顺序记录下来，在需要修改的时候可以返回到指定的步骤，重新对图片进行调整和编辑，并且可随时返回到此操作修改。

执行"窗口"→"历史记录"命令，弹出"历史记录"面板。

05

在"历史记录"面板中，将历史画笔的源移动到高斯模糊状态，并保持当前仍处于打开状态，如图 3-26 所示，得到如图 3-27 所示的效果。

❶ 浏览框：预览操作面板中的照片，双击后可以更改图像在浏览框中的名称。

❷ 历史步骤：将在图像中执行的操作记录在面板中。

❸ 从当前状态创建新的文档：复制图像之后，将其创建一个新图像。

❹ 创建新快照：单击该按钮后，可以将当前图像保存为快照。

❺ 删除当前状态：在"历史记录"面板中，将历史步骤拖移到此按钮上，就可以删除相应的步骤。

图3-26

图3-27

单击"历史记录"面板右上角的三角按钮，在弹出的菜单中按照所需进行选择。

执行"历史记录选项"命令，在弹出的对话框中设置参数。

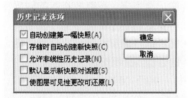

自动创建第一幅快照：选中此复选框后，再打开文件或者复制并新建一个图像时，会自动对打开的图像或者当前选定的步骤进行快照处理。

存储时自动创建新快照：选中此复选框后，打开图像或者对图像进行保存时，会自动创建快照。

允许非线性历史记录：选中复选框后，在删除历史记录时，只删除全部步骤中的选定步骤。如果不选中此复选框，将会删除选定后的所有操作。

默认显示新快照对话框：选中此复选框后，单击"历史记录"面板上的"创建新快照"按钮，会弹出"新建快照"对话框，并在下拉列表框中选择建立快照的方法。

使图层可见性更改可还原：选中此复选框后，则图层的可见性可更改可还原。

06

选择历史记录画笔工具 ，在选项栏上设置画笔大小为 21 px，设置"模式"为"变暗"，如图 3-28 所示，然后在照片的划痕上进行涂抹，效果如图 3-29 所示。

图3-28   图3-29

07

选择仿制图章工具 ，按住〈Alt〉键同时用鼠标在划痕的左右两边吸取颜色，然后松开〈Alt〉用鼠标在照片划痕部分涂抹，进行反复的操作，得到如图 3-30 所示的效果。

图3-30

08

选择修复画笔工具 ，按住〈Alt〉键后用鼠标在照片的左下角黑边旁吸取正常颜色，松开〈Alt〉键后用鼠标在黑边上涂抹，重复此操作，效果如图 3-31 所示。

图3-31

09

将"背景副本"图层拖移至"创建新图层"按钮 上，得到"背景副本2"图层，如图3-32所示，再执行"滤镜"→"其它"→"高反差保留"，在弹出的对话框中设置相关参数，如图3-33所示，再单击"确定"按钮，效果如图3-34所示。

图3-32

图3-33

图3-34

高反差保留滤镜

执行"滤镜"→"其他"→"高反差保留"命令，弹出"高反差保留"对话框。

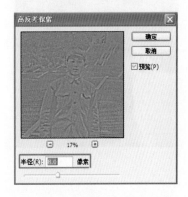

半径：设置高反差保留的应用范围。可以在指定的半径像素内保留边缘细节，也可以忽略图像颜色的细节。

半径为8像素时的效果

半径为 250 像素时的效果

10

选择"背景副本 2"图层,并单击"添加图层蒙版"按钮 ,按〈**D**〉键恢复前景色和背景色的默认状态,再单击在图层面板中的"背景副本 2"图层的蒙版缩略图,按快捷键〈**Ctrl**〉+〈**Delete**〉进行填充,如图 3-35 所示,得到如图 3-36 所示效果。

图3-35   图3-36

11

选择铅笔工具 ✐,在选项栏上设置画笔的大小 13 px,如图 3-37 所示,在蒙版上将人物轮廓勾绘出来。如图 3-38 所示。

图3-37   图3-38

12

选择"背景副本 2"图层,将图层的混合模式设置为"叠加"如图 3-39 所示,得到如图 3-40 所示效果。

图3-39 图3-40

13

　　按快捷键〈**Ctrl**〉+〈**Shift**〉+〈**E**〉合并所有图层，得到"背景"图层，执行"图像→调整→亮度 / 对比度"命令，在弹出的对话框中设置各项参数，如图 3-41 所示，得到如图 3-42 所示的效果。

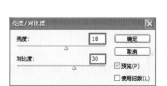

图3-41 图3-42

3.3 动作面板批量快速制作水印

知识点：动作面板、文字工具、自由变换、复制图层、合并图层、图层混合模式—颜色加深。

知 识 点 提 示

动作是指在单个文件或一批文件上执行的一系列任务，如菜单命令、面板选项、工具动作等。例如，可以创建这样一个动作，首先更改图像大小，对图像应用滤镜效果，然后按照所需格式存储文件。动作可以包含相应步骤，使您可以执行无法记录的任务（如使用绘画工具等）。动作也可以包含模态控制，使您可以在播放动作时在对话框中输入值。

在 Photoshop 中，动作是快捷批处理的基础，而快捷批处理是一些小的应用程序，可以自动处理拖动到其图标上的所有文件。

01

启动 Photoshop 程序，双击工作区域，打开附书光盘中的 chapter3 中 media 素材文件夹当中的"添加水印 .jpg"素材文件，如图 3-43 所示。

图3-43

02

打开动作面板，单击动作面板下的按钮 ，新建一个新的动作。在弹出的对话框中，在功能键选项的下拉菜单中选择 F2，如图 3-44 所示。

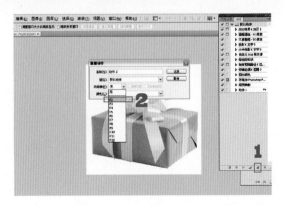

图3-44

03

单击记录，此时产生一个新的动作 2，面板下的按钮也随之变成红色，以下所做的步骤都将在面板当中进行记录，如图 3-45 所示。

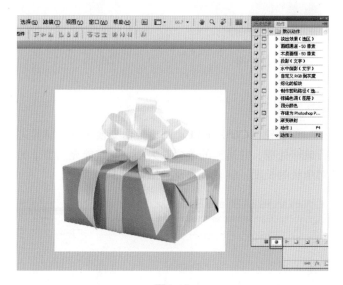

图3-45

04

选择文本工具，将前景色设置为浅灰色，数值如图 3-46 所示。在图像当中键入礼品二字，并调整其大小，并移动到合适的位置。在动作面板当中将对所做的步骤进行记录，如图 3-47 所示。

图3-46　　　　　　　图3-47

按着键盘上的〈**Alt**〉键，不断地拖放鼠标，复制"礼品"文字层，调整文字位置如图 3-48 所示，将图层当中所有的礼品文字层合并，如图 3-49 所示。

动作面板

1. 存储默认及新建的动作

2. 包含的各动作

3. 面板选项各组件

■ ：停止或播放记录的动作

● ：记录

▶ ：播放选定的动作

▢ ：创建新组

▣ ：创建新动作

🗑 ：删除

反选命令

选择"选择"→"反选"命令，可反选选择当前图层中单签选区以外的部分。

原图

选择

反选

图3-48　　　　　　　　　　图3-49

05

组合键〈**Ctrl**〉+〈**T**〉调出自由变换工具，对其进行旋转处理，并适当的改变其大小，使其能充满整个的对角线的长度。旋转参数及效果如图 3-50 所示。

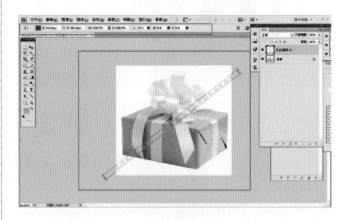

图3-50

按键盘上的〈**Enter**〉键确定变换，按着〈**Alt**〉键不断复制此层，并摆放好位置，图 3-51 为复制一半之后的效果。继续复制，使其能够充满整个的屏幕，效果如图 3-52 所示。

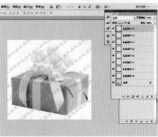

图3-51　　　　　　　　　　图3-52

将图层面板当中的所有图层进行合并，如图 3-53 所示。将图层之间的混合模式改为"颜色加深"，可以看到在主体物体上已经加上了水印，如图 3-54 所示。

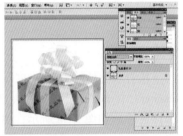

图3-53　　　　　　　图3-54

06

在动作面板当中，单击暂停  按钮，结束动作的录制，此时动作面板已经把以上所做的步骤都进行了记录，如图 3-55 所示。画面效果如图 3-56 所示。

图3-55　　　　　图3-56

07

折叠起动作 2 面板，可以看到动作 2 面板相对应的快捷方式是〈F2〉，如图 3-57 所示，此时可在创建时即进行功能键的设定，大家可根据个人情况定义其他的键作为功能键。

仿制图章工具的选项栏

修补照片中的大色块时必须用图章工具来修复，修复效果自然。还可以对照片中的图案取样进行修复，如人物的这个脸部或者手部等，然后在照片中需要的位置进行涂抹拷贝。

选择图章工具 ，按住〈Alt〉键在图像上建立一个取样点，然后在图像的其他部位涂抹，这样就可以复制取样的图像。

画笔：设置画笔的大小和形状。
模式：设置图章的模式。
不透明度：设置图像的不透明度。
流量：设置图章的流量。
对齐：选中该复选框，描边的偏移量相同。

当前图层
当前图层
当前和下方图层
所有图层

对当前图层：只对当前图层有效。
当前和下方图层：只对当前和下方图层有效。
对所有图层取样：选中复选框，对所有图层都有效。

原图

模式：正片叠底
不透明度：50%
样本：当前图层

图3-57

08

执行"文件"→"打开"命令，打开附书光盘中的 chapter3 中 media 素材文件夹当中的"添加水印 2.jpg"素材文件，如图 3-58 所示。单击键盘上的〈**F2**〉键或按动作面板当中的播放按钮 ▶，可以看到动作面板快速将前一个录制的动作进行播放，如图 3-59 所示。

图3-58

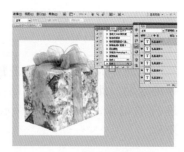

图3-59

快速添加上的水印效果如图 3-60 所示，打开需要添加水印的图片，单击〈**F2**〉即可快速为其添加水印，从而实现水印的快速批量制作，效果如图 3-61 所示。

图3-60   图3-61

3.4　人物照片背景替换

知识点：抽出滤镜、色阶、羽化命令。

01

　　启动 Photoshop 程序，双击工作区域，打开附书光盘中的 chapter3 中 media 素材文件夹当中的"人物照片背景替换 .jpg"素材文件，如图 3-62 所示，再单击"打开"按钮，素材如图 3-63 所示。

图3-62

图3-63

02

　　执行"滤镜"→"抽出"命令，在弹出的对话框中选择边缘高光器工具 ✐ ，并设置各项参数，效果如图 3-64 所示。然后将人物的轮廓勾绘出来，如图 3-65 所示。再选择填充工具 ◇ ，在人物上进行填充，如图 3-66 所示，完成后单击"确定"按钮，保留人物图像，如图 3-67 所示。

知 识 点 提 示

抽出滤镜命令

　　在 Photoshop CS4 中，此滤镜并不属于默认滤镜，而是一个外挂滤镜，在使用之前需添加至程序文件中的 Plug-ins 文件中。

　　主要作用是针对难以抠除的图像进行抠图操作，在照片的处理中，运用这个命令，可以轻松地抠除背景图像，换成自己喜欢的背景。

　　抽出滤镜的操作简单方便，同时也可以达到较好的效果。

　✐ 边缘高光器工具：作用是标记所要保留区域的边缘。

　🔍 缩放工具：作用是放大和缩小图像。

抓手工具：作用是移动图像的位置。

执行"滤镜"→"抽出"命令，在弹出的对话框中选择边缘高光器工具 ✐，并设置各项参数，然后将物体的轮廓勾绘出来。

原图

勾绘轮廓后

（1）在用边缘高光器工具 ✐ 对图像的边缘进行勾绘的时候，要放大图像仔细进行操作，图像中高光的边缘必须闭合，中间不能断开。

图3-64

图3-65

图3-66

图3-67

03

按快捷键〈Ctrl〉+〈O〉，选择 001.jpg 文件，单击"打开"按钮，打开素材文件，如图 3-68 所示，素材如图 3-69 所示。

图3-68

图3-69

04

回到人物图像，选择移动工具 ⊕，将素材"人物照片背景替换"图片拖移到上方图条处素材 001 图片上，如图 3-70 所示，按快捷键〈Ctrl〉+〈T〉对图像进行自由变换，并将其调整到合适的位置，如图 3-71 所示。

图3-70　　　　　　　　　　图3-71

05

在"图层"面板中选择"图层1",按快捷键〈Ctrl〉+〈L〉,在弹出的对话框中设置各项参数,如图3-72所示,完成后单击"确定"按钮得到如图3-73所示的效果。

图3-72　　　　　　　　　　图3-73

（2）在用右边缘高光器工具 对图像的边缘进行勾绘的时候,可以随时调节画笔的大小,从而提高勾出图像的精确轮廓。

如果对勾出的图像边缘不满意,可以选择橡皮擦工具 ,在高光的边缘进行修改。

勾出图像的轮廓后,选择填充工具 ,在图像上进行填充,完成后单击"确定"按钮。

　　填充后　　　　　抽出命令

06

按快捷键〈Ctrl〉+〈A〉全选图像,如图3-74所示,按快捷键〈Ctrl〉+〈Shift〉+〈C〉复制图像,最后按快捷键〈Ctrl〉+〈V〉进行粘贴,得到"图层2"图层,如图3-75所示。

用边缘高光器工具 勾出图像轮廓的时候,要注意笔触不能在原图上涂抹得过多,否则会丢失部分原图像。

原图

图3-74　　　　　　　　　　图3-75

07

在工具栏中选择套索工具 ,在照片的中间部分

勾勒图形的轮廓

执行抽出命令

丢失后

对图像应用抽出滤镜后，图像的轮廓会出现一些不可避免的残缺，需要运用其他工具进行再处理才能获得较为完整的图像，如橡皮擦工具、历史记录画笔工具等，详细的操作在以后的学习中会陆续进行讲解。

进行圈套，圈套出如图 3-76 所示的选区。按住快捷键〈Shift〉+〈F6〉，在弹出的"羽化半径"对话框中设置"半径"为"10"像素，如图 3-77 所示，完成后单击"确定"按钮。

图3-76   图3-77

08

对选区执行"滤镜"→"模糊"→"高斯模糊"命令，在弹出的对话框中将"半径"设置为"1.4 像素"，如图 3-78 所示，完成后单击"确定"按钮，再按快捷键〈Ctrl〉+〈D〉取消选区，效果如图 3-79 所示。

图3-78   图3-79

09

按快捷键〈Ctrl〉+〈M〉，在弹出的对话框中设置各项参数，如图 3-80 所示，完成后单击"确定"按钮，最终效果如图 3-81 所示。

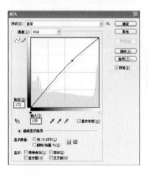

图3-80   图3-81

3.5 自己制作证件照

知识点：裁剪工具、魔棒工具、油漆桶工具、羽化、光照效果、定义图案、画布大小。

01

　　启动 Photoshop 程序，双击工作区域，打开附书光盘中的 chapter3 中 media 素材文件夹当中的"证件照 .jpg"素材文件，如图 3-82 所示，再单击"打开"按钮，素材如图 3-83 所示。

图3-82

图3-83

02

　　选择裁剪工具 ，在选项栏上设置"宽度"为 2.78

知 识 点 提 示

应用光照效果滤镜

　　"光照效果"滤镜使您可以在 RPG 图像上产生无数种光照效果。也可以使用灰度文件的纹理产生类似效果，并存储您自己的样式以在其他图像中使用。

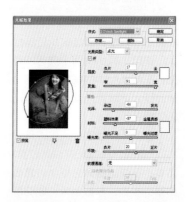

（1）执行"滤镜"→"渲染"→"光照效果"。
（2）对于"样式"，选取一种样式。

（3）对于"光照类型"，选取一种类型。如果要使用多种光照，选择或取消选择"开"以打开或关闭各种照射光。

（4）要更改光照颜色，请在对话框的"光照类型"区域中单击颜色框。"常规首选项"对话框中所选的拾色器将打开。

（5）要设置光照属性，请拖动与下列选项相对应的滑块。

光泽：确定表面反射光的多少（就像在照相纸的表面上一样），范围从"杂变"到"发光"。

材料：确定哪个反射率更高，光照或光照投射到的对象。"塑料"反射光照的颜色；"金属"反射对象的颜色。

曝光度：增强光照正值或减少光照负值。零值则没有效果。

环境：漫射光，使该光照如同与室内的其他光照相结合一样。选取数值100表示只使用此光源，或者选取数 –100 以移去此光源。要更改环境光的颜色，请单击颜色框，然后使用出现的拾色器。

（6）要使用纹理填充，请为"纹理通道"选取一个通道。

收缩命令：是针对选区执行的命令，作用是等比例缩小选区的范围，在对照片中的图像进行选区的时候，可以更加准确地控制选区的范围。

先在图像上建立选区，然后执行"选择"→"修改"→"收缩"命令，在弹出的对话框中设置收缩量的参数，参数越大，收缩的范围越大。

厘米，设置"高度"为3.8厘米，设置"分辨率"为300像素/英寸， 如图3-84所示，然后在图像上进行裁剪，如图3-85所示，确定后得到如图3-86所示的效果。

图3-84

图3-85

图3-86

03

选择魔棒工具 ，在选项栏上设置"容差"为20，在选中"清除锯齿"和"连续"复选框，如图3-87所示，然后选取图像的白色区域，如图3-88所示，再按快捷键〈Ctrl〉+〈Shift〉+〈I〉反选选区，如图3-89所示。

图3-87

图3-88

图3-89

04

按快捷键〈**Shift**〉+〈**F6**〉，在弹出的对话框中设置参数，如图 3-90 所示，完成后单击"确定"按钮，效果如图 3-91 所示。

图3-90　　　　　　　　图3-91

05

按快捷键〈**Ctrl**〉+〈**J**〉复制选区内的图像，如图 3-92 所示，效果如图 3-93 所示。

图3-92　　　　　　　　图3-93

06

新建"图层 2"，将其放置于"图层 1"的下层，如图 3-94 所示，然后将前景色设置为 (R255，G0，B0)，如图 3-95 所示，按快捷键〈**Alt**〉+〈**Delete**〉填充该图层，效果如图 3-96 所示。

原图

建立选区

收缩量：10 像素

收缩量：30 像素

收缩量：100 像素

定义画笔和图案

Photoshop 已经提供了很多画笔样式和图案资源，但是可以定义一些个性化的画笔样式和图案。

1. 定义画笔

选择要定义的画笔和图案，然后执行"编辑"→"定义画笔预设"命令，在弹出的"画笔名称"对话框中设置参数。

选择画笔图案

"画笔"面板中新增的画笔

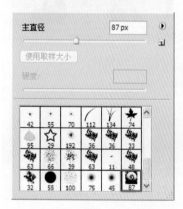

图3-94

图3-95

图3-96

07

选择"图层 1"图层，执行"滤镜"→"渲染"→"光照效果"命令，在弹出的对话框设置各项参数，如图 3-97 所示，完成后单击"确定"按钮，效果如图 3-98 所示。

图3-97

图3-98

08

按快捷键〈Alt〉+〈Ctrl〉+〈C〉，在弹出的"画布大小"对话框中设置各项参数，如图 3-99 所示，完成后单击"确定"按钮，效果如图 3-100 所示。

图3-99   图3-100

2. 定义图案

选择要定义的图案，执行"编辑→定义图案"命令，在弹出的"图案命令"对话框中设置参数。

选择图案

09

执行"编辑"→"定义图案"命令，在弹出的对话框中保持默认设置，如图 3-101 所示，完成后单击"确定"按钮。

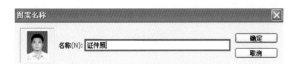

图3-101

10

执行"文件"→"新建"命令，在弹出的对话框中设置各项参数，如图 3-102 所示，完成后单击"确定"按钮。

图3-102

11

选择油漆桶工具 ◇ ，在选项栏上设置各项参数，如图 3-103 所示。然后在文件"制作标准证件照"上进行填充，效果如图 3-104 所示。

图3-103

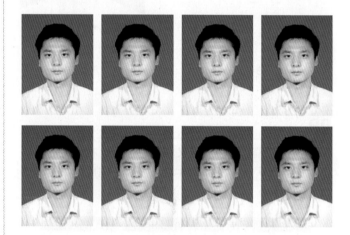

图3-104

3.6　为照片添加艺术效果

知识点：　蒙版、通道、可选颜色调整图层、色相饱和度调整图层、叠加模式、可选颜色调整图层、照片滤镜。

01

启动 Photoshop 程序，双击工作区域，打开附书光盘中的 chapter3 中 media 素材文件夹当中的"添加艺术效果 .jpg"素材文件，如图 3-105 所示。

图3-105

02

在通道面板当中选中红色通道，组合键〈Ctrl〉+〈A〉全选，〈Ctrl〉+〈C〉复制，如图 3-106 所示。

知 识 点 提 示

照片滤镜命令

照片滤镜命令的作用是在图像上设置颜色滤镜，在应用"照片滤镜"命令后，并不会破坏照片的图像，相反还会保持照片的质量和特征，只是给照片增加了一种颜色，多用于制作照片的怀旧效果。

执行"图像"→"调整"→"照片滤镜"命令，在弹出的对话框中设置各项参数，完成后单击"确定"按钮。

❶ 滤镜：单击下拉按钮，在弹出的下拉列表中选择需要增加的颜色滤镜。

❷ 颜色：显示“滤镜”下拉列表中选择的滤镜颜色，是滤镜颜色预览窗口，同时也可以单击“颜色”色块，在弹出的“拾色器”对话框中选择所需要颜色。

❸ 浓度：调整颜色滤镜的使用程度。

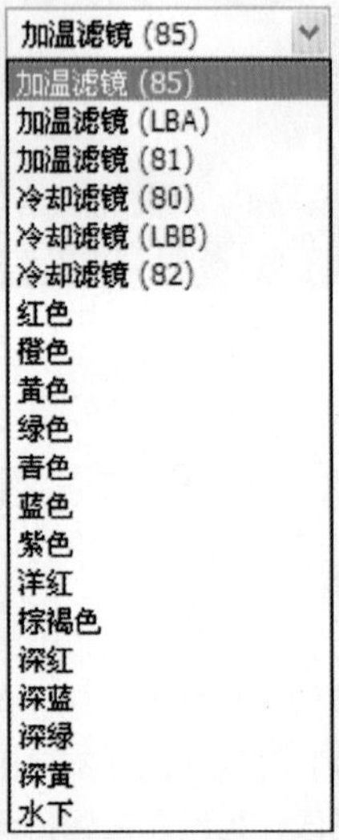

❹ 保留亮度：勾勒该复选框后，可以在保持图像亮度的情况下应用“照片滤镜”命令。

下面举例说明照片滤镜的功能和用途。

原图

图3-106

回到图层面板，新建一个图层，按〈**Ctrl**〉+〈**V**〉键粘贴在新图层当中，如图 3-107 所示。

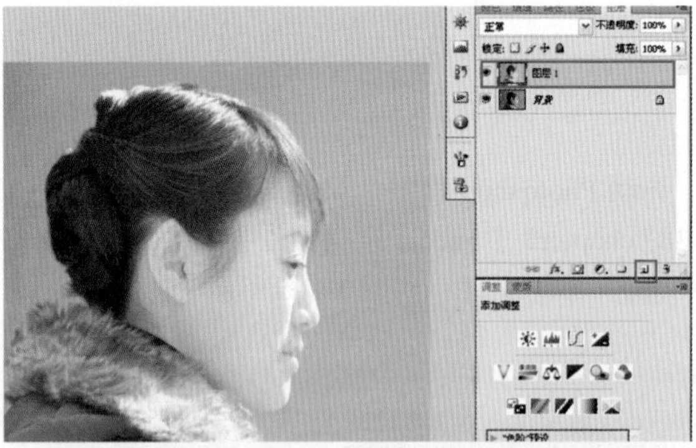

图3-107

将图层 1 的混合模式改为柔光，如图 3-108 所示。

图3-108

03

　　合并可见图层，如图 3-109 所示，并复制合并好的图层，关闭背景图层的可视性，如图 3-110 所示。

　　　　图3-109　　　　　　　图3-110

　　执行"滤镜"→"素描"→"水彩画纸"，在弹出的对话框当中对参数进行如图 3-111 所示的设置。调节后画面效果如图 3-112 所示。

图3-111

图3-112

滤镜：加温滤镜（85）

浓度：50%

保留明度：选中

效果图

滤镜：加温滤镜（85）

浓度：100%

保留明度：选中

效果图

滤镜：加温滤镜（85）

浓度：100%

保留明度：不选中

效果图

滤镜：加温滤镜（82）

浓度：25%

保留明度：选中

效果图

04

单击图层面板当中的添加填充或调整图层按钮 <img>，为图像添加一个色彩平衡的调整图层。在弹出的对话框当中选择中间调，参数调整如图 3-113 所示。

图3-113

选择高光，对参数进行调整，如图 3-114 所示。

图3-114

05

打开 chapter3 中 media 素材文件夹当中的"相框 .jpg"，用移动工具 <img> 将其拖入到图像当中，双击背景图层，将其解锁，如图 3-115 所示。

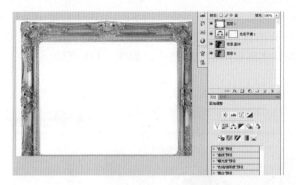

图3-115

用魔棒工具选中相框素材当中的白色，并进行删除，效果如图 3-116 所示。

图3-116

按〈Ctrl〉+〈D〉键取消掉选区，组合键〈Ctrl〉+〈T〉调出自由变换选项，将相框放缩到合适的大小，如图 3-117 所示。

图3-117

滤镜：加温滤镜（82）

浓度：100%

保留明度：选中

效果图

滤镜：加温滤镜（82）

浓度：100%

保留明度：不选中

效果图

智能锐化滤镜

利用智能锐化效果可以实现更精细的锐化效果并可以通过几种模糊效果增加图片的特殊效果，同时高级设置使锐化效果更易控制。

执行"滤镜"→"锐化"→"智能锐化"命令，在弹出的对话框中设置相关参数。

数量：120%

半径：20 像素

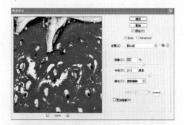

原图

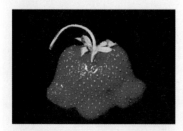

锐化效果

同时选中图层 0 与背景副本图层，用组合键〈Ctrl〉+〈T〉调出自由变换选项，对这两层进行同时变换，让图像整体都显示在相框当中，如图 3-118 所示。

图3-118

06

为相框图层添加图层样式，双击图层 1 调出图层样式，为其添加投影。参数设置如图 3-119 所示，效果如图 3-120 所示。

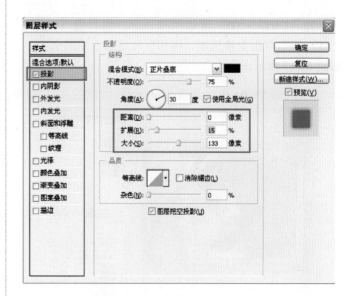

图3-119

图3-120

07

将图层 0 拖动到最顶层，用套索工具勾画出如下图的选区，如图 3-121 所示。

图3-121

按〈Shift〉+〈F6〉调出羽化选项，将羽化值设为 6，并单击添加蒙版按钮，添加一个蒙版。使头发的肌理与结构能够显示出来，如图 3-122 所示。

按着键盘上的〈Ctrl〉键单击图层 0 的蒙版缩略图部分，调出头发部分的选区 ，单击 ⊘. 按钮，为其添加一个"色相 / 饱和度"的调整图层,参数设置如图 3-123 所示。

将前景色设为黑色，选择画笔工具，设置其不透明度与流量，在图层 0 的蒙版上进行涂抹，使头发边缘更加柔和，如图 3-124 所示。

计算命令

用于混合两个来自一个或多个源图像的单个通道。然后可以将结果应用到新图像或新通道，或现用图像的选区。不能对复合通道应用"计算"命令打开一个或多个源图像。

注：如果使用多个源图像，则这些图像的像素尺寸必须相同。

要在图像窗口中预览效果，请选择"预览"。

选取第一个源图像、图层和通道。要使用源图像中所有的图层，请选取"合并图层"。

要在计算中使用通道内容的负片，请选择"反相"。对于"通道"，如果要复制将图像转换为灰度的效果，请选取"灰色"。

选取第二个源图像、图层和通道，并指定选项。

对于"混合"，选取一种混合模式。输入不透明度值以指定效果的强度。

如果要通过蒙版应用混合，请选择"蒙版"。然后选择包含蒙版的图像和图层。对于"通道"，可以选择任何颜色通道或 Alpha通道以用作蒙版。也可使用基于现用选区或选中图层（透明区域）边界的蒙版。选择"反相"反转通道的蒙版区域和未蒙版区域。

对于"结果"，指定是将混合结果放入新文档、还是现用图像的新通道或选区。

明度，就是亮度，如果将明度调至最低会得到黑色，调至最高会得到白色。对黑色和白色改变色相或饱和度都没有效果。

原图

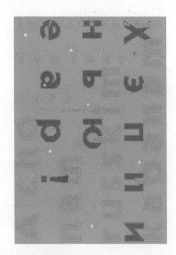

色相：+113
明度：+26

图3-122

图3-123

图3-124

08

为图像再添加一个"可选颜色"调整图层，在弹出的对话框当中选择白色，参数调节如图 3-125 所示。选择中性色，参数调节如图 3-126 所示。最终照片的艺术效果如图 3-127 所示。

图3-125

图3-126

图3-127

效果图

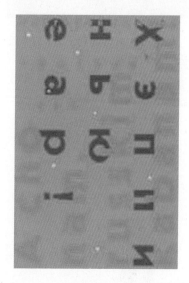

3.7 打造人物完美容貌

知识点：修复画笔工具、修补工具、红眼工具、磁性套索工具、色相饱和度、曲线、高斯模糊、历史记录画笔工具。

知 识 点 提 示

红眼工具

红眼工具的操作方法快捷。选择红眼工具，在工具的选项栏上设置参数。

| 瞳孔大小: 50% | 变暗量: 50% |

瞳孔大小：决定瞳孔的深度。
变暗量：决定瞳孔颜色暗度。

01

启动 Photoshop CS4 程序，双击工作区域，打开附书光盘中的"打造人物完美容貌 .jpg"素材文件，如图3-128 所示，再点击"打开"按钮。

图3-128

02

　　复制"背景"图层拖移至"创建新图层"按钮 ⬛ 上，得到"背景副本"图层，如图 3-129 所示。

图3-129

03

　　选择"背景副本"图层，选择修复画笔工具 🖌，按着〈Alt〉键在没有斑点的地方取样，然后在有斑点处进行涂抹，初步效果如图 3-130 所示。

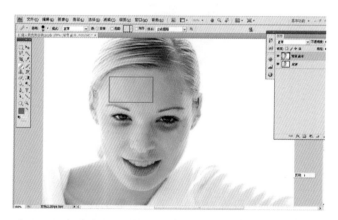

图3-130

　　注意在操作的过程当中，皮肤的样本应不断地变换，因每处皮肤的肤色与肌理会有些差异，所以应不断对皮肤取样后，再做修改。取样时按着〈Alt〉键在没有斑点的地方取样，再对斑点进行涂抹或点按

蒙尘与划痕滤镜

　　蒙尘与划痕滤镜是利用不同的像素来减少图像中的杂点。在照片的处理中一般用于处理照片的划痕，使其过渡更自然。除了可以用此滤镜处理人物的雀斑之外，还可以处理扫描照片时留下的划痕。

　　执行"滤镜→杂色→蒙尘与划痕"命令，在弹出的对话框设置各项参数，完成后单击"确定"按钮。

　　半径：设置去除图像的瑕疵范围。阈值：设置需要处理的图像像素的阈值。阈值越大，图像上的颜色就越多，去除杂色的瑕疵的效果就越好。

修补工具 ⬡

　　利用修补工具可以将图像中的特定区域隐藏起来，从而达到对图像进行修补的目的。但是被修补部分本身的亮度无法完全被修补。

选择修补工具 ，在图像上要修补的区域建立选区，然后将选区拖移到没有缺陷的部分，最后按快捷键〈Ctrl〉+〈D〉取消选区。

原图

建立修补选区

修改相结合。图 3-131 所示的为对右半部分脸进行修改后的效果。图 3-132 所示的为斑点修复完成之后的效果。

图3-131

图3-132

04

将前景色设置为黑色，选择红眼工具 ，在选项栏中设置"瞳孔大小"为 50%。使用红眼工具 在眼睛部分单击并拖动，如图 3-133 所示。松开鼠标左键，得到效果如图 3-134 所示。

图3-133

图3-134

05

　　使用同样的方法消除另一只眼睛的红眼,如图3-135
所示的效果。

图3-135

拖移选区

修补效果

最终修补效果

图层不透明度

图层的不透明度确定它遮蔽或显示其下方图层的程度。不透明度为 1% 的图层看起来几乎是透明的，而不透明度为 100% 的图层则显得完全不透明。

06

下面，将去除人像的眼袋。选择套索工具 ♀，在人物的眼袋部分建立选区，如图 3-136 所示。

图3-136

按组合键〈**Shift**〉+〈**F6**〉对选区进行羽化，羽化半径值为 4 像素，如图 3-137 所示。

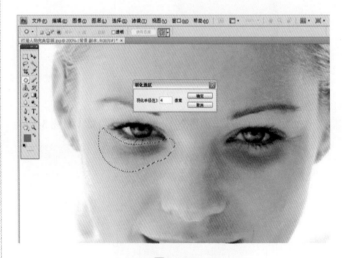

图3-137

选择修补工具 ♀，用鼠标左键拖动选区到脸部光滑的地方，如图 3-138 所示。释放鼠标左键，得到效果如图 3-139 所示。

按〈**Ctrl**〉+〈**U**〉键调出色相饱和度命令，将明度适度提亮，得到如图 3-140 所示效果。

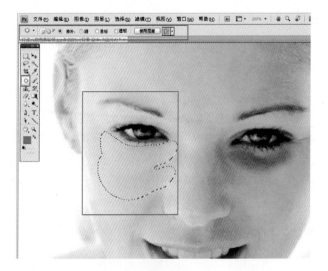

图3-138

图3-139

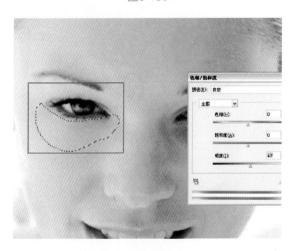

图3-140

操 作 提 示

　　背景图层或锁定图层的不透明度是无法更改的。

　　以下图为例，最上层图层2的图层不透明度为0%时，只显示图层0的图像。

　　将图层2的图层不透明度设为50%时，两个图层的图像在画布中呈叠加状态。

　　图层2的图层不透明度为100%时，只显示图层2。

知识点提示

修复画笔工具

修复画笔工具可用于校正瑕疵，使它们消失在周围的图像中。与仿制工具一样，使用修复画笔工具可以利用图像或图案中的样本像素来绘画。但是，修复画笔工具还可将样本像素的纹理、光照、不透明度和阴影与所修复的像素进行匹配。从而使修复后的像素不留痕迹地融入图像的其余部分。

(Photoshop Extended) 可以对视频帧或动画帧应用修复画笔工具。

按住〈**Alt**〉键的同时在画面中选择一个位置，单击鼠标左键，进行取样，放开〈**Alt**〉键，按住鼠标左键在画面中需要进行修复的地方进行涂抹，即可对图像进行修复。

07

用套索工具在右眼的位置勾选出如下选区，如图 3-141 所示。

图3-141

按组合键〈**Shift**〉+〈**F6**〉对选区进行羽化，羽化值为 4 像素。选择修补工具 ，用鼠标左键拖动选区到脸部光滑的地方，如图 3-142 所示。得到如图 3-143 所示效果。

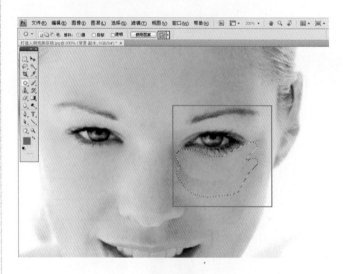

图3-142

图3-143

08

放大图像，用磁性套索工具 [图]，在人物的牙齿上建立如下选区，如图 3-144 所示。

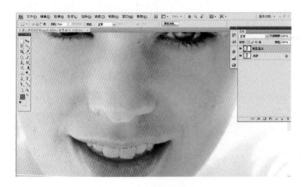

图3-144

将羽化值设为 2 像素，按〈Ctrl〉+〈U〉键调出色相饱和度命令，将明度适度提亮，如图 3-145 所示。效果图如图 3-146 所示。

图3-145

（3）可通过将指针定位在图像区域的上方,然后按住〈**Alt**〉键,并单击鼠标左键来设置取样点。

（4）在需要进行修复的地方涂抹或是点按即可完成操作。

原图

图3-146

选择修复画笔工具进行取样,对斑点进行修复。

效果如下图所示。

09

将背景副本拖动到创建新图层按钮上,如图 3-147 所示。

图3-147

对背景副本 2 进行高斯模糊,设定模糊半径为 5.1 如下图 3-148 所示。

在历史记录面板当中,选中复制图层步骤,然后在工具箱当中选择历史记录画笔工具 🖌,在历史记录面板当中将高斯模糊步骤设定为记录的源,如图 3-149 所示。

图3-148

图3-149

10

　　选择历史记录画笔工具 <span></span>，降低画笔不透明度及流量，参数如图 3-150 所示，确定在背景副本 2 当中进行操作，接下来在画面当中需要进行模糊的部分涂抹，可以看到，经过历史记录画笔工具的涂抹，人物皮肤变得更加光滑。

图3-150

11

　　用组合键〈**Ctrl**〉+〈**M**〉适当提高画面的亮度，参数如图 3-151 所示，使人物皮肤更加白皙，符合西方人皮肤的特点。对人物高级修复完成,最终效果如图 3-152 所示。

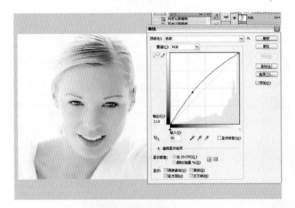

图3-151

图3-152

3.8　效果图处理（日景变夜景）

知识点：添加填充或调整图层、曲线、色相饱和度、蒙版、画笔、钢笔工具。

01

　　启动 Photoshop CS4 程序。打开附书光盘 chapter3
当中的素材文件"日景 .jpg"如图 3-153 所示。

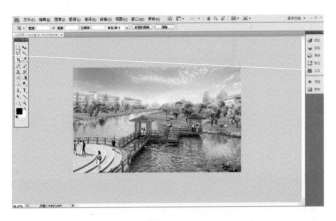

图3-153

02

　　通过图层当中的添加新的填充和调整图层按钮
，为图像添加一个"曲线"调整图层，如图 3-154
所示。

　　在弹出的对话框当中调整曲线,参数如图 3-155 所示。
调整之后的画面效果如图 3-156 所示。

知 识 点 提 示

调整图层

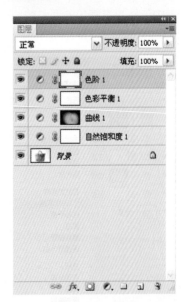

操 作 提 示

添加调整图层的方法有两种

（1）执行菜单栏当中的"图层"
→"新建调整图层"，在弹出的菜
单栏当中选择一种需要的调整图
层即可。

（2）从图层面板当中找到新
建调整图层按钮 ●，即可从列
表中选择想要添加的调整图层
类型。

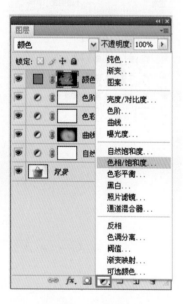

图3-154

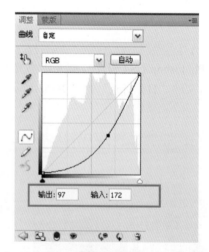

图3-155

图3-156

03

为画面添加一个色相／饱和度调整图层。主要调整明度参数。通过两步调整，和原画面相比，图像已经明显变得黑暗，为下一步灯光效果的营造制造气氛，如图3-157 所示。

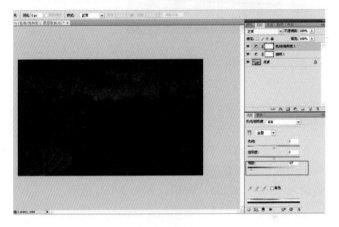

图3-157

用套索工具 🔾 圈套出天空的轮廓，对天空进行色彩的调整。为了勾画的方便，可以关掉两个调整图层的可视性。勾选后效果如图 3-158 所示。注意在进行选区的选择时，可以把一些房屋勾选其中，这样可以使天空与房屋之间的过渡柔和。

图3-158

对选区进行羽化，羽化值为 3。打开两个调整图层的可视性，在不取消选区的情况下，单击图层下的 🅾. 按钮，为天空添加一个色相饱和度调整图层。调整参数如图 3-159 所示。

调整图层，它如同在图像上添加了一块透明带颜色的玻璃，利用这个"媒介"实现对一个或多个图层的像素值、色调、饱和度、对比度以及反相、阈值等的调整。调整图层会影响它下面的所有图层。这意味着可以通过单个调整图层来校正多个图层，而不是分别对每个图层进行调整。在实际的操作中，往往只需要对某个图层单独施用调整，要达到这种效果，最简单的办法就是将调整图层和要被影响的图层编组。而这种调整对原有图像是非破坏性的，换而言之就是这种变换不会永久性地改变图像中的像素。

知 识 点 提 示

填充图层

填充图层是一种带蒙版的图层，可为纯色、渐变色或图案，和调整图层的作用类似，因此被归为一类。其特点是可以随时更换其内容，被转换为调节层，可以通过编辑蒙版制作达到融合效果。在对图像进行编辑变化的同时，也能尽量保持原图像素不被破坏。

操 作 提 示

添加填充图层与添加调整图层的方法类似。

知 识 点 提 示

填充图层和调整图层本质的不同在于，填充图层不会对底下的图层造成影响。

下面对三种不同的填充图层（纯色填充图层、渐变填充图层、图案填充图层）进行分析和讲解，使读者能对此种类型的图层有更深的认识。

纯色填充图层

这是一种用某种单色进行填充的图层。对它们可以使用图层蒙版、矢量蒙版或同时使用这两种蒙版。这种图层最常见的用法是改变其图层混合模式来制作各种特殊效果。

本实例中均是添加纯色的填充图层，并将其混合模式改成叠加。

图3-159

04

接下来，将逐渐铺设出灯光的效果，继续为画面添加一个纯色的调整图层。通过拾色器为其拾取色彩，参数设置（R84，G255，B66），如图 3-160 所示。

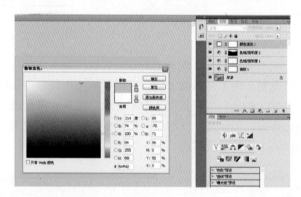

图3-160

将新添加的纯色图层的蒙版填充为黑色，并将图层混合模式变成叠加，如图 3-161 所示。

图3-161

05

将前景色和背景色调节为白色与黑色 ■，选择画笔工具 ✎，适当调整画笔的硬度、不透明度与流量，如图 3-162 所示。

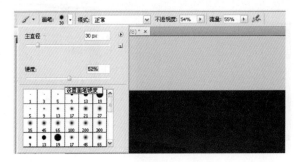

图3-162

在纯色的调整图层上的蒙版当中用白色的画笔在需要的地方开始涂抹。此层将为画面当中的植被加光，如图 3-163 所示。

图3-163

可以看到用画笔画过的区域已经开始慢慢出现光晕效果，如图 3-164 所示。

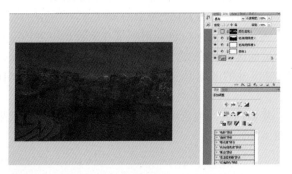

图3-164

操　作　提　示

下面对比添加纯色填充图层，混合模式不同时产生的不同效果。

（1）混合模式：叠加

原图

效果图

原图

效果图

原图

效果图

为使光亮更加明显，将绿色的纯色调整图层拖动到 ![] 按钮上进行复制。通过复制，画面当中植被处已经明显地变亮，如图 3-165 所示。

图3-165

06

创建一个白色的纯色填充图层。下面将为水面添加光亮效果，如图 3-166 所示。

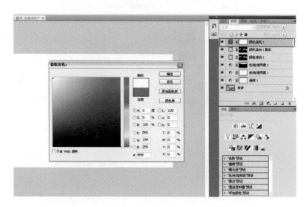

图3-166

同样将其蒙版填充为黑色，并将图层的混合模式同样改成叠加，如图 3-167 所示。

确定前景色为白色，用画笔在蒙版当中进行涂抹，涂抹过的区域将变亮，在此处，主要对水面进行涂抹，当然在其他的区域也进行适当选择性的涂抹，如图 3-168 所示。

复制白色的纯色填充图层，提亮水面的光亮效果，如图 3-169 所示。

图3-167

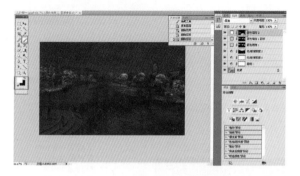

图3-168

图3-169

（2）混合模式：颜色

颜色混合模式多在对图像的色彩进行选择性改变时使用，既能改变画面颜色又能较好地保留原有的肌理与光照效果。

原图

效果图

07

为桥面添加光亮效果，再次添加纯色的填充图层，数值设置如图3-170所示。

将其蒙版填充为黑色，并将图层的混合模式同样改成叠加，如图3-171所示。

原图

效果图

知 识 点 提 示

渐变填充图层

　　理解了纯色填充图层，那么渐变填充图层和纯色填充图层类似，只是用渐变色彩来代替原有的纯色图层。

　　因为桥面的区域较为规则，所以用 多边形套索工具，将其勾选出来，如图 3-172 所示。

图3-170

图3-171

图3-172

在蒙版当中将选区填充为白色，如图 3-173 所示。填充白色后效果如图 3-174 所示。

操　作　提　示

单击图层下的 ⬤ 添加调整与填充图层按钮，选择纯色选项。

图3-173

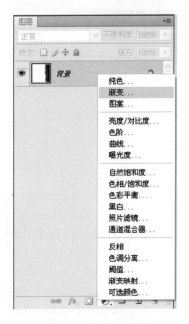

在弹出的渐变填充对话框中，点击渐变预览旁边的小下拉三角（从中选择一种预设渐变）。

图3-174

复制橙色的纯色填充图层，提亮桥面的光亮效果如图 3-175 所示。

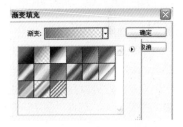

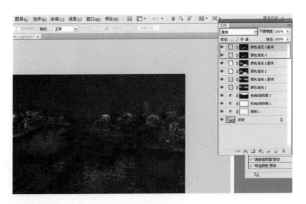

图3-175

Http://www.Photoshop图像处理制作案例教程.com

单击渐变预览，调出渐变编辑器。

在渐变编辑器窗口中，可以选择渐变类型，改变色标位置，添加颜色，调整不透明度等。如果满意的话，还可以为新渐变命名，单击新建按钮，将之保存为预置渐变。在创建渐变之后，在渐变填充对话框中继续设定渐变的其他属性，诸如样式、角度、缩放等。

知 识 点 提 示

图案填充图层

图案填充图层与前两种填充图层的概念是相同的。但也有自己与众不同之处就在于它是以重复的图案填充。选择"图层→新填充图层→图案"。

双击调整图层的颜色面板，修改其颜色，如图3-176所示。

图3-176

08

沿桥面底部用多边形套索工具套出如下选区，如图3-177所示。

图3-177

创建新的图层，选择画笔工具，确定画笔各选项，如图3-178所示。

图3-178

将前景色调节为（R255，G156，B0），如图 3-179
所示。

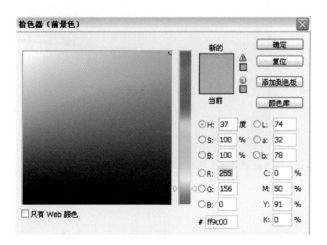

图3-179

用画笔工具，配合键盘上的〈**Shift**〉键在选区当
中涂抹出一条光带，如图 3-180 所示。

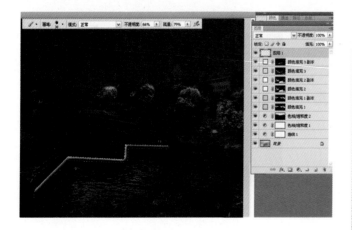

图3-180

在弹出的对话框中的图案拾
色器中选择用于填充图层的预设
图案，使用不同的缩放级别可调
整图案的大小。

"贴紧原点"可使图层的原点对齐
图案的原点。

09

按〈**Ctrl**〉+〈**D**〉取消掉选区，桥底光带完成。接
下来，用同样的方法在广场的阶梯区域也加上蓝色光带。
创建新的图层，用钢笔工具勾画出如图 3-181 所示的
路径。

操 作 提 示

建立图案填充不仅可用内置的图案，还可以自己定义图案。被定义的图案可以是一张图像当中的一部分也可以是自己绘制的图形。

下面实际操作用自己绘制的图案来对画面进行填充。

建立一个100 × 100 像素的、背景为透明的文件。

用矩形选框工具与椭圆选框工具绘制如下的图形。

单击"编辑"→"定义图案"。将文件定义为图案。

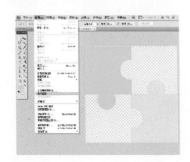

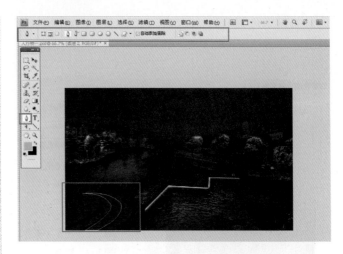

图3-181

按〈Ctrl〉+〈Enter〉键将路径转化为选区，将前景色调整为蓝色，如图 3-182 所示。

图3-182

选择画笔工具，确定画笔参数，沿着选区的边缘进行涂抹，如图 3-183 所示。

按〈Ctrl〉+〈D〉取消掉选区，将图层 2 拖动到创建新图层按钮上，复制图层 2 副本。选择移动工具并向右移动几个像素，制做另一个台阶的光，如图 3-184 所示。

按〈Ctrl〉+〈T〉调出自由变换工具，单击鼠标右键在弹出的对话框当中选择斜切，如图 3-185 所示。

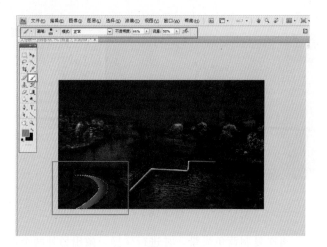

图3-183

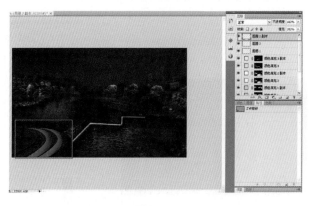

图3-184

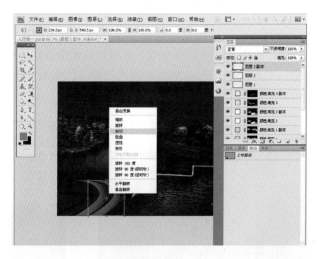

图3-185

调整四个角点，使复制的蓝色光带符合透视关系并适当地调整其大小，如图3-186所示。

为图像添加图案填充图层，并在弹出的对话框当中选择自定义的图案。

双击添加的图案填充层，为其添加图层样式，在斜面浮雕选项当中选择枕状浮雕。

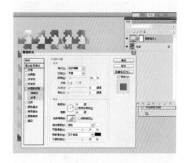

选中图案填充图层，鼠标右键在弹出的对话框当中选择栅格化图层。

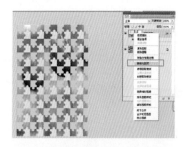

可以看到画面已经出现了神奇的拼图效果。

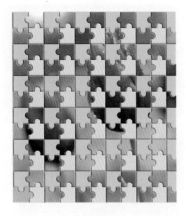

选中图案填充图层，按组合键〈Ctrl〉+〈Shift〉+〈U〉去除图像的颜色。

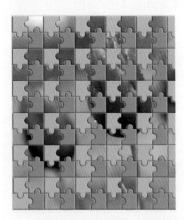

在图层当中将图案填充图层的混合模式改为柔光。

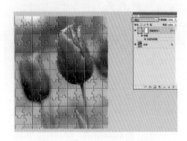

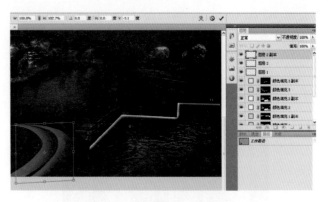

图3-186

再次复制蓝色光带，并进行变换，做出另外两个台阶上的蓝色光带，如图3-187所示。

图3-187

合并蓝色光带图层，将图层混合模式改为颜色减淡，降低整体不透明度为90%，使其更好地融合在环境当中，并对光带在人身上的区域进行修改，如图3-188所示。

图3-188

10

单击"文件"→"置入"导入光盘 chapter3 当中的"deng.bmp"素材文件，如图 3-189 所示。

图3-189

将图层混合模式改为滤色，效果如图 3-190 所示。

图3-190

按〈Ctrl〉+〈T〉调出自由变换工具，将导入的灯光的大小放缩到合适尺寸，并摆放到桥的各转角处，如图 3-191 所示。

复制多个灯光层，将他们摆放到合适的位置，如图 3-192 所示。

可以看到图像已经完全从底部透出来，而制作的图案也使整个的画面出现了拼图效果。

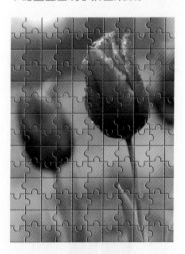

添加填充与调整图层，改变层与层之间的混合模式，可以使画面产生神奇的效果，在实际的应用过程中大家可以尝试不同数值与混合模式。

操 作 提 示

定义的图案还能使用到其他的图像当中，使其图像也产生类似拼图的效果。

图3-191

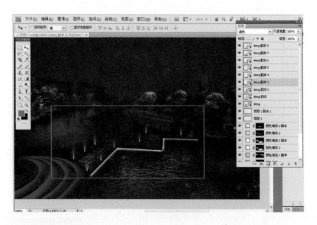

图3-192

11

创建一个新的白色的纯色填充图层，如图 3-193 所示。

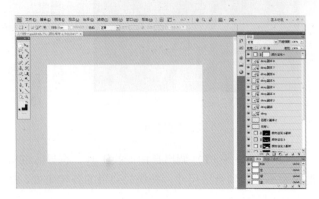

图3-193

将其蒙版先填充为黑色，并用选框工具做出如下选区，用白色对其进行填充，如图 3-194 所示。

图3-194

将图层的混合模式改为叠加，并复制一层，加大楼房窗口当中的亮度，如图 3-195 所示。

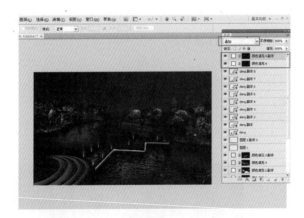

图3-195

12

对画面进行微调，可以用白色的画笔在最后添加的白色纯色图层的蒙版当中进行涂抹，加大某些位置的亮度，对气氛进行渲染，如图 3-196 所示。

图3-196

Photoshop
图像处理制作案例教程

在Photoshop中色彩是一个重要的环节，图像菜单就如同人的心脏，占Photoshop很关键的一部分。在Photoshop菜单栏"图像"→"调整"下的所有功能全都是关于色彩调节的，要很好地使用这些工具，并不是一件简单的事情。在很多情况下，这些命令都可以用，但是哪个才是最符合的呢，这就需要在实际的应用过程当中，逐渐总结出心得，本章所讲的实例，在帮助认识Photoshop在颜色调整方面的强大功能的同时，其运用的调整方式与技巧也可以帮助大家在工作和生活中更好地处理图片。

课后练习

❶ 菜单栏当中图像下 _____ 选项是专门针对色彩进行调节的。

　　A. 模式　　　　　B. 调整　　　　　C. 计算　　　　　D. 变量

❷ 滤镜中的液化命令在对图像进行操作的过程中起到何种作用？

❸ 简要叙述光照滤镜可使画面出现何种效果。

❹ 挑选自己的一张照片，对其进行替换背景处理。

❺ 实现图3-197所示的日景变夜景的效果。

图3-197

第四章

Photoshop平面设计制作

本章课程总览

本章学习时间： 20课时。

学习目标： 利用Photoshop CS4的工具，掌握图像颜色调整、图层蒙版、图层样式、滤镜效果，学习制作各类平面设计实例。

教学重点： 滤镜库滤镜效果的运用。

教学难点： 图形轮廓制作与画面排版的把握。

讲授内容： 魔棒工具属性，自由变换工具，形状工具属性，颜色填充，图层（图层样式）合并，图层蒙版，滤镜库滤镜效果。

课程范例文件： chapter4\final\Photoshop平面设计制作.rar。

平面设计范围十分广阔，经常被运用到广告宣传、包装设计、包括网站设计等各个领域。本章通过软件 Photoshop CS4 当中的工具及各项功能的配合使用，制作水果饮料海报实例、彩妆广告实例、书籍装帧实例、网页模版实例。通过实例的练习，使读者在学习制作软件的同时，对平面设计当中的排版与色彩搭配有清楚的概念。

彩妆广告制作

书籍装帧制作

4.1 水果饮料海报制作

　　知识点：创建路径、椭圆工具、颜色填充、图层样式效果、变形工具、图层混合选项、文字工具。

知 识 点 提 示

海报设计概念

　　海报是一种信息传递艺术，是一种大众化的宣传工具。海报设计必须有相当的号召力与艺术感染力，要调动形象、色彩、构图、形式感等因素形成强烈的视觉效果；它的画面应有较强的视觉中心，应力求新颖、单纯，还必须具有独特的艺术风格和设计特点。海报设计总的要求是使人一目了然。如下图可口可乐海报所示，画面简洁，且主题突出。

01

　　执行"文件"→"新建"命令，在弹出的对话框中将"名称"设置为"水果饮料海报制作"，"宽度"设置为1000 像素，"高度"设置为1300 像素，"颜色模式"设置为 RGB 颜色，"背景内容"设置为白色，如图 4-1 所示，单击"确定"按钮，这样就创建了一个"水果饮料海报制作"的图像文件，如图 4-2 所示。

图4-1

图4-2

02

双击背景层缩略图，背景层被解锁，自定义为"图层0"，按〈Ctrl〉+〈A〉全选画布，选择渐变工具，设置一个从（R52，G72，B134）到（R125，G142，B198）的渐变颜色，使用径向渐变 ，从画布的中心位置往周围拉出一个渐变背景，如图4-3所示。按〈Ctrl〉+〈R〉键调出标尺，从标尺上部和左部拉出两条宽度和高度的中线，选择椭圆选框工具，按住〈Alt〉+〈Shift〉键，同时在两条参考线的交叉处往外拖动鼠标，得到一个与画布中心位置一致的正圆选择区，如图4-4所示。

图4-3　　　　　图4-4

03

新建图层，将此图层命名为"圆"，在画布单击鼠标右键，点选下拉菜单中的"填充"，往选择区里填充颜色（R172，G194，B205），如图4-5所示。

图4-5

单击图层面板下的"混合选项"图层样式按钮，从下拉菜单中点击"内阴影"，在其参数设置面板将颜色

海报又称招贴画，是贴在街头墙上，挂在橱窗里的大幅画作，以其醒目的画面吸引路人的注意。

海报设计的思路

（1）这张海报的目的。

（2）目标受众。

（3）他们的接受方式。

（4）其他同行业类型产品的海报。

（5）此海报的体现策略。

（6）创意点。

（7）表现手法。

（8）怎么样与产品结合。

海报设计的具体要素

（1）充分的视觉冲击力，可以通过图像和色彩来实现。

（2）海报表达的内容精炼，抓住主要诉求点。

（3）内容不可过多。

（4）一般以图片为主，文案为辅。

（5）主题字体醒目。

冷暖色

指颜色的冷暖属性。色彩的冷暖感觉是人们在长期生活实践中由于联想而形成的。红、橙、黄色常使人联想起东方旭日和燃烧的火焰，因此有温暖的感觉，所以称为"暖色"；蓝色常使人联想起高空的蓝天、阴影处的冰雪，因此有寒冷的感觉，所以称为"冷色"；绿、紫等色给人的感觉是不冷不暖，故称为"中性色"。色彩的冷暖是相对的。在同类色彩中，含暖意成分多的较暖，反之较冷。

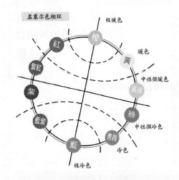

不同的色彩可以使人产生不同的心理感受：如上图所示，色环中紫、绿一边的色相称冷色，它使人们联想到海洋、蓝天、冰雪、月夜等，给人一种阴凉、宁静、深远的感觉。如在炎热的夏天，人们在冷色环境中，也会感觉到舒适。

色环紫红、黄绿一边的色相称暖色，能带给人温馨、和谐的感觉。给人们一种温暖、热烈、活跃的感觉。

冷色调的亮度越高越偏暖，暖色调的亮度越高越偏冷。

设置为（R82，G125，B147），其他设置如图4-6所示。

图4-6

再单击"描边"，在其层数面板里将颜色设置为白色，其他设置如图4-7所示，单击"确定"按钮，效果如图4-8所示。

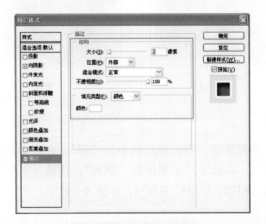

图4-7

图4-8

04

　　用钢笔工具，在刚建立的圆形图案里绘制一个如图 4-9 所示的路径，新建图层，命名为"船身 1"，按住〈Ctrl〉+〈Enter〉键，将路径转换为选区，执行"编辑→填充"命令，在新选区里填充颜色（R247，G160，B141）效果如图 4-10 所示。

图4-9　　　　　　　　图4-10

　　按〈Ctrl〉+〈D〉键取消选择，再用钢笔工具绘制一个如图 4-11 所示的路径，新建图层，命名为"船头 1"，转换路径为选区，填充颜色（R253，G220，B201），复制图层"船头 1"，并且重名命为"船头 2"，取消"船头 1"的选取，按住〈Ctrl〉键同时单击图层"船头 2"的图层缩略图，载入其选择区，往里面填充颜色（R255，G186，B125），将图层"船头 2"放到图"船头 1"的下一层，保持刚刚的选择区，选择移动工具，用键盘的左箭头和下箭头键,将"船头 2"往左下给移一个像素,按住〈Alt〉键，同时重复使用左箭头和下箭头键移动复制"船头 2"的选区内的图形，直到效果如图 4-12 所示，停止复制移动图形。

 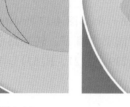

图4-11　　　　　　　　图4-12

本实例颜色运用

　　色彩可以使人有距离上的心理感觉。

　　背景色：蓝色让人感到安静，清凉，沉稳，有缩人的感觉。

　　主体色：红色、黄色和橙色给人活泼、愉快、兴奋的感受。有突出背景向前的感觉。

路径保留

　　路径建立完成后，路径面板里将自动出现一个"工作路径"的图层。

　　"工作路径"图层可以自动存储建立的路径，在没有选择"工作路径"图层的情况下，再次建立路径，它将会删除掉上一次的路径，如果有些路径是在后期还会用到的，那么可以单击路径面板下的创建新路径 ，在新路径图层中建立路径，那么这些路径都将被保留。

　　在无路径图层被选择的情况下，工作路径仍作为自动保存路径的图层。

描边路径

建立路径后，在当前使用工具为钢笔工具或直接选择工具时，单击鼠标右键可选择"描边路径"选项。在其弹出的对话框中，描边路径的选项有很多。不管是选择何种工具的描边路径，都必须在执行该命令之前将要选择的工具的属性设置好，在执行"描边路径"命令时，将依据刚设置的属性对路径进行描边。

选中"模拟压力"后，描边路径有两头尖中间粗的效果，模拟笔尖勾勒出的线条感。

注：在选中"模拟压力"之前，需先把画笔面板"画笔笔尖形状"下的"形状动态"选中。

配合〈Alt〉键的图层复制和同图层之间的图形复制

在画布中移动图层时，若同时按住键盘的〈Alt〉键，该图层将被移动复制，但如果图层内含有选区，移动该选区内图形时再同时按住键盘的〈Alt〉键，那么该选区的图形将在同一个图层内被移动复制，图层不被复制。

05

用钢笔工具在船尾绘制一个如图 4-13 所示的路径，在图层"船身 1"下新建图层"房顶 1"，转换路径为选区，往选区里填充颜色（R242，G149，B28），再用钢笔工具，在刚刚填充好的颜色上，绘制一个如图 4-14 所示的路径。

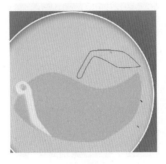 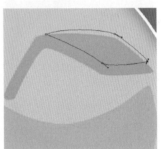

图4-13　　　　　图4-14

新建图层"房顶 2，"转换路径为选区，按住〈Ctrl〉+〈Alt〉+〈Shift〉键，同时单击图层"房顶 1"的图层缩略图，得到如图 4-15 所示的选区，往选区里填充颜色（R244，G64，B109），最后效果如图 4-16 所示。

 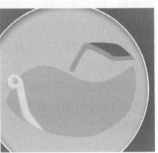

图4-15　　　　　图4-16

06

用钢笔工具绘制一个如图 4-17 所示的路径，在图层"房顶 1"下新建图层"墙 1"，转换路径为选区，往选区里填充颜色（R239，G221，B157），再绘制一个如图 4-18 所示的路径。

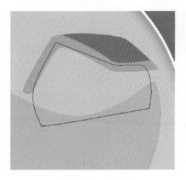

图4-17　　　　　图4-18

新建图层"墙2"，转换路径为选区，按住〈Ctrl〉+〈Alt〉+〈Shift〉键，同时单击图层"墙1"的图层缩略图，得到如图4-19所示的选择区，往选区里填充颜色（R244，G64，B109），最后效果如图4-20所示。

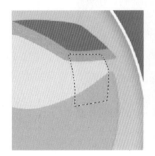

图4-19　　　　　图4-20

07

再用钢笔工具绘制一个如图4-21所示的路径，在图层"墙2"上新建图层"窗1"，转换路径为选区，往选区里填充颜色（R247，G184，B81），执行"选择"→"修改"→"收缩"命令，将选择区收缩10像素，在图层"窗1"上继续填充颜色（R241，G105，B65）。新建图层"窗2"，载入图层"窗1"的选择区，填充颜色（R239，G167，B56），将这个图层放到图层"窗1"下一层，用刚刚做"船头"的办法，保持当前的选择区，按住〈Alt〉键，同时用键盘的下箭头和右箭头键移动复制选区内的图形，最后效果如图4-22所示。在图层面板选中所有有房子的图形的图层（"房顶1"、"房顶2"、"窗1"、"窗2"、"墙1"、"墙2"），按〈Ctrl〉+〈E〉键合并这些图层，重命名为"房子"。

图层可见性

控制图层的可见度，关闭效果，图层在画布不显示。
原图

关闭图层可见性

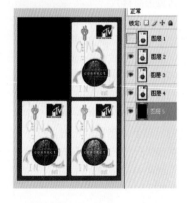

存储图层样式

单击"图层样式"对话框右边的"新建样式"按钮，弹出"新建样式"对话框（如下图），可将刚设置好的各项效果的参数设置保存下来。

单击"确定"该样式将被自动保存到"样式"面板中。

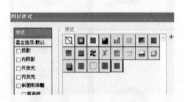

关闭 Photoshop 软件后下次再打开，该样式仍被保留在"样式"面板中。

拷贝图层样式

拷贝和粘贴样式是对多个图层应用相同效果的便捷方法。一个图层的样式效果可运用于多个图层，在图层的名称处单击鼠标右键，从下拉菜单选择"拷贝图层样式"按钮，再在另一个图层的名称处单击鼠标右键，从下拉菜单选择"粘贴图层样式"按钮，图层的样式效果运用到另一个图层中。

也可按住〈Alt〉键并从图层面板的图层效果列表拖动样式，以将其拷贝到另一个图层，按住〈Shift〉键并从图层面板的图层效果列表拖动样式，该图层的样式效果将被剪切到另一个图层。

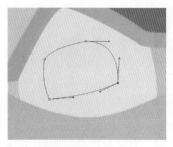
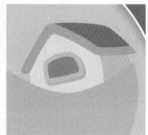

图4-21　　　　　　　图4-22

08

在图层"船身 1"上新建图层"船身 2"，用钢笔工具绘制如图 4-23 所示的路径。

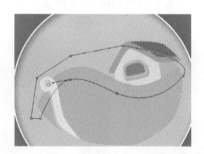

图4-23

转换路径为选区后，按住〈Ctrl〉+〈Alt〉+〈Shift〉键，同时单击图层"船身 1"的图层缩略图，得到选择区后，执行"编辑"→"填充"命令，在弹出填充的对话框后，可以看见鼠标移到画布上会变成吸管的样子，用鼠标单击图 4-24 所示的红色圈起来区域的颜色，这样鼠标所单击位置的颜色将被吸取，成为前景色。也就是说，刚刚图层"船头 1"所填充的颜色（R253，G220，B201），被吸取成为了前景色。在图层"船身 2"里填充前景色，效果如图 4-25 所示。

图4-24　　　　　　　图4-25

09

在图层"船身 2"下新建图层"船身 3"，用钢笔工具绘制如图 4-26 所示的路径，同"船身 2"的操作一样，转换路径为选区后，按住〈Ctrl〉+〈Alt〉+〈Shift〉键，同时单击图层"船身 1"的图层缩略图，得到选择区后，将"船头 2"的颜色吸取到前景色里，往选择区里填充该颜色，效果如图 4-27 所示。

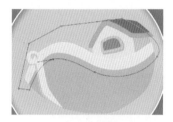
图4-26

图4-27

10

在图层"船身 1"上新建图层"船身 4"，钢笔工具绘制如图 4-28 所示的路径，步骤同上，得到一个路径选区与"船身 1"选区的相交选区，填充颜色（R240，G141，B120），如图 4-29 所示。

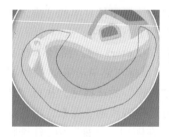
图4-28

图4-29

继续用钢笔绘制一个如图 4-30 所示的路径，转换路径为选择区后，在图层"船身 4"中填充颜色同上，效果如图 4-31 所示。

图4-30

图4-31

如下图所示，图层 3 无样式效果。

配合〈Alt〉键拷贝图层 2 的"描边"效果至图层 3。

配合〈Shift〉键剪切图层 2 的"描边"效果至图层 3。

按住〈Alt〉/〈Shift〉键并直接拖动图层面板图层下的"效果"到其他图层，那么该图层的样式效果将被拷贝/剪切替换掉其他图层现有的样式效果。

如下图所示，图层 1 的样式效果被替换前。

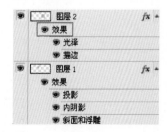

配合〈**Alt**〉键拷贝图层 2"效果"样式，替换图层 1 的"效果"样式。

配合〈**Shift**〉键剪切图层 2 的"效果"样式替换图层 1 的"效果"样式。

图层样式合并到图层里与未合并到图层的区别

（1）图层样式未合并到图层：如果图层后面加了图层样式的效果，那么在载入该图层的选择区时，该图层下的样式效果（如"投影"、"外发光"、"描边"）的选区范围都将不会被载入，如果只对该层进行颜色调整，那么上述那些样式效果的颜色都将不会被改变。

11

新建图层"楼梯"，将前景色设置为（R70，G109，B182）。选择画笔工具，将画笔调成尖角 20 像素，并且点击右侧的画笔面板（如果没有画笔面板，执行"窗口"→"画笔"命令可调出画笔面板），在弹出的画笔调节面板里，将"画笔笔尖形状"下的所有选项都去除勾选，如图 4-32 所示。再用钢笔工具绘制如图 4-33 所示的路径。

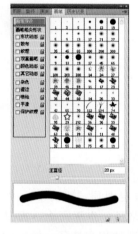
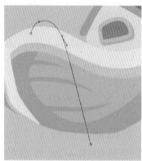

图4-32　　　　　　　图4-33

路径绘制完后保持选择的工具是钢笔工具或是直接选择工具，单击鼠标右键，选择下拉菜单的"描边路径"，如图 4-34 所示，在弹出的对话框中，选择"画笔"描边，如图 4-35 所示。按下〈**Enter**〉键，路径不在画布显示。按住〈**Ctrl**〉键，同时鼠标左键单击图层"楼梯"的图层缩略图，载入图层"楼梯"的选择区。执行"选择→修改→收缩"命令，将选择区收缩 5 像素，再将这个选择区羽化 2 像素，继续在图层"楼梯"中，往选择区里填充颜色（R143，G170，B224），效果如图 4-36 所示。

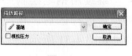

图4-35

图4-34　　　　　　　图4-36

12

复制图层"楼梯"，将复制出的图层往右移，取消选择，按〈Ctrl〉+〈T〉键调出自由变换工具，缩小图形，如图 4-37 所示。按住〈Ctrl〉键同时鼠标左键单击图层"船身 1"的图层缩略图，载入图层"船身 1"的选择区，选择多边形套索工具，按下〈Alt〉+〈Shift〉键，同时拖动鼠标建立如图 4-38 的选区，放开鼠标，得到选区如图 4-39。单击图层面板的图层"楼梯"，按下〈Delete〉键删除此区域图形。同样的方法，载入图层"船身 1"的选择区，选择多边形套索工具，按下〈Alt〉+〈Shift〉键拖动鼠标得到如图 4-40 的选区，单击图层面板的图层"楼梯副本"，按下〈Delete〉键删除选区内图形。

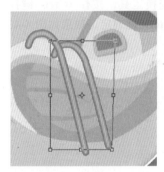

图4-37

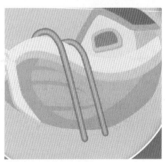

图4-38

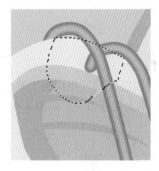

图4-39

图4-40

13

新建图层，用矩形选框工具在两个图形间拉出一个长方形的选区，选择渐变工具，将渐变颜色设置为（R73，G109，B180）到（R137，G165，B220）再到（R117，G149，B208）的渐变，由选框的下方至上方拉出如图 4-41 所示的渐变。

图层 1 添加样式效果无颜色调整前，如下图所示。

对整个画布颜色进行饱和度调整，图层 1 的样式效果颜色也发生变化。

只对图层 1 进行饱和度颜色调整（注意红框内的图层剪切蒙版标志，可按快捷键〈Ctrl〉+〈Alt〉+〈G〉键创建），图层 1 的样式效果无变化。

（2）图层样式合并到图层：在此图层下新建一个图层，按〈Ctrl〉+〈E〉键向下合并一个图层，使之成为一个图层。

如下图所示，合并图层1与图层2为图层2。

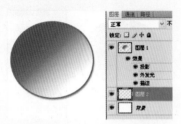

再同上操作，只对图层2进行饱和度调整，图层2颜色整体颜色发生变化，如下图所示。

注：如果在此图层上面新建一个图层，那么必须选中两个图层再按下〈Ctrl〉+〈E〉键合并图层，否则直接向下合并一个图层，图层样式依然没有合并到图层里面去。

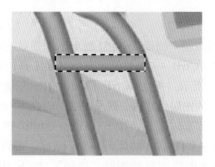

图4-41

将图层往下移两个图层，放到"楼梯"和"楼梯副本"的图层下，用自由变换工具旋转刚渐变填充的图形，保持选区，再按住〈Alt〉键移动复制图形，效果如图4-42所示，取消选择，用自由变换工具，按住〈Ctrl〉键拖动左下角的节点，按下〈Enter〉键确定，效果如图4-43所示。

图4-42

图4-43

14

新建组"水果"，在组里新建图层"果1"，用椭圆工具，按住〈Shift〉键拖动鼠标，在画布上先拖出一个如图4-44所示的正圆选区。

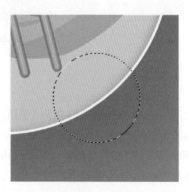

图4-44

用渐变工具，设置渐变颜色为（R205，G158，B33）到（R250，G235，B146）的渐变，从选择区的上方至下方拉出渐变，单击图层面板下面的图层样式按钮，从下拉菜单中点选"内发光"，在其参数设置面板里将设置调成图4-45所示。

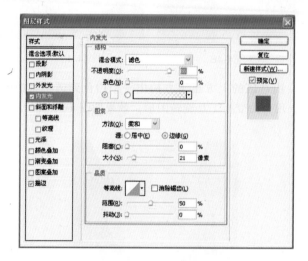

图4-45

再选中"描边"，在其参数设置里将颜色设置为（R209，G153，B34），其他设置如图4-46所示。单击"确定"按钮，效果如图4-47所示。

图4-46　　　　　　　　　图4-47

15

新建图层"果2"，执行"选择"→"修改"→"收缩"命令将选区收缩10像素，再羽化5像素，用白色到透明色的渐变从选区下方至上方拉出渐变，如图4-48所示。新建图层"果3"，用椭圆工具在此图形的上方拉出一个如图4-49所示的椭圆选区。

水晶质感水果的体现
真实水果参考图

水晶水果参考图

图4-48　　　　　　　　　图4-49

由选区的上方至下方拉出一个白色到透明色的渐变，用自由变换工具旋转图形，效果如图4-50所示。

图4-50

16

新建图层"叶1"，用钢笔工具绘制出叶子的形状，如图4-51所示，转换路径为选区，用渐变工具，将渐变颜色设置为（R18，G106，B22）到（R107，G205，B106）的渐变，从选择区的右方至左方拉出渐变，单击图层面板下的添加图层样式按钮，选择"描边"选项，设定描边颜色为（R42，G128，B43），大小设置为3像素，单击"确定"按钮，效果如图4-52所示。

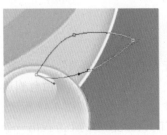

图4-51　　　　　　　　　图4-52

新建图层"叶2"，设置前景色为（R42，G128，B43）。选择画笔工具，在画笔面板中，勾选"画笔笔尖形状下"的"形状动态"。用钢笔工具绘制如图4-53所示的路径，单击鼠标右键，选择"描边路径"，在对话框中选择"画笔"描边，并勾选"模拟压力"，单击"确定"按钮后，效果如图4-54所示。

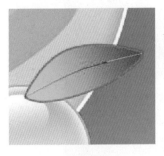 

图4-53　　　　　　图4-54

17

新建图层"叶3"，载入图层"叶1"的选择区，用白色到透明色的渐变从选择区的右方至左方拉出渐变，用钢笔工具绘制如图4-55所示的路径，转换为选区后将选区反选，按下〈**Delete**〉键删除选区内的图形，效果如图4-56所示。

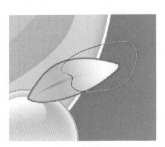 

图4-55　　　　　　图4-56

18

新建图层"柄"，用矩形工具下的圆角矩形工具，在其CS4界面上方显示的属性栏里将它的"半径"值设置为10像素，在水果的上方拉出一个长条状的路径形状，按〈**Ctrl**〉+〈**Enter**〉键转化路径为选区，填充颜色（R39，G100，B40）。用自由变换工具旋转图形，

饮料海报中突出"水"元素的体现

在饮料海报中，"水"元素的创造，会使画面质感提升。参考一些海报设计和水的图形，可以制作出一些气泡和较简单的水的图形，增添画面效果。

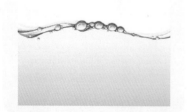

并且配合〈**Ctrl**〉键将下方的两个节点往里缩,如图 4-57 所示。

图4-57

单击图层面板下的图层样式按钮,从下拉菜单中点选"内阴影",在其参数设置面板中,将颜色设置为(R13,G78,B14),其他参数设置如图 4-58 所示。

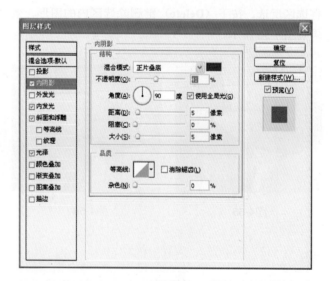

图4-58

勾选"内发光"选项,将颜色设置为(R150,G241,B152),其他参数设置如图 4-59 所示,勾选"斜面和浮雕"选项,其面板参数设置如图 4-60 所示。

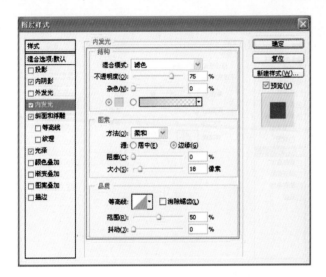

图4-59

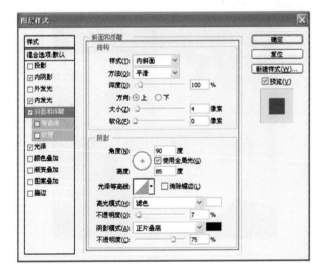

图4-60

魔棒工具属性栏详解

容差： 容差：确定选定像素的相似点差异。以像素为单位输入一个值，范围介于 0 ～ 255 之间。如果值较低，则会选择与所单击像素非常相似的少数几种颜色。如果值较高，则会选择范围更广的颜色。

消除锯齿 消除锯齿：创建较平滑边缘选区。

连续 连续：只选择使用相同颜色的邻近区域。否则，将会选择整个图像中使用相同颜色的所有像素。

对所有图层取样 对所有图层取样：使用所有可见图层中的数据选择颜色。否则，魔棒工具将只从现用图层中选择颜色。

　　在图像中，单击要选择的颜色。如果"连续"已选中，则容差范围内的所有相邻像素都被选中。否则，将选中容差范围内的所有像素。

19

　　继续在图层样式面板，选中"光泽"选项，将颜色设置为（R31,G98,B32），其他参数设置如图 4-61 所示，单击"确定"按钮。新建图层"柄 2"在柄的上方拖出一个椭圆选区，要超出柄头部的范围，按住〈Ctrl〉+〈Alt〉+〈Shift〉键点击图层"柄"的图层缩略图，取得两者相交的选择区，将选区收缩 2 像素后，用渐变工具从选区的上方至下方拉出一个白色到透明色的渐变，最后效果如图 4-62 所示。

原图

勾选"连续",边缘部分容差
数值内的颜色被选取删除。

不勾选"连续",整个画布容
差数值内的颜色被选取删除。

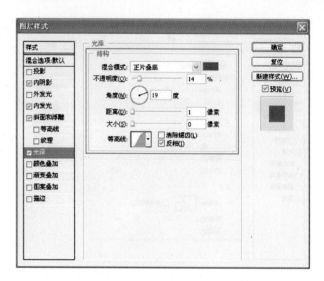

图4-61

图4-62

20

同样的方法可以再做出别的水果,或者把水果如图4-63所示的图形复制出来再合并成一个图层,重命名"水果_改",然后将刚刚做好的水果的所有图层合并,图层重命名为"水果1",自由变换工具缩小图层"水果_改"(也可以将此图形再复制一个,然后关闭其图层可见性,作为下次备用),移动到画布另一角落,执行"图像→调整→去色"命令(快捷键〈Shift〉+〈Ctrl〉+〈U〉)将图形去色,如图4-64所示。

图4-63　　　　　　　　图4-64

载入这个图层的选区，新建一个图层，填充一个想要的颜色，将该图层的图层混合模式设置为"颜色"，如果颜色不理想，可用"曲线"命令调整图层颜色，最后效果如图 4-65 所示。合并这几个图层，再复制图层，通过变形、放大、缩小，移动处理，可做出葡萄的造型。参考"水果 1"的做法，最后做出葡萄的柄部和叶子，合并所有葡萄造型的图层，重命名为"葡萄"，效果如图 4-66 所示。

 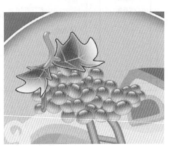

图4-65　　　　　　　　图4-66

21

参考葡萄的制作方法，可以再做出一些水果，继续做一个猕猴桃，如图 4-67 所示，将所有水果的图层放到图层"船身 1"和"房顶 2"之间，按原比例缩小且一一移动到如图 4-68 所示的位置。

图4-67　　　　　　　　图4-68

填充颜色

"填充"命令可以对选定的区域进行填色。单击"填充"命令，将弹出填充对话框。

在对话框中，"内容"选项用于选择填充方式，包括使用前景色、背景色、颜色、图案（自定义图案）、历史记录、黑色、50%灰色、白色进行填充。

填充方式选择"颜色"时，可在颜色拾取器和画布上吸取颜色，自定填充颜色。

"混合"选项用于设置不透明度和填充模式。

自由变换工具详解

在处理图形变形、缩小扩大、旋转时，经常要使用到自由变换工具（快捷键〈Ctrl〉+〈T〉）。

使用自由变换工具后，单击鼠标右键，出现如下图菜单栏。

自由变换

缩放
旋转
斜切
扭曲
透视
变形

内容识别比例

旋转 180 度
旋转 90 度（顺时针）
旋转 90 度（逆时针）

水平翻转
垂直翻转

自由变换：可多项调节图像，鼠标指针放在变换边框的不同手柄处，指针发生不同的变化，可对图像进行旋转，缩放，斜切变化。

注：在自由变换选项下斜切图像，需按住〈Ctrl〉键同时再在手柄处单击鼠标左键拖动鼠标（实例第一章\图标制作知识要点处有图片说明）。

缩放：将鼠标指针放在变换边框的不同手柄处，按下鼠标左键上下左右拖曳，即可对图像进行垂直或者水平方向的缩放。按住〈Shift〉键可等比例缩放图像。

关闭图层"圆"和背景图层的图层可见性，按〈Ctrl〉+〈Alt〉+〈Shift〉+〈E〉盖印可见图层，图层重命名为"船上水果"，将图层"圆"和"船上水果"背景图层以外的所有图层的图层可见性都关闭掉，在画布中将图层"船上水果"向下移动一些，使它在圆形的中间位置，给图层添加"外发光"效果，在其参数设置面板中将颜色设置为白色，其他设置如图 4-69 所示，最后效果如图 4-70 所示。

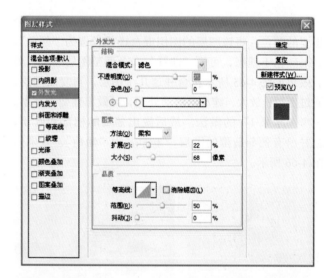

图4-69

图4-70

22

新建图层"泡泡"，在画布左上角用椭圆工具，拉出一个正圆选区，如图 4-71 所示。往选区里填充颜色

（R118，G136，B197），将选区收缩20像素，设置羽化值为5像素，按下键盘的〈**Delete**〉键，效果如图4-72所示。

图 4-71   图 4-72

采用同样的方法再建立几个同样的图形，如图4-73所示。将所有的泡泡的图形图层合并成图层"泡泡"。

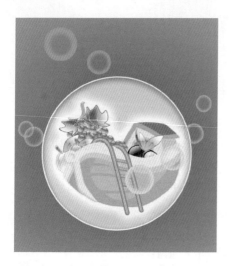

图4-73

23

在背景图层上新建图层"条"，在画布左下位置用矩形选框工具，拉出一些排列不规则的长方形选框，填充白色后，效果如图4-74所示。在此图层上新建图层"波浪1"，用钢笔工具绘制如图4-75所示的路径，转换路径为选区，选择渐变工具，将渐变颜色设置为（R149，G162，B211）到（R201，G234，B241）的渐变，从选区的左方至右方拉出渐变。

原图

垂直拉高图像

旋转：将鼠标指针放在变换边框四个角的手柄处，当鼠标显示为弧形的双向箭头时，按顺时针或逆时针方向拖曳鼠标，图像将以调节中心为轴进行自由旋转。若按住键盘上的〈**Shift**〉键旋转图像，可使图像按15°角的倍数进行旋转。

斜切：按住键盘上的〈Ctrl〉+〈Shift〉键，当鼠标指针变为 时，按住鼠标拖动，可以对图像进行平行四边形的斜切，如下图所示。

扭曲：将鼠标指针放在变换边框四个角的手柄处，按住鼠标左键拖动，可对图像进行扭曲变形，其功能和斜切相似，但是斜切更适合用于调节单个手柄垂直或水平位置变形，扭曲适用于调节单个手柄任意位置的变形。

透视：将鼠标指针放在变换边框四个角的手柄处，按住鼠标左键拖动，可以使图像产生透视效果。

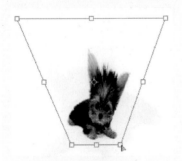

图4-74

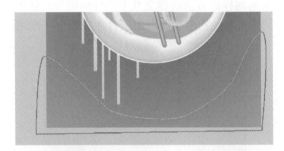

图4-75

再单击图层面板下的图层样式按钮，从下拉菜单中点选"外发光"，其参数设置如图 4-76 所示，单击"确定"按钮后效果如图 4-77 所示。

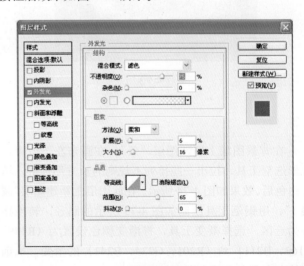

图4-76

图4-77

新建图层"波浪2",继续用钢笔工具绘制如图4-78所示的路径,用渐变工具,在渐变编辑器里将左边色标颜色值设置为(R178,G191,B223),右边色标颜色不变,从选区左方至右方拉出渐变,右键点击图层"波浪1"的图层缩略图的标题处,选择下拉菜单中的"拷贝图层样式",再右键点击图层"波浪2"的图层缩略图的标题处,选择下拉菜单中的"粘贴图层样式",最后效果如图4-79所示。

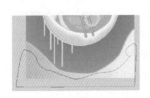

图4-78　　　　　　　　图4-79

24

选择工具栏里的横排文字工具,将字体设置为"华文彩云",颜色设置为"黑色",输入文字"水果饮料",配合〈Ctrl〉键拖动鼠标可调整文字的大小,将文字放在如图4-80所示的位置。新建图层"文字1"载入文字图层"水果饮料"的选区,将选区反选,填充白色,再用魔棒工具 ,在画布中点选文字外圈的部分,按下键盘的〈Delete〉键,删除选区部分,如图4-81所示。

图4-80　　　　　　　　图4-81

变形:它允许用户拖移控制点变换图像的形状或路径的形状,如下图所示。

使用变形前

调节手柄后

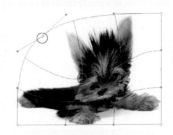

使用变形变换可调节所有手柄位置。

旋转180°:执行此命令可以将整个图像旋转180°。

旋转90°(顺时针):可以将图像顺时针旋转90°。

旋转90°(逆时针):可以将图像逆时针旋转90°。

水平翻转:可以对图像进行水平翻转。

垂直翻转:可以对图像进行垂直翻转。

确定移动的位置、水平或垂直缩放、任意和等比例缩放、自由旋转、斜切、扭曲或透视后，在控制框内双击鼠标或者按〈Enter〉键，都可应用所做的变换。但在没确定变换前，如果点击了工具箱中的其他工具，将会弹出一个提示对话框。

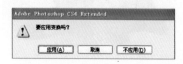

要确定当前变换，点击"应用"按钮，对话框自动退出并确定自由变换状态。

关闭文字图层"水果饮料"的图层可见性，载入"文字1"的选区，用渐变工具，设置颜色为（R252，G112，B43）到（R255，G219，B220）的渐变，从选区上方至下方拉出渐变，如图4-82所示。

图4-82

25

执行"选择"→"修改"→"收缩"命令将选区收缩5像素，用白色到透明色的渐变，在选区上方拉出渐变，单击图层面板下的图层样式按钮，选择"描边"选项，在其参数面板中将颜色设置为白色，"大小"设置为15像素，单击"确定"按钮后效果如图4-83所示。

图4-83

26

取消选择，按〈Ctrl〉+〈T〉键调出自由变换工具，用鼠标右键点选"变形"选项，将文字稍微变形，如图4-84所示，按〈Enter〉键确定，复制先前制作的"水果1"，重命名为"水果文字"，拖动到图层面板的最上层，通过移动工具移动其位置，再用自由变换命令翻转缩放图形，调整其位置，如图4-85所示。

图4-84 图4-85

载入图层"水果文字"的选区，单击图层面板下的"创建新的图层或调整图层"按钮，选择菜单中的"色彩平衡"，调整数值，如图 4-86 所示。用黑色画笔在此色彩平衡层的蒙版中，擦去叶子和茎的部分，效果如图4-87 所示。

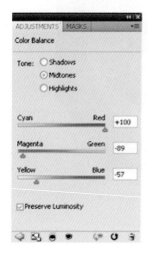

图4-86 图4-87

27

载入图层"水果文字"的选区，执行"选择→修改→扩展"将选区扩展 3 像素，单击图层面板的图层"文字 1"按下键盘的〈Delete〉键，效果如图 4-88 所示。

图4-88

　　执行"文件→打开"命令，选择本书配套光盘中的"chapter4\media\饮料.png"文件，单击"打开"按钮，用移动工具拖动该文档图层至"水果饮料海报制作"文档，关闭"饮料"文档，重命名新拖入图层为"饮料"，确定该图层在图层面板最上层。用移动工具移动饮料图形至画布右下方，水果饮料的海报实例制作完成，整体效果如图4-89所示。

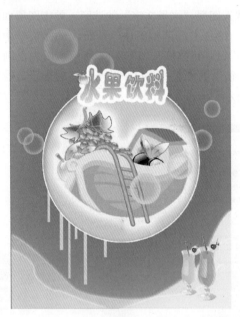

图4-89

4.2　彩妆广告制作

知识点：多边形工具、图层蒙版运用、图层样式、图层混合模式——叠加、喷溅滤镜、定义画笔预设。

01

执行"文件"→"打开"命令，选择本书配套光盘中的"chapter4\media\人物.jpg"文件，如图4-90所示，单击"打开"按钮，打开人物图像文档，如图4-91所示。

图4-90

知 识 点 提 示

平面广告的构成要素

现在的平面广告，主要是表现商品，表达一种思想，最终达到一种商业目的。

平面广告的内容，不外乎"图"和"文"，处理好这二者的关系，可以达到广告的目的。

图：包括插图、照片、漫画、彩色的画面等，平面广告中，除要运用文字之外，还要运用图片进行视角诉求。一般情况下，图片的视觉更具冲击力。

说明文字：主要是对图片的补充，或者是对某些意犹未尽的内容进行深度的说明。不同的字体具有不同的视角感受。如：扁体字有左右流动的感觉，长体字有上下流动的感觉，斜体字有向前或向后的感觉。因此，对不同的字体，要根据需要进行不同的组合。

在整个平面广告中，文字与图案是一种水乳交融的关系，是互为补充的关系，是相辅相成的关系。

平面广告设计创意原则

（1）排版力求简单：避免版面杂乱拥挤，切勿使用风格不同的字体，使用成群结队的小图片。

（2）图片比文案更重要：如很多高档化妆品的广告只有吸引人的图片和品牌名。

（3）图片最好有故事性。

（4）广告的主题要醒目。

（5）每个广告都要完整。

（6）结合媒体特点，打破惯例，勇于突破。

当然，设计一个有力的平面广告，做到让目标消费者心动，除了对广告的表现力精确地把握外，还要对所传达的信息有深刻的认识，对所表达的内容能够进行准确提炼，掌握消费者的心理。

图4-91

02

执行"文件"→"存储为"（快捷键〈Ctrl〉+〈Shift〉+〈S〉）命令，将"文件名"命名为"彩妆广告制作"，"格式"设置为 psd 格式，在"保存在"中选择好存储路径，如图 4-92 所示，单击"保存"按钮后，刚打开的 jpg 图像文档已被另存为"彩妆广告制作 .psd"文档，在 Photoshop CS4 界面中被继续编辑操作，如图 4-93 所示。

图4-92

图4-93

03

在图层面板双击背景图层，解锁背景图层，重名命背景层为"人物"，单击图层面板下的"创建新的填充或调整图层"按钮，从下拉菜单中选择"色相／饱和度"，在弹出的对话框中设置"色相"为0，"饱和度"为30，"明度"为－16，如图4-94所示，单击"确定"按钮后效果如图4-95所示。

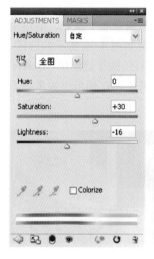 

图4-94　　　　图4-95

04

在图层面板中，拖动"人物"图层至图层面板下的"创建新图层"按钮，复制出新图层"人物副本"。执行"图像→调整→去色"命令，将"人物副本"图层去色，重命名图层为"人物黑白"，效果如图4-96所示。新建图层"纸1"，用多边形套索工具或钢笔工具慢慢绘制出纸撕开后的不规则锯齿状轮廓，如图4-97所示。截入选区填充白色后效果如图4-98所示。

图4-96　　　　图4-97

图层蒙版
1. 添加图层蒙版

在进行复杂的图像编辑时使用蒙版，未选中区域将"被蒙版"或受保护以免被编辑。因此，创建了蒙版后，当要改变图像某个区域的颜色，或者要对该区域应用滤镜或其他效果时，可以对该图层某区域添加图层蒙版，可以隔离并保护图像的其余部分。

优点：

（1）修改方便，不会因为使用橡皮擦或剪切删除而造成不可返回的遗憾。

（2）可运用不同滤镜，以产生一些意想不到的特效。任何一张灰度图都可用为蒙版。

蒙版是将不同灰度色值转化为不同的不透明度，并作用到它所在的图层，使图层不同部位不透明度产生相应的变化。黑色为完全透明，白色为完全不透明。

以下图为例，用黑至白色的渐变蒙版，讲解图层不透明度与蒙版灰度值的关系。

注：背景层不可用蒙版。

图层面板中，图层0在图层1上一层。

在图层 0 打开图层可见性，正常模式且不透明度为 100% 显示下，图层 1 在画布不显示。

单击图层面板下的"添加矢量蒙版" 按钮，建立蒙版，用黑至白的渐变，渐变填充蒙版。

关闭图层 1 的图层可见性，图层 0 显示如下图，图层不透明度随蒙版黑—灰—白颜色变化逐渐增大。

打开图层 1 的图层可见性，效果如下图所示。

图4-98

05

单击图层面板下的"添加矢量蒙版"按钮，继续用多边形套索工具或钢笔工具绘制如图 4-99 所示的选区，在工具栏里设置"前景色"为白色，按下键盘的〈Delete〉键，该图层蒙版中此区域变成黑色，在画布中效果如图 4-100 所示。

图4-99   图4-100

按下〈Ctrl〉键同时单击图层"纸 1"蒙版的标题处载入蒙版选区，在图层面板点击"人物黑白"图层，再单击图层面板下的"添加矢量蒙版"按钮，选区将成为"人物黑白"图层的蒙版，如图 4-101 所示。

图4-101

06

单击图层面板下的"添加图层样式"按钮，选择下拉菜单中的"投影"选项，设置"颜色"为黑色，该选项的其他参数设置如图 4-102 所示，单击"确定"按钮，效果如图 4-103 所示。

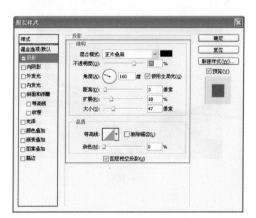

图4-102

图4-103

07

新建图层"纸2"，用渐变工具，设置渐变颜色为（R138，G138，B138）至（R242，G243，B242）至（R129，G129，B129）的渐变，色标的距离大概保持一致，在画布左方往画布中间偏左的位置拖动鼠标，得到如图4-104所示的效果。用多边形套索工具绘制如图4-105所示的选区，单击图层面板下的"添加矢量蒙版"按钮，效果如图4-106所示。

图4-104

图4-105

2. 选区转换为图层蒙版

原图

在画布创建一个选区

单击图层面板下的"添加矢量蒙版" 按钮，此选区转换为该图层蒙版。

擦除或添加蒙版选区：

当画布无选择区时，单击图层面板下的"添加矢量蒙版"后，图层不透明度不会有任何变化，前景色和背景色自动变成黑白色■，通过前景色、背景色互换按钮▣并〈Delete〉键可快速擦除或添加蒙版选区，改变图层图像在画布中显示的不透明度。

为图层添加蒙版后，创建一个选区，将前景色设置为白色，按下〈Delete〉键，此时蒙版的这块选区变成黑色，画布上这个图层的这块选区将变成透明的。

如下图，创建一个选区，前景色为白色，按下〈Delete〉键，画布中该选区内图像透明显示。

反之，前景色为黑色时，按下〈Delete〉键，画布中该图层的选区内的图像将会显示出来。

图4-106

08

单击图层面板下的"添加图层样式"按钮，选择下拉菜单中的"投影"选项，设置"颜色"为黑色，该选项的其他参数设置如图4-107所示。

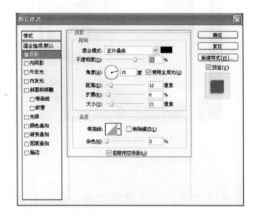

图4-107

点选"内发光"选项，在其参数设置面板中设置"颜色"为白色，该选项的其他参数设置如图4-108所示，单击"确定"按钮，效果如图4-109所示。

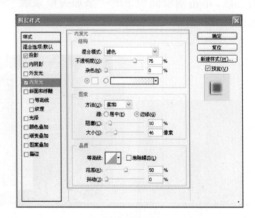

图4-108

图4-109

09

复制图层"纸2"，在图层面板中关闭图层"纸2"的"内发光"效果，如图4-110所示。

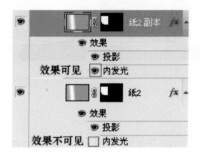

图4-110

在图层"纸2副本"上新建图层，选中新建的图层和图层"纸2副本"，按下〈Ctrl〉+〈E〉键合并这两个图层，重命名为"纸2白边"。单击图层面板下的"添加矢量蒙版"按钮，用矩形选框工具，框选一个如图4-111所示的选区，将"前景色"设置为白色，按下键盘的〈Delete〉键，效果如图4-112所示。

图4-111　　　　图4-112

如下图，在蒙版选区位置创建新的选区，前景色为黑色，按下〈Delete〉键，画布中该选区使用蒙版后透明的图像显示出来。

3. 停用 / 启用图层蒙版

操作：在图层面板的图层蒙版缩略图处点击鼠标右键，选择下拉菜单的"停用 / 启用图层蒙版"命令。

添加图层蒙版后

停用图层蒙版后，保持原图状态如下图所示。

按住〈**Alt**〉同时单击图层蒙版缩略图，可在画布窗口查看蒙版通道，再次同样操作或直接单击别的图层，可返回到原先查看状态。

10

取消选择，选择柔角画笔，在画笔面板去除掉所有勾选选项，调低不透明度，用黑色画笔，在图层"纸2白边"的蒙版中擦去有边界的地方，效果如图4-113所示。新建组"纸2"，将图层"纸2"和图层"纸2白边"放进组内，为组添加一个图层蒙版，继续用黑色柔角画笔，在图4-114所示的红色圈起处点击，擦去图层"纸1"和图层"纸2"的边界。效果参考图4-114所示。

图4-113　　　　　　　图4-114

11

在最下层的"人物"图层上新建图层"眼影1"，设置"前景色"为（R93，G87，B63），用柔角画笔工具在图像的右眼上随意涂抹，效果大致如图4-115所示，设置图层的混合模式为"叠加"，效果如图4-116所示（如果绘制效果比较理想，可配合画笔不透明度调节和橡皮擦工具灵活运用，达到满意效果为止）。

图4-115　　　　　　　图4-116

先关闭该图层的图层可见性，在此图层之下新建图层"眼影2"，设置前景色为（R205，G223，B47），继续用柔角画笔在右眼处涂抹，效果大致如图4-117所示，设置图层混合模式为"叠加"，效果如图4-118所示。

图4-117　　　　图4-118

12

在图层最上层新建组"花瓣笔刷"，在组内新建图层"白色"，选择矩形工具在画布上随意框选出一个矩形选框，填充白色后，再新建图层"花瓣1"，用钢笔工具绘制出如图4-119所示的路径。按下〈Ctrl〉+〈Enter〉键转换路径为选区，快捷键〈M〉切换至选框工具，右键鼠标选择"羽化"，将选区羽化4值设为像素。用渐变工具，设置渐变颜色为（R117，G63，B138）至（R190，G165，B200）的渐变，由选区的上方至下方拉出如图4-120所示的渐变。

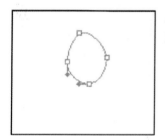 

图4-119　　　　图4-120

13

执行"滤镜→画笔描边→喷溅"命令，设置"喷色半径"为10，"平滑度"为4，如图4-121所示，单击"确定"按钮后，效果如图4-122所示。

图4-121　　　　图4-122

使用〈Ctrl〉+〈J〉键可快速复制图层选区内的图像为新的图层。

以下图为例，图层面板只有背景图层，在画布创建一个选区。

按下〈Ctrl〉+〈J〉键，选区内的图像复制为图层1。

移动图层1位置可见背景层不改变。

213
Photoshop

滤镜库介绍

滤镜是 Photoshop 的一个重要的组成部分，也是最让人感兴趣的一项技术，滤镜不仅可以改善图像的效果并掩盖其缺陷，还可以在原有图像的基础上产生许多特殊的效果。

滤镜在使用过程中一些规则及滤镜的特征说明

（1）应先确定该滤镜的操作对象，操作对象可以是整个图层，也可以是该图层中的一个或多个选择区域内的图像部分。

（2）有些滤镜是不能对背景图层进行操作的。

（3）应用滤镜时，保证目标图层是当前图层并可见。

（4）滤镜不能应用于位图，IN 索引颜色，或 16 位通道图像，所有滤镜都能应用于 RGB 模式的图像。

（5）在打开的滤镜对话框中通常有预览窗口，可以预览设置参数后的滤镜效果，设有"预览"复选框，选中它一般可以在图像窗口中直接预览滤镜效果。

（6）最后一次执行的滤镜命令将是下次打开的菜单中的第一条命令，执行该命令与执行上一次滤镜命令作用相同。

执行"滤镜"→"模糊"→"高斯模糊"命令，设置"半径"为 0.9 像素，如图 4-123 所示，单击"确定"按钮后，效果如图 4-124 所示。

图4-123　　　　　　　图4-124

14

新建图层"花瓣 2"用椭圆选框工具在花瓣下方拉出一个椭圆选区，用"选择"→"变换选区"稍微旋转选区后如图 4-125 所示，选择渐变工具，继续用刚才的渐变颜色，从选区的下方至上方，拉出如图 4-126 所示的渐变。

图4-125　　　　　　　图4-126

合并图层"花瓣 1"和"花瓣 2"，复制旋转后，排列出如图 4-127 所示的效果。合并这五个花瓣的图层，重命名为"花瓣"，此时花瓣制作完成，复制图层拖出组外可继续编辑。

图4-127

也可执行"编辑"→"定义画笔预设"命令，如图

4-128 所示，在弹出的对话框中设置名称为"花瓣画笔"，如图 4-129 所示单击确定后，画笔预设里，增加了刚存储进去的画笔图案，如图 4-130 所示。等到下次再打开该软件，花瓣画笔仍然在画笔预设中。

图4-128

图4-129

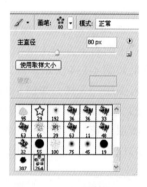

图4-130

15

选择刚存储的画笔，关闭组"花瓣画笔"的可见性，在图层面板最上层新建图层"花　黑白 1"，设置前景色为（R62，G62，B62），用 320 像素的花瓣画笔在画布的右上方单击鼠标，用自由变换工具旋转图形后，如图 4-131 所示，载入图层"人物　黑白"的蒙版选区，单击图层面板下的"添加矢量蒙版"按钮，效果如图 4-132 所示，用黑色到透明色的渐变，在图层"花 黑白 1"的蒙版中，由花心位置往偏右上方位置拉出渐变，大致效果如图 4-133 所示。

图4-131　　　　　图4-132

滤镜库

使用滤镜库十分简单，单击菜单栏"滤镜"处，从下拉菜单单击需要的滤镜，可以浏览到滤镜组中的各个滤镜。

滤镜库——画笔描边滤镜组

画笔描边滤镜

使用不同的画笔和油墨描边效果创造出绘画效果的外观。有些滤镜添加颗粒、绘画、杂色、边缘细节或纹理。可以通过"滤镜库"来应用所有"画笔描边"滤镜。

（1）成角的线条：使用对角描边重新绘制图像，用相反方向的线条来绘制亮区和暗区。

原图

使用成角的线条滤镜后的效果

（2）墨水轮廓：以钢笔画的风格，用纤细的线条在原细节上重绘图像。

（3）喷溅：模拟喷溅喷枪的效果。增加选项可简化总体效果。

图4-133

16

　　新建图层"花　黑白2"，继续用花瓣画笔工具，在右眼的右下方单击鼠标,用自由变换工具旋转图形后，效果如图4-134所示，同上操作，为图层"花　黑白2"载入图层"人物　黑白"的蒙版选区，再单击图层面板下的"添加矢量蒙版"按钮，用黑色到透明色的渐变，在图层"花　黑白2"的蒙版中，由花心位置往偏右下方的位置拉出渐变，效果如图4-135所示。

图4-134　　　　　　　　　　图4-135

17

　　选择文字工具，设置字体为"黑体"，颜色设置为白色，在画布右下方输入文字"今天你出　了吗"，按下〈Ctrl〉键旋转文字，调节文字大小，效果大致如图4-136所示。

图4-136

点击左键同时按住〈Ctrl〉键,载入该文字图层的选区,执行"选择"→"修改"→"扩展"命令,将选区扩展4像素,在图层面板单击图层"人物 黑白",按下〈Ctrl〉+〈J〉键,图层"人物 黑白"此选区内的图形被复制出一个图层,重命名该图层为"文字1",然后关闭输入文字图层"今天你出 了吗"的图层可见性。双击图层面板"文字1"下的"效果"按钮,将勾选的"阴影"选项去除,勾选"斜面和浮雕"选项,该选项的参数设置如图4-137所示。

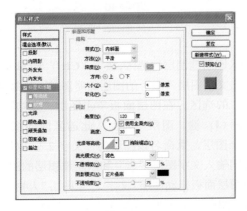

图4-137

18

选择文字工具,设置字体为"华文行楷",在文字"出"和"了"的中间输入文字"彩",按下〈Ctrl〉键旋转文字,调节文字大小,效果大致如图4-138所示。新建图层,设置一个带"形状动态",不透明度为100%的尖角画笔,再用钢笔工具在"彩"字的头部和尾部绘制如图4-139所示的路径。

图4-138

图4-139

在当前使用工具为钢笔工具或直接选择工具时,单击鼠标右键,选择"描边路径",在弹出的对话框中勾选"画笔压力",单击"确定"按钮后(若描边路径后衔接处有衔接不当处,可用画笔工具和橡皮擦工具对衔接处稍稍修改)效果如图4-140所示。

(4) 喷色描边:使用图像的主导色,用成角的、喷溅的颜色线条重新绘画图像。

(5) 强化的边缘:强化图像边缘。设置高的边缘亮度控制值时,强化效果类似白色粉笔;设置低的边缘亮度控制值时,强化效果类似黑色油墨。

(6) 深色线条:用短的、绷紧的深色线条绘制暗区;用长的白色线条绘制亮区。

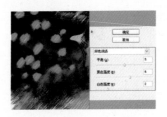

(7) 烟灰墨:以日本画的风格绘画图像,看起来像是用蘸满油墨的画笔在宣纸上绘画。烟灰墨使用非常黑的油墨来创建柔和的模糊边缘。

（8）阴影线：保留原始图像的细节和特征，同时使用模拟的铅笔阴影线添加纹理，并使彩色区域的边缘变粗糙。"强度"选项（使用值1~3）确定使用阴影线的遍数。

图4-140

19

载入刚新建图层的选区，按下〈Ctrl〉+〈Shift〉键，同时单击文字图层"彩"的图层缩略图处，添加文字图层"彩"的选区。在图层面板单击图层"人物"，按下〈Ctrl〉+〈J〉键，图层"人物"此选区内的图形被复制到一个图层，重命名该图层为"文字2"。取消选择，然后关闭输入文字图层"彩"和刚新建图层的图层可见性。在图层面板拖动图层"文字2"至图层"人物　黑白"上一层，图层"文字2"在画布中显示出来，如图4-141所示。按下〈Alt〉键同时拖动图层"文字1"下的"效果"至图层"文字2"下方，该样式效果被拷贝至图层"文字2"中，如图4-142所示。

图4-141　　　　　　　图4-142

20

在图层面板单击最上层图层，选择文字工具，设置字体为"Times New Roman"，颜色为黑色，输入广告词创建文字图层。按下〈Ctrl〉键调节文字大小，效果大致如图4-143所示。由于文字在画面不够突出，新建组"擦除画面"，将图层"人物"上一层的"色相/饱和度"图层、"人物　黑白"、"眼影1"和"眼影2"图层同时选中放入组"画面擦除"内，拖动该组至图层面板最下方，如图4-144所示。

图4-143　　　　　　　　图4-144

21

单击图层面板下的"创建新的填充或调整图层"按钮,选择"纯色",在弹出的对话框中设置颜色为(R215,G215,B215),单击确定按钮后,如图4-145所示。

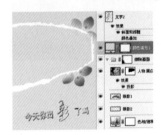

图4-145

在图层面板中将组"擦除画面"拖动到新建的颜色填充图层之上。单击图层面板下的"添加矢量蒙版"按钮,为组"擦除画面"添加一个蒙版,选择柔角画笔,设置"前景色"为黑色,降低画笔不透明度,在该组的蒙版的左下方擦除图形,使文字突显出来,通过前景色和背景色(黑白色)的互换,还有画笔不透明度的调节,可擦除或增加图层蒙版范围,最后效果如图4-146所示。

图4-146

4.3 书籍装帧制作

知识点：滤镜命令——高斯模糊、中间值、水彩、喷溅、扩散、极坐标、图像颜色调整、画笔运用。

知 识 点 提 示

不同文档间拖动图层

同时打开多个图像文档，文档间的图层是可以相互拖动应用的。

选择移动工具，在图层面板单击将要移动的图层，从文档编辑窗口或图层面板拖动鼠标至另外一个文档的编辑窗口，该图层被复制拖动进另外一个文档中，原文档该图层不变。

书籍装帧设计概念

书籍装帧设计：指书籍的整体设计。它包括的内容很多，其中封面、扉页和插图设计是其中的三大主体设计要素。

封面设计是书籍装帧设计艺术的门面，它是通过艺术形象设计的形式来反映书籍的内容。在

01

执行"文件"→"新建"命令，在弹出的对话框中将"名称"设置为"书籍装帧制作"，"宽度"设置为"1024 像素"，"高度"设置为"700 像素"，"背景内容"设置为"白色"，如图 4-147 所示，单击"确定"按钮，这样就创建了一个"书籍装帧制作"的图像文件，如图 4-148 所示。

图4-147

图4-148

02

执行"文件"→"打开"命令，选择本书配套光盘中的"chapter4\media\ 风景 .jpg"文件，如图 4-149 所示，单击"打开"按钮，"风景"图片被打开，将背景解锁，

将"风景"文档的标题栏拖出标签处，如图 4-150 所示，按住〈**Ctrl**〉+〈**Shift**〉键，拖动该文档图片到"书籍装帧制作"文档，如图 4-151 所示。

图4-149

图4-150

图4-151

03

关闭"风景"文档，将刚拖入"书籍装帧制作"的图片图层命名为"风景"，将该图层再复制出 2 层，关闭这 2 个图层副本的图层可见性，如图 4-152 所示。选择"风景"图层，执行"图像"→"调整"→"去色"命令，效果如图 4-153 所示。

图4-152

图4-153

当今琳琅满目的书海中，书籍的封面起了一个无声的推销员作用，它的好坏在一定程度上将会直接影响人们的购买欲。

图形、色彩和文字是封面设计的三要素。设计者就是根据书的不同性质、用途和读者对象，把这三者有机的结合起来，从而表现出书籍的丰富内涵，以传递信息为目的，以一种美感的形式呈现给读者。

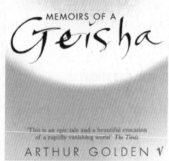

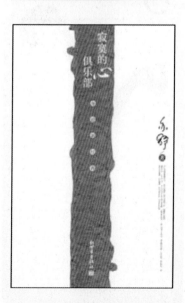

当然有的封面设计则侧重于某一点。如以文字为主体的封面设计，此时，设计者就不能随意地堆砌一些字体于画面上，否则仅仅是按部就班地传达了信息，却不能给人一种艺术享受。且不说这是失败的设计，至少对读者是一种不负责任的行为。没有读者就没有书籍，因而设计者必须精心地考究一番才行。设计者在字体的形式、大小、疏密和编排设计等方面都比较讲究，在传播信息的同时给人一种韵律美的享受。另外封面标题字体的设计形式必须与内容以及读者对象相统一。成功的设计应具有感情，如政治性读物设计应该是严肃的，科技性读物设计应该是严谨的；少儿性读物设计应该是活泼的等等。

瑜伽类书籍封面设计

执行"图像"→"调整"→"曲线"命令，设置"输出"数值为190，"输入"数值为162，如图4-154所示，单击"确定"按钮，效果如图4-155所示。

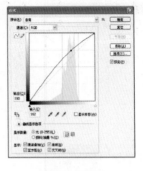

图4-154　　　　　　　图4-155

执行"滤镜"→"杂色"→"中间值"命令，在弹出的对话框中将"半径"值设置为16像素，如图4-156所示，单击"确定"按钮后，效果如图4-157所示。

图4-156　　　　　　　图4-157

再执行"滤镜"→"模糊"→"高斯模糊"命令，在弹出的对话框中将"半径"值设置为7.4像素，如图4-158所示，单击"确定"按钮，效果如图4-159所示。

图4-158　　　　　　　图4-159

04

执行"滤镜"→"艺术效果"→"水彩"命令，在弹出的对话框中，设置"画笔细节"为4，"阴影强度"为0，"纹理"为2，如图4-160所示，单击"确定"按钮后，效果如图4-161所示。

图4-160　　　　　　图4-161

执行"滤镜"→"模糊"→"高斯模糊"命令，在弹出的对话框中将"半径"值设置为5像素，如图4-162所示，单击"确定"按钮，效果如图4-163所示。

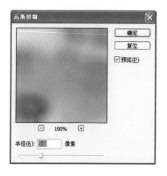

图4-162　　　　　　图4-163

05

选择图层"风景 副本"，打开"风景 副本"的图层可见性，执行"图像"→"调整"→"曲线"命令，将"输出"数值设置为196，"输入"数值为151，如图4-164所示，单击"确定"按钮后，效果如图4-165所示。

执行"图像"→"调整"→"亮度/对比度"命令，设置"亮度"为29，"对比度"为72，如图4-166所示，单击"确定"按钮后，效果如图4-167所示。

文字排版类封面设计

好的封面设计应该在内容的安排上做到繁而不乱，即有主有次，层次分明，简而不空，简单的图形中要有内容，增加一些细节来丰富它。例如在色彩上、印刷上、图形的有机装饰设计上多做些文章，使人看后有一种气氛、意境或者格调。

书籍不是一般商品，而是一种文化。因而在封面设计中，哪怕是一根线、一行字、一个抽象符号，一两块色彩，都要具有一定的设计思想。既要有内容，同时又要具有美感，达到雅俗共赏。

工具库介绍
裁剪和切片工具

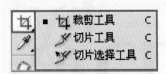

口 裁剪工具：裁剪是移去部分图像以形成突出或加强构图效果的过程，可以裁切图像。

如下图所示，选择裁剪工具在画布上单击鼠标左键并拖动。

按下〈**Enter**〉键确定，图像被裁剪。

✐ 切片工具：切片使用 HTML 表或 CSS 图层将图像划分为若干较小的图像，这些图像可在 Web 页上重新组合。通过划分图像，您可以指定不同的 URL 链接以创建页面导航，或使用其自身的优化设置对图像的每个部分进行优化。

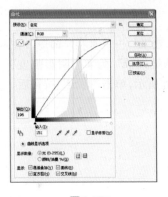

图4-164   图4-165

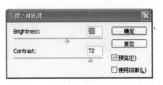

图4-166   图4-167

执行"滤镜"→"杂色"→"中间值"命令，在弹出的对话框中将"半径"值设置为 4 像素，如图 4-168 所示，单击"确定"按钮后，效果如图 4-169 所示。

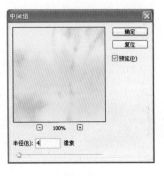

图4-168   图4-169

06

执行"滤镜"→"艺术效果"→"水彩"命令，在弹出的对话框中，设置"画笔细节"为 10，"阴影强度"为 0，"纹理"为 1，如图 4-170 所示，单击"确定"按钮。再执行"图像"→"调整"→"曲线"命令，将"输出"数值设置为 193，"输入"数值为 151，如图 4-171 所示，单击"确定"按钮，执行"图像"→"调整"→"去色"命令，将图层的混合模式设置为"正片叠底"，效果如图 4-172 所示。

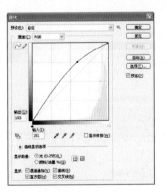

图4-170　　　　　　　图4-171

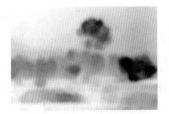

图4-172

07

　　选择图层"风景 副本 2"，打开"风景 副本 2"的图层可见性，执行"滤镜"→"画笔描边"→"喷溅"命令，设置"喷色半径"为7，"平滑度"为5，如图4-173所示，单击"确定"按钮后，效果如图4-174所示。

图4-173　　　　　　　图4-174

　　在图层面板中，将图层的"不透明度"设置为28%，单击图层面板下面的"创建新填充或调整图层"按钮，从下拉菜单中选择"亮度／对比度"，在弹出的对话框中将"亮度"设置为–48，对比度设置为91，如图4-175所示，单击确定按钮后，执行"图像"→"调整"

滤镜库

模糊滤镜组

"模糊"滤镜柔化选区或整个图像,这对于修饰非常有用。它们通过平衡图像中已定义的线条和遮蔽区域的清晰边缘旁边的像素,使变化显得柔和。

模糊	▶	表面模糊...
扭曲	▶	动感模糊...
锐化	▶	方框模糊...
视频	▶	高斯模糊...
素描	▶	进一步模糊
纹理	▶	径向模糊...
像素化	▶	镜头模糊...
渲染	▶	模糊
艺术效果	▶	平均
杂色	▶	特殊模糊...
其它	▶	形状模糊...

注:要将"模糊"滤镜应用到图层边缘,请取消选择"图层"面板中的"锁定透明像素"选项。

(1)表面模糊:在保留边缘的同时模糊图像。此滤镜用于创建特殊效果并消除杂色或粒度。"半径"选项指定模糊取样区域的大小。"阈值"选项控制相邻像素色调值与中心像素值相差多大时才能成为模糊的一部分。色调值差小于阈值的像素被排除在模糊之外。

原图

→"去色"命令,效果如图 4-176 所示。

图4-175

图4-176

08

合并除背景层外的图层,重命名图层为"风景"。按〈Ctrl〉+〈R〉键调出标尺,用移动工具拉出一条竖的参考线,移动至宽度值的中间处,使画面左右对称,如图 4-177 所示。按〈Ctrl〉+〈T〉键调出自由变换工具,按住〈Shift〉键拖动左上角手柄,正比例缩小图片如图 4-178 所示。

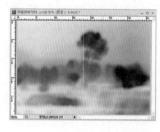

图4-177

图4-178

单击图层面板下的添加矢量蒙版按钮,选择渐变工具,用黑色到透明色的渐变,从图片边框处往内拖动鼠标得到渐变,按下〈Alt〉键单击蒙版缩略图处查看蒙版,可见刚得到的渐变如图 4-179 所示,再次按下〈Alt〉键单击蒙版缩略图处,图片效果如图 4-180 所示。

图4-179

图4-180

09

执行"文件"→"打开"命令，选择本书配套光盘中的"chapter4\media\ 鱼 .jpg 文件"，如图 4-181 所示，单击"打开"按钮，用移动工具拖动该文档图片到"书籍装帧制作"文档，重命名该图层为"鱼"，在画布上，将它移动到如图 4-182 所示的位置。

图4-181　　　　　　　图4-182

单击图层面板下的添加矢量蒙版按钮，确定前景色为黑色，选择画笔工具，用柔角画笔擦去鱼旁边的颜色，由于背景色为白色，和鱼旁的颜色差不多，也可在图层"鱼"下新建图层填充黑色，对比擦去鱼旁的颜色，不求精确，但尽量擦除鱼旁的颜色，如图 4-183 所示。

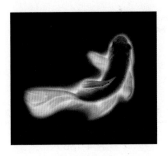

图4-183

单击图层面板下的创建新的填充或调整图层按钮，选择"色彩平衡"，依次输入数值（–100，0，0），关闭色彩平衡调整面板，按下〈Ctrl〉+〈Alt〉+〈G〉键，使"色彩平衡"只作用于图层"鱼"，效果如图 4-184 所示。选择渐变工具，在"色彩平衡"的蒙版上，用黑色到透明色的渐变从标尺处往左方拉出渐变，效果如图 4-185 所示。

表面模糊对话框

（2）动感模糊：沿指定方向（–360°～+360°）以指定强度（1~999）进行模糊。此滤镜的效果类似于以固定的曝光时间给一个移动的对象拍照。

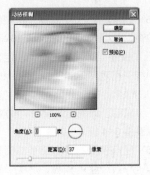

（3）方框模糊：基于相邻像素的平均颜色值来模糊图像。此滤镜用于创建特殊效果。可以调整用于计算给定像素的平均值的区域大小。

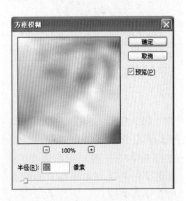

（4）高斯模糊：使用可调整的量快速模糊选区。高斯是指当 Photoshop 将加权平均应用于像素时生成的钟形曲线。"高斯模糊"滤镜添加低频细节，并产生一种朦胧效果。

（5）模糊和进一步模糊：在图像中有显著颜色变化的地方消除杂色。"模糊"滤镜通过平衡已定义的线条和遮蔽区域的清晰边缘旁边的像素，使变化显得柔和。"进一步模糊"滤镜的效果比"模糊"滤镜强 3～4 倍。

（6）径向模糊：模拟缩放或旋转的相机所产生的模糊，产生一种柔化的模糊。

（7）镜头模糊：向图像中添加模糊以产生更窄的景深效果，以便使图像中的一些对象在焦点内，而使另一些区域变模糊。请参阅添加镜头模糊。

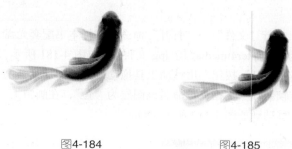

图4-184　　　　　　图4-185

10

执行"文件"→"打开"命令，选择本书配套光盘中的"chapter4\media\ 荷叶 .jpg"文件，如图 4-186 所示。

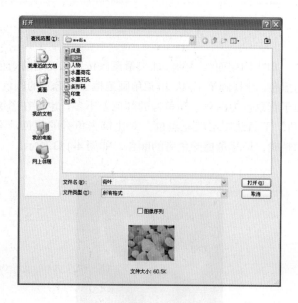

图4-186

单击"打开"按钮，用移动工具拖动该文档图片到"书籍装帧制作"文档，重命名该图层为"荷叶"，用自由变换工具，拉大图片使其符合画布大小，如图 4-187 所示。执行"图像"→"调整"→"去色"命令，将"荷叶"图层复制出两个，关闭两个副本图层的图层可见性，在"荷叶"图层上执行"图像"→"调整"→"曲线"命令，设置"输出"值为 206，"输入"值为 136，如图 4-188 所示。

图4-187

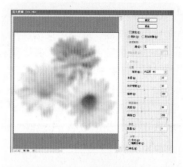

执行"滤镜"→"杂色"→"中间值"命令,设置"半径"值为6,如图 4-189 所示,单击"确定"按钮后,效果如图 4-190 所示。

图4-188

（8）平均：找出图像或选区的平均颜色，然后用该颜色填充图像或选区以创建平滑的外观。

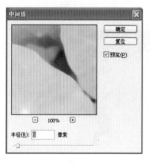

图4-189

图4-190

（9）特殊模糊：精确地模糊图像。可以指定半径、阈值和模糊品质。半径值确定在其中搜索不同像素的区域大小。阈值确定像素具有多大差异后才会受到影响。也可以为整个选区设置模式（正常），或为颜色转变的边缘设置模式（"仅限边缘"和"叠加边缘"）。

11

执行"滤镜"→"画笔描边"→"烟灰墨"命令,设置"描边宽度"为10,"描边压力"为0,"对比度"为2,如图 4-191 所示,单击"确定"按钮后,效果如图 4-192 所示。

图4-191

图4-192

执行"滤镜"→"画笔描边"→"喷溅"命令,设置"喷

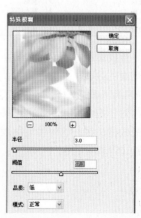

（10）形状模糊：使用指定的内核来创建模糊。从自定义形状预设列表中选取一种内核，并使用"半径"滑块来调整其大小。通过单击三角形并从列表中进行选取，可以载入不同的形状库。半径决定了内核的大小；内核越大，模糊效果越好。

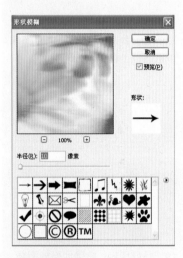

风格化滤镜组

通过置换像素和通过查找并增加图像的对比度，在选区中生成绘画或印象派的效果。

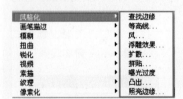

（1）查找边缘：用显著的转换标识图像的区域，并突出边缘。像"等高线"滤镜一样，"查找边缘"用相对于白色背景的黑色线条勾勒图像的边缘，这对生成图像周围的边界非常有用。

色半径"为7，"平滑度"为2，如图4-193所示，单击"确定"按钮，执行"图像"→"调整"→"亮度/对比度"命令，设置"亮度"为–48，"对比度"为40，如图4-194所示，单击"确定"按钮，效果如图4-195所示。

图4-193

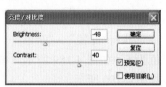

图4-194

图4-195

12

选择图层"荷叶 副本"，打开"荷叶 副本"的图层可见性，执行"图像"→"调整"→"曲线"命令，设置"输出"值为184，"输入"值为147，如图4-196所示。执行"滤镜"→"模糊"→"高斯模糊"命令，设置"半径"值为9.5，如图4-197所示。

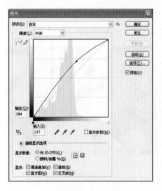

图4-196

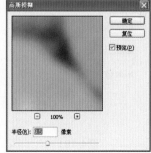

图4-197

将图层的混合模式设置为"正片叠底"，效果如图4-198所示。

图4-198

13

选择图层"荷叶 副本 2"，打开"荷叶 副本 2"的图层可见性，设置图层混合模式为"叠加"。单击图层面板下的创建新的填充或调整图层按钮，从下拉菜单选择"亮度/对比度"，设置"亮度"为40，"对比度"为48，如图4-199所示。合并图层"荷叶"和"荷叶 副本"，"荷叶 副本 2"和刚建好的"亮度/对比度"图层，重命名为"荷叶"，最后效果如图4-200所示。执行"图像"→"调整"→"反相"命令，如图4-201所示。

图4-199

图4-200

图4-201

原图

使用查找边缘滤镜处理图像

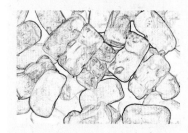

（2）等高线：查找主要亮度区域的转换并为每个颜色通道淡淡地勾勒主要亮度区域的转换，以获得与等高线图中的线条类似的效果。

（3）风：在图像中放置细小的水平线条来获得风吹的效果。方法包括"风"、"大风"（用于获得更生动的风效果）和"飓风"（使图像中的线条发生偏移）。

（4）浮雕效果：通过将选区的填充色转换为灰色，并用原填充色描画边缘，从而使选区显得凸起或压低。要在进行浮雕处理时保留颜色和细节，请在应用"浮雕"滤镜之后使用"渐隐"命令。

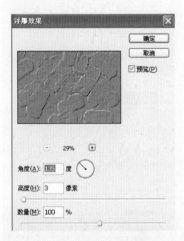

（5）扩散：根据选中的选项搅乱选区中的像素以虚化焦点。"正常"使像素随机移动（忽略颜色值）；"变暗优先"用较暗的像素替换亮的像素；"变亮优先"用较亮的像素替换暗的像素；"各向异性"在颜色变化最小的方向上搅乱像素。

14

选择裁切工具 ![裁切工具]，从画布左上角至右下角拉至最大化，按下〈Enter〉键确定，裁切掉画布中显示不到的图片。用移动工具移动图层"荷叶"，位置如图 4-202 所示，用自由变换工具按住〈Shift〉键拖动左键，使宽度与画布吻合，按下〈Enter〉键确定。执行"滤镜"→"画笔描边"→"喷溅"命令，设置"喷色半径"为 7，"平滑度"为 2。执行"滤镜"→"风格化"→"扩散"命令，选择"正常"模式，如图 4-203 所示。确定后效果如图 4-204 所示。

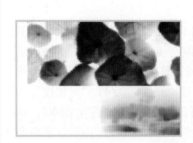

图4-202

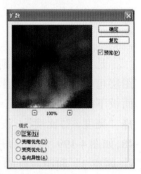

图4-203

图4-204

15

单击图层面板下的添加矢量图层按钮，用套索工具建立如图 4-205 所示的选区，确定前景色为白色，按下〈Delete〉键，蒙版内该选区变为黑色，画布中效果如图 4-206 所示。

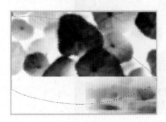

图4-205

图4-206

取消选择，选择喷溅 46 像素的画笔，如图 4-207 所示，前景色调为黑色，在蒙版图层沿边缘慢慢擦除明显的边界线，通过前景色和背景色（黑白色）的互换，还有画笔不透明度的调节，可擦除或增加图层蒙版范围，最后效果如图 4-208 所示。

图4-207   图4-208

16

执行"文件"→"打开"命令，选择本书配套光盘中的"chapter4\media\ 水墨荷叶 .jpg"文件，单击"打开"按钮，用移动工具拖动该文档图片到"书籍装帧制作"文档，重命名该图层为"水墨荷叶"，将该图层放在"风景"图层上。用自由变换工具，缩小图片，再次移动图层"水墨荷叶"，如图 4-209 所示。

图4-209

单击图层面板下的添加矢量蒙版按钮，用黑色柔角画笔，在蒙版处擦除掉图片边框，位置参考图4-210 所示，效果如图 4-211 所示。

（6）拼贴：将图像分解为一系列拼贴，使选区偏离其原来的位置。可以选取下列对象之一填充拼贴之间的区域：背景色、前景色、图像的反转版本或图像的未改变版本，它们使拼贴的版本位于原版本之上并露出原图像中位于拼贴边缘下面的部分。

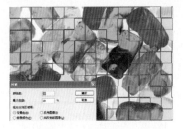

（7）曝光过度：混合负片和正片图像，类似于显影过程中将摄影照片短暂曝光。

（8）凸出：赋予选区或图层一种3D 纹理效果。

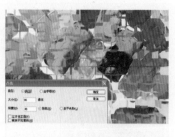

（9）照亮边缘：标识颜色的边缘，并向其添加类似霓虹灯的光亮。此滤镜可累积使用。

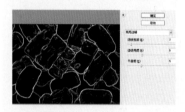

杂色滤镜组

添加或移去杂色或带有随机分布色阶的像素。这有助于将选区混合到周围的像素中。"杂色"滤镜可创建与众不同的纹理或移去有问题的区域，如灰尘和划痕。

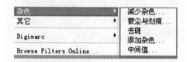

（1）减少杂色：在基于影响整个图像或各个通道的用户设置保留边缘的同时减少杂色。

原图（图中杂点较多）

在减少杂色滤镜对话框中可预览该滤镜的效果。

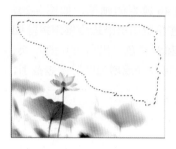

图4-210

图4-211

17

新建图层，确定前景色为黑色，将画笔调成不透明度100%的喷溅画笔，去掉画笔图层的画笔笔尖形状下的所有勾选选项，根据需要调整画笔大小（键盘，键可调节画笔大小）。选择钢笔工具，在图片"鱼"的位置下绘制一条带弧度的路径，单击鼠标右键选择"描边路径"，在弹出对话框中选择"画笔"描边（此画笔描边的画笔宽度可通过调节画笔大小而改变）。不勾选"模拟压力"，单击"确定"按钮后，效果如图4-212所示。使用自由变换工具的"变形"变换，将图形右边缩小，形成笔触效果，如图4-213所示。

图4-212

图4-213

用同样的方法再新建两个图层绘制出两条笔触，分别进行变形变换后，合并三条笔触的图层，重命名为"桥1"，效果如图4-214所示。单击图层面板下的添加矢量蒙版按钮，用黑色喷溅画笔，根据需要调整画笔的不透明度，在蒙版处擦除出笔处拖拉过的干枯效果，效果如图4-215所示。

图4-214

图4-215

18

再新建图层"桥2"，在图层"桥1"的位置上依次用同样的方法绘制出如图4-216所示的笔触图形。再用套索工具单独选择其中的一个，进行变形变换后，执行"滤镜"→"风格化"→"扩散"命令，在弹出的对话框中选择"正常"模式，单击"确定"按钮后，效果如图4-217所示。

图4-216　　　　　　　图4-217

为图层添加矢量蒙版，用黑色喷溅画笔在蒙版处擦除出如图4-218所示的效果。打开图层"桥1"的图层可见性，将图层"桥2"放到图层"桥1"的下面，效果如图4-219所示。

（2）蒙尘与划痕：通过更改相异的像素减少杂色。为了在锐化图像和隐藏瑕疵之间取得平衡，请尝试"半径"与"阈值"设置的各种组合。或者将滤镜应用于图像中的选定区域。

图4-218　　　　　　　图4-219

（3）去斑：检测图像的边缘（发生显著颜色变化的区域）并模糊除那些边缘外的所有选区。该模糊操作会移去杂色，同时保留细节。

19

执行"文件"→"打开"命令，选择本书配套光盘中的"chapter4\media\水墨石头.jpg"文件，如图4-220所示，单击"打开"按钮，用移动工具拖动该文档图片到"书籍装帧制作"文档，重命名该图层为"水墨石头"，将该图层放在"水墨荷叶"图层下，移动图层"水墨石头"，位置如图4-221所示。

单击图层面板下的添加矢量蒙版按钮，用黑色柔角画笔，在蒙版处擦除掉图片不需要的地方，效果如图4-222所示。

对选框内图像执行去斑滤镜命令

（4）添加杂色：将随机像素应用
于图像，模拟在高速胶片上拍照
的效果。也可以使用"添加杂色"
滤镜来减少羽化选区或渐进填充
中的条纹，或使经过重大修饰的
区域看起来更真实。

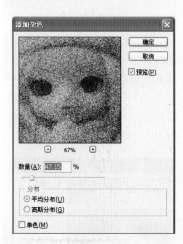

（5）中间值：通过混合选区中像
素的亮度来减少图像的杂色。此
滤镜搜索像素选区的半径范围以
查找亮度相近的像素，扔掉与相
邻像素差异太大的像素，并用搜
索到的像素的中间亮度值替换中
心像素。此滤镜在消除或减少图
像的动感效果时非常有用。

扭曲滤镜组

　　将图像进行几何扭曲，创建
3D 或其他整形效果。

图4-220

图4-221

图4-222

20

　　新建图层"厚度"，用矩形选框工具沿参考线建立如
图 4-223 所示的选区，填充白色后，设置图层混合模式为
"柔光"，单击图层面板下的图层样式按钮，选择"描边"
选项。设置"大小"为 2 像素，颜色为"黑色"，如图 4-224
所示，单击"确定"按钮后，效果如图 4-225 所示。

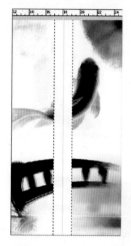

图4-223　　　　　　图4-224

图4-225

（1）波浪：工作方式类似于"波纹"滤镜，但可进行进一步的控制。也可以定义未扭曲的区域。

　　要在其他选区上模拟波浪效果，请单击"随机化"选项，将"生成器数"设置为1，并将"最小波长"、"最大波长"和"波幅"参数设置为相同的值。

原图

使用波浪滤镜后效果

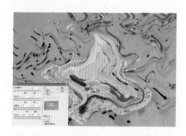

（2）波纹：在选区上创建波状起伏的图案，像水池表面的波纹。要进一步进行控制，可使用"波浪"滤镜。选项包括波纹的数量和大小。

21

　　将"水墨荷叶"图层复制一层，删除图层蒙版，重命名为"厚度图案"，在画布中移动其位置，如图4-226所示，载入图层"厚度"的选区，单击图层面板下的添加矢量蒙版按钮，使该选区成为"厚度图案"的图层蒙版，在图层面板将"厚度图案"图层放在"风景"图层上，如图4-227所示。新建组"桥"，将图层"桥1"和"桥2"放进组，单击添加矢量蒙版按钮为组添加蒙版，载入图层"厚度"的选区在组"桥"蒙版中用黑色到透明色的渐变工具，从厚度图形的右方往左拉出渐变，效果如图4-228所示。

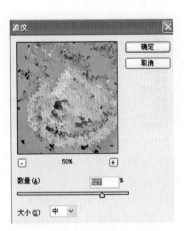

（3）玻璃：使图像显得像是透过不同类型的玻璃来观看的。可以选取玻璃效果或创建自己的玻璃表面（存储为 Photoshop 文件）并加以应用。

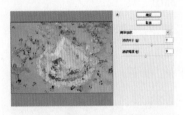

（4）海洋波纹：将随机分隔的波纹添加到图像表面，使图像看上去像是在水中。

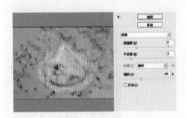

（5）极坐标：根据选中的选项，将选区从平面坐标转换到极坐标，或将选区从极坐标转换到平面坐标。可以使用此滤镜创建圆柱变体（18 世纪流行的一种艺术形式），当在镜面圆柱中观看圆柱变体中扭曲的图像时，图像是正常的。

图4-226　　　　　　　图4-227

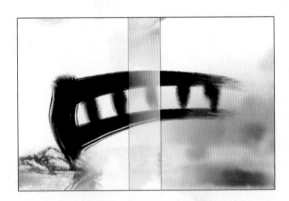

图4-228

22

用直排文字工具，设置字体为"华文行楷"，颜色为黑色，字体大小可设置偏大点，输入文字"中"，在图层面板随意点击一下别的图层，继续用直排文字工具，在刚输入的文字下继续输入文字"国文化"，用自由变换工具，分别将文字"中"和"国文化"进行缩放调整，效果如图 4-229 所示。鼠标右键单击文字图层"中"的标题处，选择栅格化文字，用套索工具将"中"字的下方圈选，用自由变换工具向下拉长，如图 4-230 所示，确定后先不要取消选择，用移动工具将选区内图形往上移一些，盖住因变换而产生的空隙。取消选择，用竖排文字工具，设置字体为"隶书"，输入文字"传承"，自由变换工具缩放后，效果如图 4-231 所示。同样，随意点击图层面板的任一图层，再在画布右下方输入文字"静"，用自由变换工具调整大小后，效果如图 4-232 所示。

图4-229

图4-230

图4-231

图4-232

23

执行"文件"→"打开"命令，选择本书配套光盘中的"chapter4\media\ 印章 .png"文件，如图 4-233 所示，单击"打开"按钮，用移动工具拖动该文档图片到"书籍装帧制作"文档，重命名该图层为"印章"，将该图层放在"风景"图层上。用自由变换工具，缩小图片，再次移动图层"印章"，如图 4-234 所示。复制图层"中"和文字图层"国文化"，合并图层并重命名为"中国文化"移动至厚度图形间，用自由变换工具调整大小，效果如图 4-235 所示。

在本实例制作"墨迹"效果过程中，执行"滤镜"→"扭曲"→"极坐标"命令前，使用了裁剪工具（或是全选画布），其主要目的是裁剪掉（不选择）无法在视图窗口显示的图像。如果不裁剪图像（全选画布），执行"滤镜"→"扭曲"→"极坐标"命令时，视图窗口不显示的图像也将应用到极坐标滤镜，影响最终效果。

仍以蛋糕图片为例，用自由变换工具放大图像，当图像大小超过画布大小，视图窗口只能显示图片的部分图像。

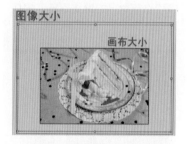

直接使用极坐标滤镜后的效果见下图。

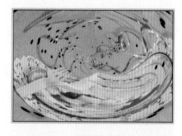

下图为裁剪掉画布窗口不显示图像（全选画布）后使用极坐标滤镜后的效果。

（6）挤压：挤压选区。正值（最大值是 100%）将选区向中心移动；负值（最小值是 –100%）将选区向外移动。

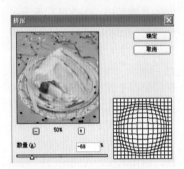

（7）镜头校正："镜头校正"滤镜可修复常见的镜头瑕疵，如桶形和枕形失真、晕影和色差。

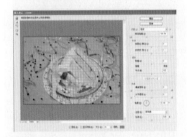

（8）扩散亮光：将图像渲染成像是透过一个柔和的扩散滤镜来观看的。此滤镜添加透明的白杂色，并从选区的中心向外渐隐亮光。

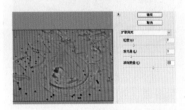

（9）切变：沿一条曲线扭曲图像。通过拖动框中的线条来指定曲线。可以调整曲线上的任何一点。单击"默认"可将曲线恢复为直线。另外，选取处理未扭曲的区域。

图4-233

图4-234

图4-235

24

接下来要制作一个墨迹效果，执行"文件"→"新建"新建一个"宽度"和"高度"都为 512 像素，名称为"墨迹"的文档。新建图层"图层 1"，在画布右边用套索工具绘制带有波纹效果的选区，填充黑色，如图 4-236 所示。

图4-236

在背景层上新建图层"图层2",继续绘至波纹选区,填充颜色(R44,G54,B55),如图4-237所示。在背景层上新建图层"图层3"绘制选区后填充颜色(R49,G61,B61),如图4-238所示。

图4-237　　　　　　　图4-238

25

选择"图层1",执行 "滤镜→风格化→风"命令,在弹出的对话框设置"方法"为"大风","方向"为"从左",如图4-239所示,单击"确定"按钮后,效果如图4-240所示。依次选择"图层2"和"图层3",按下〈Ctrl〉+〈F〉键,可再次对图层执行上次操作的滤镜命令,在图层面板分别复制图层"图层1"、"图层2"和"图层3",按住〈Shift〉键在画布向上或先向下拖动它们的位置,使排列更密集。大致效果如图4-241所示。

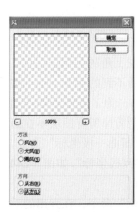

图4-239　　　　　　　图4-240

(10)球面化:通过将选区折成球形、扭曲图像以及伸展图像以适合选中的曲线,使对象具有3D效果。

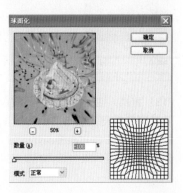

(11)水波:根据选区中像素的半径将选区径向扭曲。"起伏"选项设置水波方向从选区的中心到其边缘的反转次数。还要指定如何置换像素。"水池波纹"将像素置换到左上方或右下方,"从中心向外"向着或远离选区中心置换像素,而"围绕中心"则会围绕中心旋转像素。

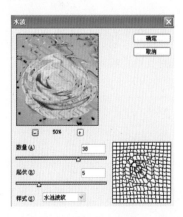

(12)旋转扭曲:旋转选区,中心的旋转程度比边缘的旋转程度大。指定角度时可生成旋转扭曲图案。

（13）置换：使用名为置换图的图像确定如何扭曲选区。例如，使用抛物线形的置换图创建的图像看上去像是印在一块两角固定悬垂的布上。

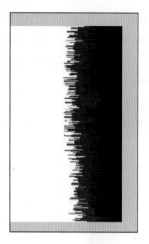

图4-241

26

合并除背景层外的所有图层，用自由变换工具，在画布上单击鼠标右键，选择"旋转90°（逆时针）"，使用移动工具将其置于如图4-242所示的位置。用矩形选框工具框选图形下方部分，再用自由变换工具，将控制框下方中间的控制手柄（如图4-243红色圈起处）向上移动，效果如图4-243所示。

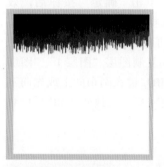
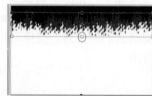

图4-242　　　　图4-243

用裁切工具，从画布外框的左上角灰色部分往右下角灰色部分拖动，裁切掉画布中看不到的部分（也可按下快捷键〈Ctrl〉+〈A〉全选画布。为了方便后期拖动图层，这里选择裁剪工具，直接裁剪掉所有图层不在画布中显示的图像）。执行"滤镜→扭曲→极坐标"命令，在弹出的对话框中选择"平面坐标到极坐标"，如图4-244所示，确定后效果如图4-245所示。

执行"滤镜→模糊→高斯模糊"命令，在弹出的对话框中设置"半径"值为0.5，如图4-246所示，确定后效果如图 4-247 所示，然后可存储该文档。

图4-244

图4-245

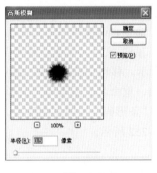

图4-246

图4-247

27

　　拖动墨迹图形到"书籍装帧制作"文档,重命名为"墨迹",调整其位置和大小后，再复制一层，旋转缩小放在旁边，效果如图 4-248 所示。用字体为"华文行楷"的文字工具，在厚度图层的下方和画布右下方输入文字"中国教育出版社"，调整大小，效果如图 4-249 和图 4-250 所示。

图4-248

图4-249

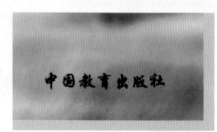
图4-250

28

执行"文件"→"打开"命令，选择本书配套光盘中的"chapter4\media\ 条形码 .jpg"文件，单击"打开"按钮，打开文档如图 4-251 所示。移动工具拖动该文档图片到"书籍装帧制作"文档，重命名该图层为"条形码"，缩小图片，再次移动图层"条形码"至厚度图形旁，摆放好后可见最终效果如图 4-252 所示。

图4-251

图4-252

4.4　网页模板制作

知识点：钢笔工具、圆角矩形工具、渐变工具、移动工具、颜色填充、描边命令、剪切蒙版。

01

执行"文件"→"新建"，在弹出的对话框中将"名称"设置为"网页模板制作"，"宽度"设置为 950 像素，"高度"设置为 1100 像素，"颜色模式"设置为 RGB 模式，背景色设置为白色，如图 4-253 所示。单击"确定"按钮，这样就创建了一个"网页模板制作"的图像文件，如图 4-254 所示。

图4-253　　　　　　　　图4-254

知 识 点 提 示

网页模板设计的重要版块

（1）网站版式设计：网页设计作为一种视觉语言，特别讲究编排和布局，虽然主页的设计不等同于平面设计，但它们有许多相近之处。

版式设计通过文字图形的空间组合，表达出和谐与美。

多页面站点页面的编排设计要求把页面之间的有机联系反映出来，特别要处理好页面之间和页面内的秩序与内容的关系。为了达到最佳的视觉表现效果，需要反复推敲整体布局的合理性，使浏览者有一个流畅的视觉体验。

参考图片：

（2）色彩在网页设计中的作用：色彩是艺术表现的要素之一。在网页设计中，设计师根据和谐、均衡和重点突出的原则，将不同的色彩进行组合、搭配以构成美丽的页面。根据色彩对人们心理的影响，合理地加以运用。

参考图片：

02

新建图层"底色1"，用矩形选框工具，在画布上方创建矩形选区，选择渐变工具，用（R210，G197，B152）到（R194，G171，B120）到（R214，G198，B166）（色标位置参考图4-255所示红框内所示）的渐变颜色，从选区上方至下方拉出如图4-255所示的渐变。按〈Ctrl〉+〈D〉键取消选择，单击图层面板下的"添加矢量蒙版"按钮，用黑色到透明色的渐变，在蒙版图层，从刚拉出的渐变色下方往上方拉出渐变，最终效果如图4-256所示。

图4-255　　　　　　　　　图4-256

03

新建图层"底色2"，用矩形选框工具在画布上方拉出矩形选区，填充单色（R163，G141，B104），效果如图4-257所示。选择钢笔工具，慢慢绘制出如图4-258所示的路径，路径绘制完后可选择直接选择工具，调整路径锚点（细节可参考图4-259所示），达到图4-258所示的效果。

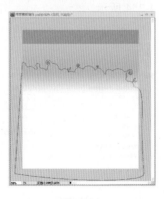

图4-257　　　　　　　　　图4-258

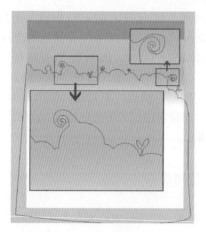

图4-259

04

按〈**Ctrl**〉+〈**Enter**〉键转换路径为选区，新建图层"花纹1"，填充白色，效果如图4-260所示。新建图层"花纹边"，用钢笔工具，绘制如图4-261所示的路径。

图4-260

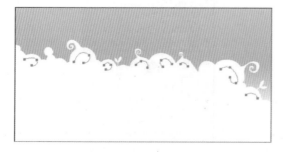

图4-261

（3）网页设计形式与内容相统一：为了将丰富的意义和多样的形式组织成统一的页面结构，形式语言必须符合页面的内容，体现内容的丰富含义。

灵活运用对比与调和、对称与平衡、节奏与韵律以及留白等手段，通过空间、文字、图形之间的相互关系建立整体的均衡状态，产生和谐的美感。如对称原则在页面设计中，它的均衡有时会使页面显得呆板，但如果加入一些富有动感的文字、图案，或采用夸张的手法来表现内容往往会达到比较好的效果。点、线、面作为视觉语言中的基本元素，巧妙地互相穿插、互相衬托、互相补充构成最佳的页面效果，充分表达完美的设计意境。

参考图片：

（4）三维空间的构成和虚拟现实：网络上的三维空间是一个假想空间，这种空间关系需借助动静变化、图像的比例关系等空间因素表现出来。在页面中，图片、文字位置前后叠压，或页面位置变化所产生的视觉效果都各不相同。通过图片、文字前后叠压所构成的空间层次不太适合网页设计，根据现有浏览器的特点，网页设计适合比较规范、简明的页面，尽管这种叠压排列能产生强节奏的空间层次，使视觉效果强烈。 网页上常见的是页面上、下、左、右、中位置所产生的空间关系，以及疏密的位置关系所产生的空间层次，这两种位置关系使产生的空间层次富有弹性，同时也让人产生轻松或紧迫的心理感受。

参考图片：

（5）多媒体功能版块设计：网络资源的优势之一是多媒体功能。要吸引浏览者注意力，网页的内容可以用三维动画、FLASH等视屏播放来表现。在网页模板制作中，该版块设计也尤为重要。

参考图片：

（6）结构清晰且便于使用的设计：为了使浏览者看懂且了解网站各个版块的内容，使用一些醒目的标题或文字来突出产品与服务。是否清楚的介绍和宣传网页内容，这就是网页设计的成败关键。

选择画笔工具，选择柔角画笔，设置大小为15像素，去除画笔面板"画笔笔尖形状"下所有勾选选项，设置前景色为（R232，G247，B251）。选择直接选择工具或钢笔工具，单击鼠标右键，选择"描边路径"，在对话框中选择"画笔"描边，不勾选"模拟压力"，单击确定，在图层面板将图层的不透明度设置为55%，效果如图 4-262 所示。

图4-262

05

按住〈Ctrl〉+〈Alt〉+〈G〉键，使图层"花纹1"成为"花纹边"的剪切蒙版，依次新建组"底色"和"菜单"，将图层"花纹边"、"花纹1"和"底色1"放进组"底色"中，图层"底色2"放进组"菜单"中，如图 2-263 所示。

图4-263

06

　　在图层"底色1"上，新建图层"花纹2"，载入图层"花纹1"的选区，用快捷键〈M〉转换工具为矩形选框工具，单击鼠标右键，选择"羽化"选项，在弹出的对话框中，设置羽化值为4像素，填充白色，效果如图4-264所示。

图4-264

07

　　执行"文件"→"打开"命令，选择本书配套光盘中的"chapter4\media\房子.png"文件，用移动工具，将文档"房子"的"图层0"拖动到文档"网页模板制作"中，关闭"房子"文档。在图层面板中重命名新拖入的图层为"房子"，拖动其图层位置至图层"底色1"上。暂时关闭图层"花纹2"，"花纹1"，"花纹边"的图层可见性，再用移动工具，在画布中移动图片位置，效果如图4-265所示。打开图层"花纹2"，"花纹1"，"花纹边"的图层可见性，效果如图4-266所示。

参考图片：

　　（7）各种图标，导航条设计：网页的导航条和图标，可使网页使用超文本链接或图片链接，方便浏览者在网站上自由点击链接网站或浏览所有子页面。

参考图片：

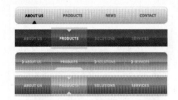

滤镜库——艺术效果滤镜组

艺术效果滤镜组

可以使用"艺术效果"子菜单中的滤镜，帮助为美术或商业项目制作绘画效果或艺术效果。

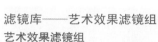

（1）壁画：使用短而圆的、粗略涂抹的小块颜料，以一种粗糙的风格绘制图像。

原图

使用壁画滤镜后效果

（2）彩色铅笔：使用彩色铅笔在纯色背景上绘制图像。保留边缘，外观呈粗糙阴影线；纯色背景色透过比较平滑的区域显示出来。

图4-265

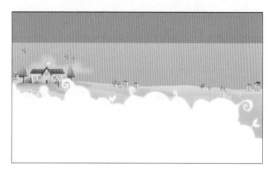

图4-266

08

在图层"房子"上一层新建图层"云"，用钢笔工具，绘制如图 4-267 所示的路径，转换为选区后，用快捷键〈M〉转换工具为矩形选框工具，单击鼠标右键，选择羽化，设置羽化值为 10 像素，填充白色，在图层面板设置图层不透明度为 80%，效果如图 4-268 所示。

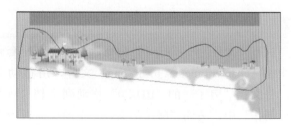

图4-267

图4-268

09

按下〈Ctrl〉+〈R〉键，调出标尺，用移动工具从左边标尺处拖出三条竖的参考线。选择矩形工具下的圆角矩形工具，在属性栏单击"路径" ▨ 按钮，设置"半径"为10像素，以参考线为基准，拖动鼠标，创建如图4-269所示的路径（可用直接选择工具调节路径锚点）。转换路径为选区，在组"菜单"下的图层"底色2"上新建图层"按钮"。选择渐变工具，用黑色到白色的渐变颜色，从选区的上方至下方拉出如图4-270所示的渐变。

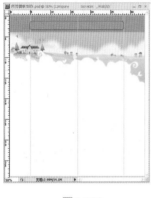

图4-269　　　　　图4-270

10

按〈Ctrl〉+〈H〉键隐藏参考线，在图层面板设置图层"按钮"的图层混合模式为"滤色"，不透明度为77%，如图4-271所示。单击图层面板下的"添加图层样式"按钮，选择"外发光"选项，在其参数设置面板设置颜色为（R163，G141，B104），其他设置如图4-272所示。单击"确定"按钮，效果如图4-273所示。

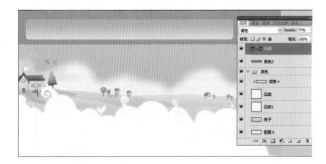

图4-271

使用彩色铅笔滤镜后效果

（3）粗糙蜡笔：在带纹理的背景上应用粉笔描边。在亮色区域，粉笔看上去很厚，几乎看不见纹理；在深色区域，粉笔似乎被擦去了，使纹理显露出来。
使用粗糙蜡笔滤镜后效果

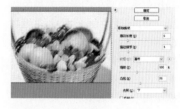

（4）底纹效果：在带纹理的背景上绘制图像，然后将最终图像绘制在该图像上。
使用底纹效果滤镜后效果

（5）调色刀：减少图像中的细节以生成描绘得很淡的画布效果，可以显示出下面的纹理。
使用调色刀滤镜后效果

（6）干画笔：使用干画笔技术（介于油彩和水彩之间）绘制图像边缘。此滤镜通过将图像的颜色范围降到普通颜色范围来简化图像。

使用干画笔滤镜后效果

（7）海报边缘：根据设置的海报化选项减少图像中的颜色数量（对其进行色调分离），并查找图像的边缘，在边缘上绘制黑色线条。大而宽的区域有简单的阴影，而细小的深色细节遍布图像。

使用海报边缘滤镜后效果

（8）海绵：使用颜色对比强烈、纹理较重的区域创建图像，以模拟海绵绘画的效果。

使用海绵滤镜后效果

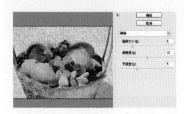

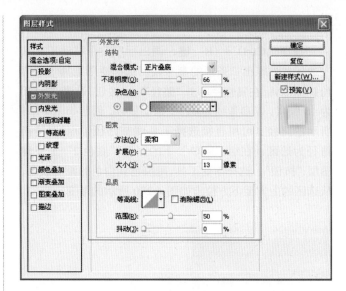

图4-272

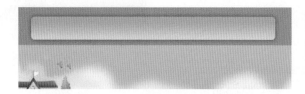

图4-273

11

新建图层"按钮边框"，按住〈Ctrl〉键，同时鼠标左键单击图层面板中图层"按钮"的缩略图，载入图层"按钮"的选区。执行"选择"→"修改"→"边界"命令，在弹出对话框中设置"宽度"值为2像素，单击确定按钮，选区变为宽度为2像素的选区，选择渐变工具，用白色到（R179，G170，B72）的渐变颜色，从选区的上方至下方拉出渐变，取消选择，效果如图4-274所示。

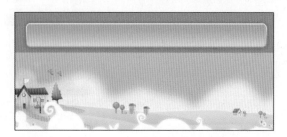

图4-274

12

按〈Ctrl〉+〈H〉键显示刚隐藏的参考线，用移动工具拖出移动参考线如图4-275所示。选择选框工具里的单列选框工具，以参考线位置为基准，在画布上先单击左边第二条参考线，按住〈Shift〉键，依次单击右边的四条参考线，如图4-276所示。

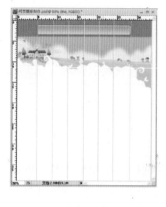
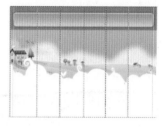

图4-275　　　　　　　　图4-276

13

隐藏参考线，按住〈Ctrl〉+〈Shift〉+〈Alt〉键，同时单击图层面板中，图层"按钮"的缩略图，得到与图层"按钮"的相交选区。新建图层"按钮分割"，选择渐变工具，仍然使用上次操作使用的渐变颜色，从选区上方至下方拉出渐变，取消选择，如图4-277所示。单击图层面板下的"添加矢量蒙版"按钮，用黑色到透明色的渐变色，在蒙版图层，分别从刚渐变填充图形的上方和下方，拉出黑至透明的渐变，效果如图4-278所示。鼠标右键单击图层面板，图层"按钮分割"蒙版缩略图处，单击下拉菜单中的"应用图层面板"选项，此图层蒙版效果应用到图层中。

图4-277　　　　　　　　图4-278

（9）绘画涂抹：可以选取各种大小（1～50）和类型的画笔来创建绘画效果。画笔类型包括简单、未处理光照、暗光、宽锐化、宽模糊和火花。
使用绘画涂抹滤镜后效果

（10）胶片颗粒：将平滑图案应用于阴影和中间色调。将一种更平滑、饱和度更高的图案添加到亮区。在消除混合的条纹和将各种来源的图素在视觉上进行统一时，此滤镜非常有用。
使用胶片颗粒滤镜后效果

（11）木刻：使图像看上去好像是由从彩纸上剪下的边缘粗糙的剪纸片组成的。高对比度的图像看起来呈剪影状，而彩色图像看上去是由几层彩纸组成的。
使用木刻滤镜后效果

（12）霓虹灯光：将各种类型的灯光添加到图像中的对象上。此滤镜用于在柔化图像外观时给图像着色。要选择一种发光颜色，请单击发光框，并从拾色器中选择一种颜色。

使用霓虹灯光滤镜后效果

（13）水彩：以水彩的风格绘制图像，使用蘸了水和颜料的中号画笔绘制以简化细节。当边缘有显著的色调变化时，此滤镜会使颜色更饱满。

使用水彩滤镜后效果

（14）塑料包装：给图像涂上一层光亮的塑料，以强调表面细节。

使用塑料包装滤镜后效果

14

按下〈Ctrl〉+〈T〉键调出自由变换工具，在画布上单击鼠标右键，选择"斜切"选项，将鼠标指针移动至自由变换控制下方中间的控制手柄旁边（参考图 4-279 的圆圈处），当箭头指针旁增加一个上下双向箭头时，单击鼠标左键将手柄往左拖动。按下〈Enter〉键，效果如图 4-280 所示。

图4-279　　　　　　　图4-280

15

新建图层"按钮高光"，选择圆角矩形工具，创建如图 4-281 所示的路径。转换路径为选区，填充白色，在图层面板设置图层混合模式为"滤色"，不透明度为 68%，效果如图 4-282 所示。

图4-281

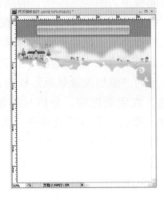

图4-282

16

在组"底色"下的图层"房子"上，新建图层"圆形 1"，选择椭圆选框工具，在如图 4-283 所示的位置，配合〈**Shift**〉键在画布上创建多个椭圆选区。填充白色，取消选择，在图层面板设置图层不透明度为 23%，效果如图 4-284 所示。

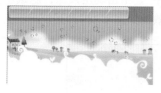 

图4-283　　　　　　图284

新建图层"圆形 2"，创建如图 4-285 所示的椭圆选区，填充白色，设置图层不透明度为 30%，效果如图 4-286 所示。

 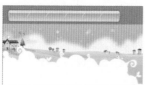

图4-285　　　　　　图4-286

17

在图层面板中的组"菜单"上新建组"登陆"，在组里新建图层"边框"。显示出隐藏的参考线，用移动工具拖动参考线如图 4-287 所示，选择圆角矩形工具，在属性栏设置"半径"为 5 像素，以参考线为基准，创建如图 4-288 所示的路径。

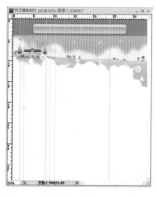 

图4-287　　　　　　图4-288

（15）涂抹棒：使用短的对角描边涂抹暗区以柔化图像。亮区变得更亮，以致失去细节。
使用涂抹棒滤镜后效果

形状工具属性栏详解
形状创建方式

1. 　形状图层：可在画布上创建形状图层。

单击"形状图层"按钮，可在属性栏右方设置样式和颜色预设。

样式：　▼　颜色：

单击如下图黑色框内的下拉箭头，弹出样式面板，可选择样式。

在画布上创建形状，图层面板将自动生成形状图层。

双击图层面板的形状图层的图层缩略图，弹出拾色器对话框，可改变形状颜色。

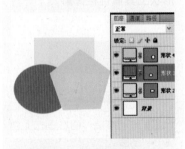

单击图层面板形状图层的蒙版缩略图，该形状路径在画布显示。选择直接选择工具，单击画布矢量形状的位置处，可通过调节路径锚点，改变调节形状图形。

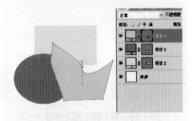

2. 路径：单击"路径"按钮，可在画布上创建形状路径，图层面板不会自动生成图层，如果没有在路径面板新建路径图层中选中这个路径图层，创建的路径将自动生成在工作路径面板。

转换路径为选区，用快捷键〈M〉转换工具为选框工具，在画布上单击鼠标右键，选择"描边"选项，在弹出对话框设置"颜色"为（R201，G196，B191），"宽度"为1像素（除特别指出，以下描边命令"宽度"值都为1像素），"位置"选择"居中"，单击确定按钮，隐藏参考线（选区同时被隐藏），效果如图4-289所示。

图4-289

18

取消选择，选择圆角矩形工具，单击属性栏的"形状图层" 按钮，设置"颜色"为（R255，G153，B51）。在画布上创建如图4-290的形状。在属性栏设置"颜色"为（R155，G198，B24），依次创建如图4-291所示的形状。在图层面板选中三个形状图层，按下〈Ctrl〉+〈E〉键合并形状图层，重命名该图层为"按钮"。

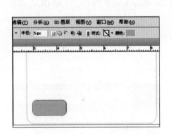

图4-290

图4-291

19

新建图层"输入框"，用矩形选框工具创建矩形选区，填充颜色（R230，G230，B230）。用移动工具，按住〈**Shift**〉+〈**Alt**〉键同时单击鼠标左键往下拖动，在图层"输入框"中创建如图 4-292 所示图形。选择文字工具，可根据需要输入文字创建文字图层，如图 4-293 所示。

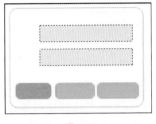

图4-292

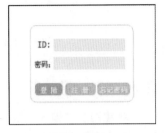

图4-293

3. ▢填充像素：可直接在画布创建填充图形。创建图形前可通过设置前景色预设图形颜色。在画布创建图形后图层面板不会自动生成图层，创建的图形将自动生成在当前选择图层上。

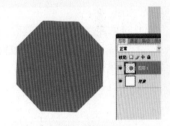

20

取消选择，显示参考线，在组"登陆"上新建组"搜索"，在组"搜索"下新建图层"边框"。选择圆角矩形工具，在属性栏单击"路径"按钮。以参考线为基准，创建路径，转换路径为选区，按快捷键〈**M**〉，单击鼠标右键，选择"描边"选项，"颜色"设置为（R230，G230，B230），"宽度""位置"不变，单击"确定"按钮，效果如图 4-294 所示。

图4-294

21

执行"文件"→"打开"命令，选择本书配套光盘中的"chapter4\media\ 搜索 .png 文件"。将"背景"解锁，改为"图层 0"，选择移动工具，拖动文档"搜索"的"图层 0"至文档"网页模板制作"，关闭文档"搜索"，在图层面板重命名新拖入的图层为"搜索"，确定该图层在图层面板的位置在图层组"搜索"下的

操作提示

本实例中有大量的圆角图形的创建，在创建填充图形时，不直接在画布上创建填充图形（单击"填充像素"按钮），而是通过创建形状（单击"形状填充"按钮），或创建路径（单击"路径"按钮）转换为选区后完成的。这是为了在创建图形的过程中，能通过路径锚点的调节，完善图形。

在一个图层上绘制多个形状

可以在图层中绘制单独的形状，或者使用"添加"、"减去"、"交叉"或"除外"选项来修改图层中的当前形状。

1. 选择要添加形状的图层。

2. 选择绘图工具，并设置特定于工具的选项。

3. 在选项栏中选取下列选项之一。

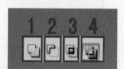

（1）🖫 添加到形状区域：将新的区域添加到现有形状或路径中。

如下图所示，在画布上创建一个圆角矩形形状。

单击"添加到形状"按钮，可在原形状图层上添加椭圆形状区域，如下图所示。

图层"边框"上。在画布移动图像位置，如图 4-295 所示。

图4-295

22

新建图层"输入框"，用矩形选框工具创建矩形选区，填充单色（R230，G230，B230），如图 4-296 所示。取消选择，选择圆角矩形工具，单击属性栏的"形状图层" 🔲 按钮，设置"颜色"为（R155，G198，B24），创建如图 4-297 所示的形状。选择文字工具输入文字，创建文字图层，效果如图 4-298 所示。

图4-296　　　　　　　图4-297

图4-298

23

在组"搜索"上新建组"播放器"，在该组内新建图层"底框"，用圆角矩形工具，在属性栏设置"颜色"为（R218，G241，B189），确定其属性栏的"形状图层" 🔲 按钮被选中，以参考线为基准，创建如图 4-299 所示的形状，在图层面板中，图层"底框"上自动增加了一个形状图层。按下〈**Ctrl**〉+〈**E**〉键向下合并一个图层，形状图层和图层"底框"合并为图层"底框"。载入图层"底框"的选区，对选区使用"描边"命令，颜色设置为（R193，G233，B139），效果如图 4-300 所示。

图4-299

图4-300

24

新建图层"高光"，方法参考组"菜单"内图层"按钮"高光选区制作方法，用户圆角矩形工具创建路径，转化为选区。用黑色至白色的渐变，由选区下方至上方拉出渐变，如图 4-301 所示设置该图层的混合模式为"滤色"，效果如图 4-302 所示。

图4-301

图4-302

25

执行"文件"→"打开"命令，选择本书配套光盘中的"chapter4\media\麦兜.jpg 文件"。选择移动工具，拖动文档"麦兜"已解锁的背景层至文档"网页模板制作"，关闭文档"麦兜"，在图层面板重命名新拖入的图层为"视屏"，确定该图层在图层面板的位置在图层组"播放器"下的图层"高光"上。在画布上移动图像位置，单击图层面板下的"添加图层样式"按钮，选择"描边"选项，在其参数设置面板中，设置"颜色"为（R155，

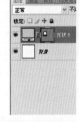

（2） 形状区域减去：将重叠区域从现有形状或路径中移去。

（3） 交叉形状区域：将区域限制为新区域与现有形状或路径的交叉区域。

（4） 重叠形状区域除外：从新区域和现有区域的合并区域中排除重叠区域。

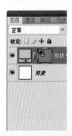

注：在属性栏选中"形状图层"按钮的情况下，如果在图层面板上选中的不是形状图层，或是画布中没有创建形状，这四个按钮在属性栏呈现灰色状态🗗🗗🗗🗗，无法点击使用。

在图像中绘画

通过单击选项栏中的工具按钮，可以很容易地在绘图工具之间切换。

几何选项

单击属性栏自定形状工具旁的下拉箭头，如下图所示。

可通过自定义选项的设置，自定义形状。

不受约束：允许通过拖动设置矩形、圆角矩形、椭圆或自定形状的宽度和高度。

方形：将矩形或圆角矩形约束为方形。

圆：将椭圆约束为圆。

固定大小：根据在"宽度"和"高度"文本框中输入的值，将矩形、圆角矩形、椭圆或自定形状渲染为固定形状。

定义的比例：基于创建自定形状时所使用的比例对自定形状进行渲染。

定义的大小：基于创建自定形状时的大小对自定形状进行渲染。

比例：根据在"宽度"和"高度"文本框中输入的值，将矩形、圆角矩形或椭圆渲染为成比例的

G189，B93），"大小"为2像素，单击"确定"按钮，效果如图4-303所示。

图4-303

26

在图层"视屏"上新建图层，用矩形选框工具在图像"视屏"的上方创建长条形选区（两边的宽度和上方的高度都要超过图像"视屏"的范围），填充黑色。按下〈Ctrl〉+〈Alt〉+〈G〉键创建图层剪贴蒙版，新建图层的长条形图形将只显示出与图层"视屏"相交范围内的区域，如图4-304所示。取消选择，按住〈Shift〉+〈Alt〉键，同时在画布中往下拖动长条形状图像，效果如图4-305所示。

图4-304

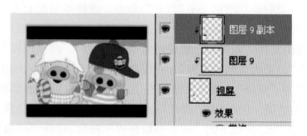

图4-305

27

用选框工具创建选区，填充白色，如图 4-306 所示。按住〈Alt〉键减去一些选区，填充单色（R155，G189，B93），如图 4-307 所示。

图4-306　　　　　图4-307

28

新建图层"播放"用椭圆选框工具创建椭圆选区，选择渐变工具，在属性栏选择"径向渐变"用（R223，G238，B199）到（R200，G191，B132）的渐变由选区左上方至右下方拉出渐变，如图 4-308 所示。按快捷键〈M〉，单击鼠标右键，对选区使用"描边"命令，设置"颜色"为（R147，G167，B88），"宽度"为 1 像素。选择矩形工具下的多边形工具，在属性栏单击"形状图层"按钮，设置"边"为 3，颜色吸取刚描边使用的颜色，创建如图 4-309 所示的形状。

图4-308　　　　　图4-309

29

选择文字工具输入文字，为了更显眼，可对文字使用粗体，如图 4-310 所示，输入文字后，单击鼠标右键，选择"仿粗体"选项。最后效果如图 4-311 所示。

形状。

从中心：从中心开始渲染矩形、圆角矩形、椭圆或自定形状。

对齐像素：将矩形或圆角矩形的边缘对齐像素边界。

平滑拐角或平滑缩进：用平滑拐角或缩进渲染多边形。

缩进边依据：将多边形渲染为星形。在文本框中输入百分比，指定星形半径中被点占据的部分。如果设置为 50%，则所创建的点占据星形半径总长度的一半；如果设置大于 50%，则创建的点更尖、更稀疏；如果小于 50%，则创建更圆的点。

形状轮廓的一些数值预设

半径：对于圆角矩形，指定圆角半径。对于多边形，指定多边形中心与外部点之间的距离。

以圆角矩形为例，设置一个"固定大小"，然后改变"半径"值，圆角形状圆角部分随半径值设置而变化。

边：指定多边形的边数。

粗细：以像素为单位确定直线的宽度。

模式：控制形状如何影响图像中的现有像素。

不透明度：决定形状遮蔽或显示其下面像素的程度。不透明度为1%的形状几乎是透明的，而不透明度为100%的形状则完全不透明。

消除锯齿：平滑和混合边缘像素和周围像素。

图4-310　　　　　　　　图4-311

30

　　在组"播放器"上新建组"中间"，在该组内新建图层"底色1"以参考线为基准，用矩形选框工具创建矩形，填充单色（R247，G246，B239），按住〈Shift〉+〈Alt〉键往下拖动选区内的图像，如图4-312所示。新建图层，用椭圆选框工具，创建椭圆选区，选择渐变工具，在属性栏选择"线性渐变"，用（R250，G250，B237）到（R162，G200，B132）的渐变色，从选区左上方至右下方拉出渐变，如图4-313所示。

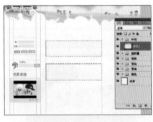

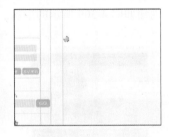

图4-312　　　　　　　　图4-313

31

　　单击图层面板下的"添加图层样式"按钮，选择"内发光"选项，在其参数设置面板设置"颜色"为（R170，G226，B122），其他参数设置如图4-314所示。勾选"描边"选项，在其参数设置面板设置"颜色"为（R144，G217，B81），"大小"为1像素，如图4-315所示，单击"确定"按钮，效果如图4-316所示。新建图层，在图层面板选中新建的图层和刚创建的椭圆图像的图层，合并两个图层，并重命名图层为"按钮"。

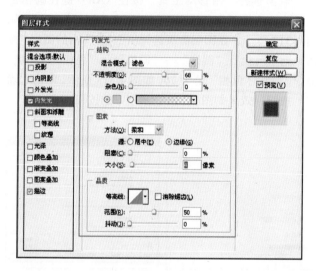

图4-314

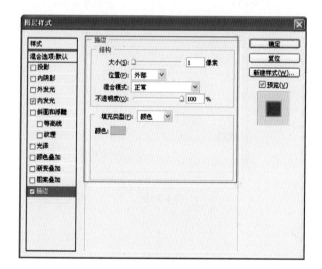

图4-315

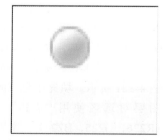

图4-316

Photoshop 的一些常用文件储存格式

1. PSD 格式

这是 Photoshop 软件的专用格式，它支持网络、通道、图层等所有 Photoshop 的功能，可以保存图像数据的每一个细节。PSD 格式虽然可以保存图像中的所有信息，但用该格式存储的图像文件较大。

2. GIF 格式

这种格式文件压缩较大，占用磁盘空间小，存储格式为 1 ～ 8 bit，支持位图模式、灰度模式和索引色彩模型的图像。GIF 格式还可以用来制作动画图像，它也被绝大多数的浏览器所支持。GIF 格式允许用户改变图像的颜色数量、控制颜色的抖动方式等，并支持透明背景使图像与网页背景很好地融合。

3. PDF 格式

PDF 格式是 Adobe 公司开发的用于 Windows、MAC OS、UNIX 和 DOS 系统的一种电子出版软件的文档格式，可应用于不同平台。该格式基于 PostScript Level2 语言，因此可以覆盖矢量图像和位图图像，并且支持超链接。

4. PNG 格式

PNG 格式是 Netscape 公司开发出来的格式，可以用于网络图像，不同于 GIF 格式图像的是，它可以保存 24 Bits 的真彩色图像，并且支持透明背景和消除锯齿边缘的功能，可以在不失真的情况下压缩保存图像。但由于并不是所有的浏览器都支持 PNG 格式，所以该格式在网页中使用得远比 GIF 和 JPEG 格式少。

PNG 格式文件在 RGB 和灰度模式下支持 Alpha 通道，但在索引颜色和位图模式下不支持 Alpha 通道。在保存 PNG 格式的图像时，屏幕上会弹出对话框，如果在对话框中选择"交错"按钮，那么在浏览器欣赏该图片时，图片就会以模糊逐渐转为清晰的效果进行显示。

5. BMP 格式

这种格式也是 Photoshop 最常用的点阵图模式，此种格式文件几乎不压缩，占用磁盘空间较大，存储格式可以为 1 bit、4 bit、8 bit、24 bit，支持 RGB、索引、灰度和位图色彩模式，但不支持 Alpha 通道。这是 Windows 环境下最不容易出问题的格式。

32

取消选择，用移动工具，按住〈Alt〉键在画布上往下拖动按钮图像，依次再复制两个按钮图像图层，如图 4-317 所示。在图层面板选择组"中间"内的图层"按钮　副本"，执行"图像"→"调整"→"色相／饱和度"命令，设置"色相"值为 70，如图 4-318 所示，单击"确定"按钮，效果如图 4-319 所示下方的按钮。

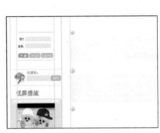

图4-317　　　　　　　　　　图4-318

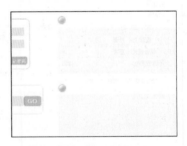

图4-319

33

选择图层面板的图层"按钮　副本 2"，执行"图像"→"调整"→"色相／饱和度"命令，设置"色相"值为 −62，如图 4-320 所示，单击"确定"按钮。新建图层"边框 2"。选择圆角矩形工具，单击其属性栏的"路径"按钮，以参考线为基准，绘制圆角路径，转化路径为选区，如图 4-321 所示。填充单色（R243，G243，B240），在该图层对选区使用"描边"命令，描边颜色设置为（R226，G225，B224）。效果如图 4-322 所示。

图4-320   图4-321

图4-322

34

用移动工具拖动参考线，将刚创建的圆矩形图形的宽度大概分割为四段，选择单列选框工具，配合〈Shift〉键创建如图 4-323 所示的选区。新建图层"边框 3"，填充单色（R207，G207，B207），用矩形选框工具创建如图 4-324 所示的选区，单击图层面板下的"添加矢量蒙版"按钮，效果如图 4-325 所示。

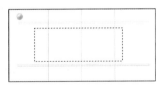

图4-323   图4-324

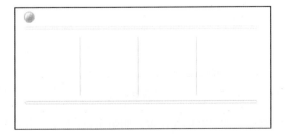

图4-325

6. TIFF 格式

这是最常用的图像文件格式。它既能用于 MAC 也能用于 PC。它是 PSD 格式外唯一能储存多个通道的文件格式。

TIFF 格式支持具有 Alpha 通道的 CMYK、RGB、Lab、索引颜色和灰度图像以及无 Alpha 通道的位图模式图像。Photoshop 可以在 TIFF 文件中存储图层；但是，如果在其他应用程序中打开此文件，则只有拼合图像是可见的。Photoshop 也可以用 TIFF 格式存储注释、不透明度和多分辨率金字塔数据。

7. JPEG 格式

压缩比可大可小，支持 CMYK、RGB 和灰度的色彩模式，但不支持 Alpha 通道。此种格式可以用不同的压缩比对图像文件进行压缩，可根据需要设定图像的压缩比。

8. Targa 格式

Targa 格式支持 16 位 RGB 图像（5 位 ×3 种颜色通道，加上一个未使用的位）、24 位 RGB 图像（8 位 × 3 种颜色通道）和 32 位 RGB 图像（8 位 ×3 种颜色通道，加上一个 8 位 Alpha 通道）。Targa 格式也支持无 Alpha 通道的索引颜色和灰度图像。当以这种格式存储 RGB 图像时，可以选取像素深度，并选择使用 RLE 编码来压缩图像。

这也就是为什么在 3ds Max 中保存文件时选择 Targa 格式的原因，使用 32 位图像可以保留一个 Alpha 通道，这样以便于在 Photoshop 中的编辑。同时将绘制完成带有 Alpha 通道的贴图存储为 32 位的 Targa 格式，可以在 3ds Max 中正常显示需要透明的区域。

调整图像大小和画布大小
图像大小调整

更改图像的像素大小不仅会影响图像在屏幕上的大小，还会影响图像的质量及其打印特性（图像的打印尺寸或分辨率）。

执行"图像→图像大小"（快捷键〈Ctrl〉+〈Shift〉+〈I〉）命令，弹出如下对话框。

在图像大小对话框中，可根据需要修改图像的宽度值和高度值，如下图所示。

勾选"约束比例"选项，在宽度或高度值中只须输入一个数值，另外一个的数值也会按图像原比例，随输入的数值变化而变化。取消勾选，宽度和高度值可随意设置。

如果图像带有应用了样式的图层，可勾选"缩放样式"，只有选中了"约束比例"，才能使用此选项。

35

选择圆角矩形工具，单击其属性栏的"形状图层"按钮，设置"颜色"为（R172，G217，B159），创建如图 4-326 的形状图层，用移动工具，配合〈Shift〉+〈Alt〉键，往下再移动复制出 3 个形状图层，在图层面板中，依次双击较下方的两个形状图层的图层缩略图，在弹出的"拾取颜色"对话框中将"颜色"设置为（R246，G185，B139），再在图层面板选中这四个形状图层，按〈Ctrl〉+〈E〉键合并选中图层，重命名该图层为"按钮 2"，效果如图 4-327 所示。

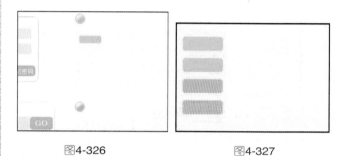

图4-326 图4-327

36

新建图层"边框 4"，用矩形选框工具下的"路径"创建选区，填充单色（R245，G245，B245），对选区使用"颜色"设置为（R220，G220，B220）的"描边"命令，效果如图 4-328 所示。执行"文件"→"打开"命令，选择本书配套光盘中的"chapter4\media\秋千女孩 .jpg"文件，将文档解锁后，用移动工具移动该文档图层至"网页模板制作"中，关闭"秋千女孩"文档。在图层面板中重命名新拖入的图层为"秋千女孩"，确定其图层位置在组"中间"内的图层"边框 4"上。

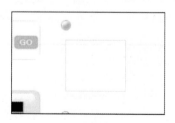

图4-32

在画布移动其图像位置，如图 4-329 所示。载入图层"边框 4"的选区，执行"选择"→"修改"→"收缩"命令，收缩选区 6 像素，单击图层面板下的"添加矢量蒙版"按钮，效果如图 4-330 所示。

图4-329 图4-330

37

新建图层"图片浏览"，创建矩形选区，随意在选区填充一个单色，如图 4-331 所示。保持选区，用移动工具配合〈**Shift**〉+〈**Alt**〉键在移动复制三个图像，如图 4-332 所示。

图4-331 图4-332

38

执行"文件"→"打开"命令，选择本书配套光盘中的"chapter4\media\ 浏览 1.jpg"文件，将背景层解锁后，用移动工具移动该文档图层至"网页模板制作"中，关闭"浏览 1"文档。在图层面板中重命名新拖入的图层为"1"，确定其图层位置在图层"图片浏览"上，按下〈**Ctrl**〉+〈**Alt**〉+〈**G**〉键，创建图层剪贴蒙版，该图层只显示与图层"图片浏览"相交的区域。在画布移动其图像位置，如图 4-333 所示。同上操作，依次打开"浏览 2.jpg"、"浏览 3.jpg"和"浏览 4.jpg"文件，拖动这些文件图层至"网页模板制作"，参考图层"1"的操作，效果如图 4-334 所示。

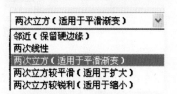

下图为图像缩放的一些使用选项。

两次立方（适用于平滑渐变）
邻近（保留硬边缘）
两次线性
两次立方（适用于平滑渐变）
两次立方较平滑（适用于扩大）
两次立方较锐利（适用于缩小）

以下图为例，当前图像显示为 100%。

执行"图像"→"图像大小"命令，可见宽度值和高度值如下图所示。

宽度(W): 298 像素
高度(H): 390 像素

用缩小比例方式设置宽度值为 100。

宽度(W): 100 像素
高度(H): 131 像素

单击确定按钮后，图像缩小，在画布上 100% 显示如下图所示。

画布大小

更改图像屏幕的大小，图像像素大小不改变。

执行"图像"→"画布大小"（快捷键〈Ctrl〉+〈Shift〉+〈C〉），弹出如下对话框。

通过宽度和高度当中的数值可以改变画布的大小。

画布扩展颜色可设定画布扩展后，该区域的颜色。

以下图为例，下图右半部分将是增大的画布扩展的方向。

图4-333

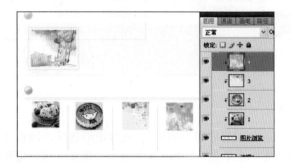

图4-334

39

新建图层"按钮 3"，选择圆角矩形工具，单击其属性栏的"路径"按钮，创建路径转换为选区后，参照组"中间"内的图层"按钮"（圆形绿色按钮）的制作方法，制作如图 4-335 所示的按钮图形（颜色可吸取图 4-335 所示左上方按钮颜色）。用文字工具输入文字创建文字图层，文字字体，颜色，大小可根据需要设置，参考如图 4-336 所示。

图4-335

图4-336

40

在组"中间"上新建组"右边"，执行"文件"→

"打开"命令，选择本书配套光盘中的"chapter4\media\小房子.png"文件，用移动工具移动该文档图层至"网页模板制作"中，关闭"小房子"文档。在图层面板中重命名新拖入的图层为"小房子"，确定其图层位置在组"右边"内，在画布上移动图像位置。同上操作，再依次打开"箱子.png"和"铅笔.png"文件，拖动图层至"网页模板制作"中后关闭后打开的文档。重命名图层且排列图层顺序，在画布移动图像位置如图4-337所示。

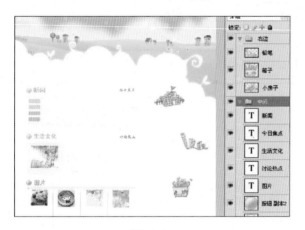

图4-337

41

在改组内新建图层"云朵"，选择钢笔工具创建路径，转换路径为选区，如图4-338所示。填充白色，单击图层面板下的"添加图层样式"按钮，选择"投影"选项，在其参数设置面板上设置"颜色"为（R106，G131，B71），其他设置如图4-339所示。

图4-338

执行"图像"→"图像大小"命令，弹出画布大小对话框。

原画布大小

在画布大小对话框改变宽度值为45厘米，定位往右方向。

单击确定按钮后，效果如下
图所示。

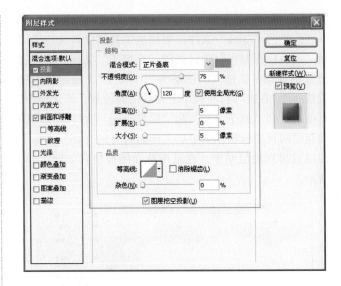

图4-339

42

    单击图层样式的"斜面和浮雕"选项，其阴影模本
的颜色设置为（R112，G108，B226），其参数设置面板
的参数设置如图 4-340 所示。单击"确定"按钮后，效
果如图 4-341 所示。取消选择，用移动工具配合〈**Alt**〉
键，再移动复制出两个云朵图像图层，效果如图 4-342
所示。

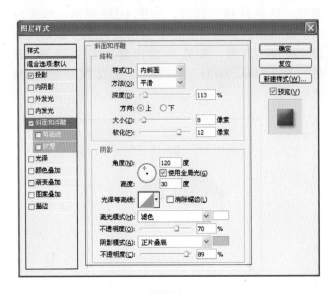

图4-340

图4-341 图4-342

43

在组"右边"上新建组"热门搜索",在该组内新建图层"边框",以参考线为基准,选择圆角矩形工具,创建路径,转化为选区,填充单色(R244,G244,B244),如图4-343所示。对选区使用"颜色"为(R220,G220,B220)的"描边"命令,如图4-344所示。用文字工具输入图文字创建文字图层,如图4-345所示。

图4-343 图4-344

图4-345

44

在组"热门搜索"上新建组"更多频道精彩",在该组内新建图层"边框",创建圆角矩形路径,转换为选区,填充单色(R255,G255,B247)后,对选区使用"颜色"为(R226,G226,B226)的"描边"命令,效果如图 4-346 所示。执行"文件→打开"命令,选择本书配套光盘中的"chapter4\media\ 看书女孩 .png"文件,用移动工具移动该文档图层至"网页模板制作"中,关闭"\ 看书女孩"文档。在图层面板中重命名新拖入的图层为"\ 看书女孩",确定其图层位置在组"更多频道精彩"内的图层"边框"上,在画布上移动图像位置如图 4-347 所示。

图4-346

图4-347

45

新建图层按钮,创建圆角矩形路径转换为选区,填充单色(R255,G102,B0),用文字工具输入文字创建文字图层,如图 4-348 所示。输入说明文字,效果如图 4-349 所示。

图4-348

图4-349

46

在组"更多频道精彩"上新建组"底部"，在该组内新建图层"边框"，在画布底部创建矩形选区，填充单色（R214，G233，B127），效果如图4-350所示。新建图层"边框2"填充白色，如图4-351所示。对选区使用"颜色"为（R127，G157，B185）的"描边"命令，效果如图4-352所示。

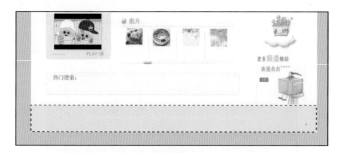

图4-350

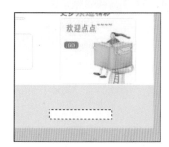

图4-351

图4-352

47

新建图层"下拉键"，选择圆角矩形工具，在其属性栏设置"半径"为2像素，在刚创建的图形内创建路径，转换为选区。选择渐变工具，使用（R222，G230，B252）到（R183，G211，B251）的线性渐变，从选区左上方至右下方拉出渐变。效果如图4-353所示。单击图层面板下的"添加图层样式"按钮，选择"描边"选项，在其参数设置面板设置"颜色"为（R165，G199，B254），"大小"为1像素，单击"确定"按钮。新建图层，用多边形选框工具或钢笔工具绘制路径创，建如图4-354所示的选区，填充单色（R77，G97，B133）。按下〈**Ctrl**〉+〈**Shift**〉+〈**G**〉键，使图层"下拉键"为该图层的剪切蒙板。选择缩放工具，在画布上单击鼠标右键，选择"按屏幕大小缩放"，查看图像效果，如图 4-355 所示。

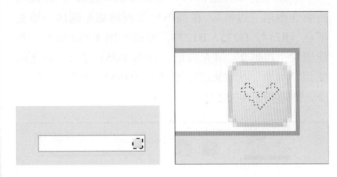

图4-353　　　　　　　　　　图4-354

图4-355

48

　　使用文字工具，根据组的分类，在各自的组内输入说明文字，创建文字图层，最后效果如本节开始的案例效果图。

Photoshop

图像处理制作案例教程

本章小结

　　本章主要是学习 Photoshop 在平面设计中的应用。通过实例详细讲解了 Photoshop 进行海报制作、平面广告设计、书籍装帧设计和网页模版制作的流程和方法。讲解了在 Photoshop 中如何运用路径工具和颜色填充制作复杂图形，如何利用图层样式制作水晶效果，如何将图层样式与色彩搭配以突出画面对比感，如何运用画笔工具与滤镜命令制作水墨图像效果；如何将形状图形与素材图像合理排布等。希望通过对 Photoshop 的相关命令的实例讲解分析，使读者了解命令在真实案例中的作用，将其灵活运用，为大家在今后的平面设计创作中提供参考和帮助。

课后练习

❶ _____ 能够使用32位图像，并且可以保留一个Alpha通道。

　　A. Targa格式　　　　B. Jpg格式　　　　　C. Bmp格式　　　　　D. Gif 格式

❷ 以下关于快捷键的叙述中 _____ 是错误的。

　　A. 使用〈Ctrl〉+〈J〉键可快速复制图层选区内的图像为新的图层

　　B. 在处理图形变形，缩下扩大，旋转时，经常要使用到自由变换工具的快捷键为〈Ctrl〉+〈T〉

　　C. 使用〈Alt〉+〈Ctrl〉快捷键可以对选定的区域进行填色

　　D. 使用〈Ctrl〉+〈E〉快捷键可以向下合并一个图层，使之成为一个图层

❸ 将路径转化为选区状态的快捷键为 _____。

　　A.〈Alt〉+〈Ctrl〉　　B.〈Ctrl〉+〈Enter〉C.〈Alt〉+〈Enter〉　D.〈Shift〉+〈Enter〉

❹ 利用"彩妆广告练习.jpg"图片（图4-356），制作一张撕边效果的广告。

❺ 参考"网页模板.jpg"图片（图4-357），设计制作网页模版效果。

图4-356

图4-357

第五章

图形创意制作

本章学习时间： 6课时。

学习目标： 通过制作案例，学习Photo-shop在图形创意制作中的运用及所需要掌握的工具、命令。

教学重点： 图层样式、选区、变形工具、滤镜的应用。

教学难点： 理解图层，选区运用的技巧。

讲授内容： 创建新文件，文字栅格化，运用图层关系，图层样式的运用，滤镜的应用。

课程范例文件： chapter5\final\图形创意制作.rar。

本章课程总览

充分发挥想象力和创造力，将想象形象化、视觉化。在使用Photoshop时，通过图层关系、图层样式等命令和工具来创作出多种字体效果，同时也可以在平面的图像中表现出立体、魔幻的效果。本实例主要对文字3D效果、幻化效果以及选区的快捷运用等其他命令进行讲解，向读者介绍一些常识和常用技巧，方便读者在实际操作中掌握这些技巧。

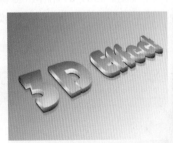

立体空间3D文字制作

魔幻文字制作

游戏UI界面制作

播放器界面制作

5.1 立体空间3D文字制作

知识点：文字栅格化、变形工具、渐变工具、图层样式、创建选区、合并图层、杂色——添加杂色。

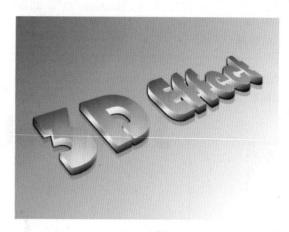

使用 Photoshop CS4 进行图形创意时，除了要设想好所要表现的效果，还要对软件的功能和一些常用快捷方式熟练掌握。通过本实例的学习，读者可以了解到需要何种效果时可以使用什么方法。

01

新建一个文件，在弹出的对话框中设置参数，如图 5-1 所示，单击确定。

新建		
名称(N): 未标题-1		确定
预设(P): 自定	▼	取消
大小(I):	▼	存储预设(S)...
宽度(W): 1024	像素 ▼	删除预设(D)...
高度(H): 768	像素 ▼	
分辨率(R): 100	像素/英寸 ▼	Device Central(E)...
颜色模式(M): RGB 颜色 ▼	8 位 ▼	
背景内容(C): 白色	▼	
⊗ 高级		图像大小: 2.25M
颜色配置文件(O): 工作中的 RGB: sRGB IEC6196... ▼		
像素长宽比(X): 方形像素	▼	

图5-1

知 识 点 提 示

在图像窗口中单击插入光标输入文字与单击并拖出文字区域框输入文字不同，前者输入的是点文本，后者则是段落文本，框体地方大小可以调节。本案例输入的是点文本。

操 作 提 示

（1）复制图层可以使用〈Ctrl〉+〈J〉快捷键，也可以直接左键拖动图层缩略图至图层面板下方的"新建图层"图标处进行复制。
（2）大部分的绘图工具和图像编辑功能都不能用于文字图层，只有将文字图层转换成普通图层

（栅格化文字）才可使用。但当文字图层转为普通图层后，便不可以再转换为文字图层。

知 识 点 提 示

当创建新的文件时，有两种情况：

（1）当以白色或其他颜色的背景建立文件时，该文件是以背景图层的方式显示。

（2）若创建的新文件为透明内容时，就会以普通图层的形式来显示。

操 作 提 示

"自由变换"命令可以使用〈Ctrl〉+〈T〉快捷键。要作出透视感，在执行〈Ctrl〉+〈T〉的基础上，右键单击，在弹出的对话框中，选择"透视"命令。

02

创建一个新图层，更名为"3D Effect_1"，选择横排文字工具，在当前画布中输入文字"3D Effect"，选择字体为"Bauhaus 93"，画布中的文字尽量放大，如图 5-2 所示。

图5-2

03

复制"3D Effect_1"图层，得到"3D Effect_1 副本"图层。选择"3D Effect_1 副本"图层右键，使用"栅格化文字"命令。关闭"3D Effect_1"图层的可见性，如图 5-3 所示。

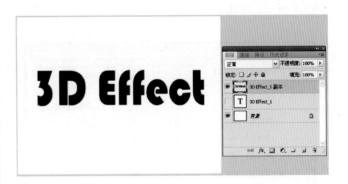

图5-3

选择"3D Effect_1 副本"图层，使用"自由变换"命令，调整到理想的角度，做出透视，如图 5-4 所示。

图5-4

04

选择"3D Effect_1 副本"图层，使用快捷键〈Ctrl〉+〈Alt〉+〈T〉复制该图层，同时向上移动1像素，按〈Enter〉键确定，此时得到"3D Effect_1 副本2"图层。随后使用快捷键〈Ctrl〉+〈J〉复制"3D Effect_1 副本2"图层，再次得到一个新图层，使用移动工具向上移动该图层1像素，依此类推重复使用〈Ctrl〉+〈J〉这一步骤18次，便可得到一个厚度效果，如图5-5所示。

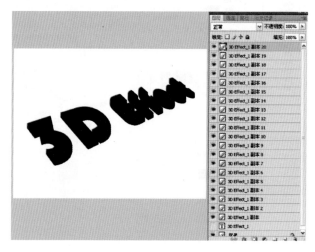

图5-5

05

选择"3D Effect_1 副本19"，按住〈Shift〉键，同

知 识 点 提 示

〈Ctrl〉+〈Alt〉+〈T〉快捷键是在自由变换的基础上同时复制了相同的图层。

操 作 提 示

要同时选中多个不同图层可以按住〈Ctrl〉键，然后点击其他图层。若要同时选中连贯的多个图层，可以先选择最顶端的图层，然后按住〈Shift〉键，再选择最底部的图层，这样可快捷地选择需要合并的图层。

知 识 点 提 示

合并多个图层时，可以使用〈**Shift**〉方法选中需要合并的多个连贯图层，然后按〈**Ctrl**〉+〈**E**〉快捷键即可。如果只选择一个图层，此时按〈**Ctrl**〉+〈**E**〉则是自动向下合并一个图层。

在 Photoshop CS3 和 CS4 之前版本的 Photoshop 中，图层样式一旦被使用后，尤其是选中多种类型的图层样式时，如不需要某种样式，查看时极为繁琐，但现在有了"指示图层效果"后，可以方便的取消或显示某一种图层效果。

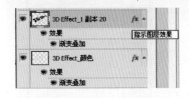

时用鼠标左键选中"副本"至"副本19"19个图层，右键选择"合并图层"，更名为"3D Effect_合并"，如图5-6所示。

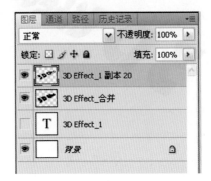

图5-6

选择"3D Effect_1 副本20"，右键"混合选项"命令，在弹出的"图层样式"对话框中点击勾选"渐变叠加"选项，在弹出的渐变编辑器中设置左色标值为#2d374a；右色标值为#e2eaee，确定。随后设置角度为–75度。单击"确定"，如图5-7所示。

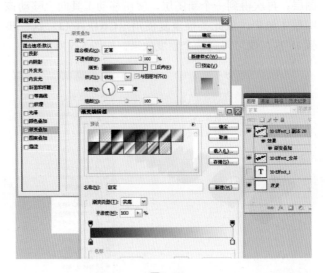

图5-7

06

复制"3D Effect_合并"图层，更名为"3D Effect_颜色"，取消"3D Effect_合并"图层的可见性。按住〈Ctrl〉鼠标左键点击"3D Effect_颜色"图层的图层缩略图，填充颜色：#d7dee3，如图5-8所示。

图5-8

07

　　选择"3D Effect_颜色"图层，右键"混合选项"命令，在弹出的"图层样式"对话框中选中"渐变叠加"选项，单击"渐变"，在弹出的渐变编辑器中设置色标值，左起色标值分别为 #000000、#6c757d、#e7ebef、#8997a5、#f2f2f2、#5b6f7e、#000000，单击"确定"。设置角度为112度，参数设置如图5-9所示。单击"确定"按钮，效果如图5-10所示。

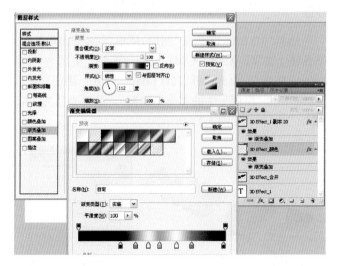

图5-9

图5-10

操　作　提　示

（1）填充颜色时，可以使用〈Ctrl〉+〈Backspace〉快捷键，或载入选区后右键"填充"。

（2）按住〈Ctrl〉，鼠标左键点击任一图层的"图层缩略图"，是快捷载入选区的一种方式。

　　这里的"渐变叠加"效果最好能够将3D文字的厚重感表现出来，暗部的位置较为重要，需注意。

知　识　点　提　示

　　使用"渐变叠加"图层样式可以为图层叠加渐变效果。

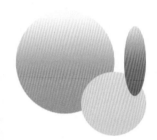

　　上图为原图，下图为添加"渐变叠加"图层样式且将渐变的混合模式设置为"滤色"后的效果。

操 作 提 示

在刻画高光时，要考虑光线的方向，以及尽量表现出文字底部的高光效果。

知 识 点 提 示

"高斯模糊"滤镜是 Photoshop 中使用最为频繁的滤镜之一，它可以将图像中的相邻像素平均化，使它们之间的过渡更为光滑，通过调节模糊半径使画面产生模糊效果。

08

新建图层，更名为"高光"。按住〈Ctrl〉键同时单击"3D Effect_1 副本 20"图层的图层缩略图，形成一个选区。选择"高光"图层，将前景色调整为白色，使用"矩形选框工具"在画布中任意处右键"描边"命令，在弹出的对话框中，将宽度改为 1 像素，单击"确定"。随后使用"橡皮擦工具"，将不透明度及流量分别设置为 40%、50%，擦出高光线条的虚实，效果如图 5-11 所示。

图5-11

09

选择"3D Effect_ 合并"图层，使用"移动工具"向左、下各移 1 像素，〈Ctrl〉+〈J〉复制该图层，更名为"3D Effect_ 阴影"。再次选择"3D Effect_ 合并"图层，使用"滤镜"→"模糊"中的"高斯模糊"，设置半径为 3.6，点击"确定"，如图 5-12 所示。

图5-12

10

新建一图层，更名为"效果"。按住〈Ctrl〉键同时点击"3D Effect_1 副本 20"图层的图层缩略图，出现文字的选区，填充黑色，按〈Ctrl〉+〈D〉键取消选区。使用"滤镜"→"杂色"中的"添加杂色"命令，在弹出的对话框中将数量改为 44.79%，选择"高斯分布"，选中"单色"，单击"确定"，如图 5-13 所示。

图5-13

保持选择"效果"图层，使用"滤镜"→"模糊"中的"动感模糊"命令，在弹出的对话框中，更改角度为 86 度；距离改为 220 像素，点击"确定"，如图 5-14 所示。

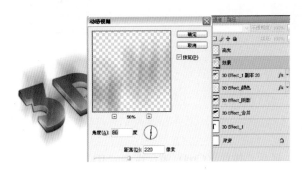

图5-14

11

按住〈Ctrl〉键，单击"3D Effect_1 副本 20"图层的图层缩略图，反选所得到的选区，按〈Delete〉键删除周围多余部分阴影。取消选区，设置图层的混合模式为"颜色减淡"，效果如图 5-15 所示。

图5-15

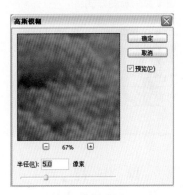

操 作 提 示

选区反选的快捷键为〈Ctrl〉+〈Shift〉+〈I〉，快捷键〈Ctrl〉+〈D〉为取消选区。

知 识 点 提 示

位图和索引颜色模式的图像不能使用渐变工具。

在渐变工具的下拉列表中有多种样式的渐变可供选择。除此之外，在单击圆形按钮后弹出的菜单中，可以选择载入多种预设样式的渐变到列表框中，以得到更丰富的渐变样式。

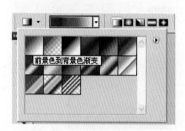

操 作 提 示

拖拉的渐变直线越长，得到的渐变范围越广。如果按住〈Shift〉键，则可以将渐变直线控制在0°、45°、90°三个方向上。

在最后添加的倒影效果，降低其图层的不透明度能使整个3D文字如同放在一个反光较强的物体上，增强了空间立体感。

12

在"背景"层上方新建一图层，更名为"衬底"。使用"渐变工具"，在"渐变编辑器"预设栏中选择"前景色到透明渐变"。设置左色标值为#6b5c51，单击"确定"。在画布上从左上角至右下角划一条斜线，得到渐变效果，如图5-16所示。

图5-16

13

最后，按住〈Ctrl〉键，点击"3D Effect_颜色"图层的图层缩略图，得到一选区，然后在"3D Effect_1"图层上方新建一个图层，更名为"倒影"，填充前景色（前景色值为#6b5c51），使用"移动工具"适当向下移动得到一个倒影效果，将不透明度改为34%。最终效果如图5-17所示。

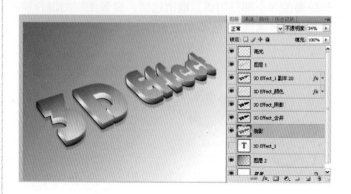

图5-17

5.2 魔幻文字制作

知识点：渐变工具、图层蒙版、模糊——动感模糊、模糊——高斯模糊、扭曲——波浪、纹理化、图层样式。

在制作魔幻的图像或文字效果时，先考虑可能会用到的工具、滤镜及图层的效果样式等。随后对颜色进行分析，怎么样的环境氛围能体现出魔幻的感觉，什么样的字体容易表现出扭曲效果等。

滤镜功能在处理此类魔幻效果时应用较多，本节将通过实例使读者更为灵活地使用滤镜，加深对滤镜的认识，了解滤镜的使用和技巧。

01

新建一个文件，在弹出的对话框中设置参数如图5-18所示，单击"确定"按钮。

图5-18

颜色的不透明度，则可以先点击上方的黑色滑块，此时，色标框下的"不透明度"方可更改。

如对图层中图像边缘使用模糊滤镜，必须确保已关闭图层面板中的"锁定透明像素"选项。若是选中"锁定透明像素"选项时执行"模糊"滤镜，则模糊的区域只限于图层上的图像，而其边缘不会向透明区域扩展。

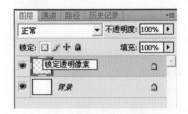

"扭曲"滤镜可以对图像进行几何变形或其他变形、创建三维效果。但值得注意的是，这些滤镜会耗用较多内存，影响计算机运行的速度。

图层蒙版

图层蒙版的主要作用是保护图像，让被遮盖的区域不受任何操作的影响。

02

创建一个新图层，更名为"衬底"。填充前景色后，添加图层样式，选择"渐变叠加"样式，设置渐变颜色，在弹出的对话框中更改左右两侧的色标值分别为：#07090a、#202b35，点击"确定"，回到图层样式对话框，勾选"反相"，改为"径向"样式，如图5-19所示。设置完毕后"确定"。

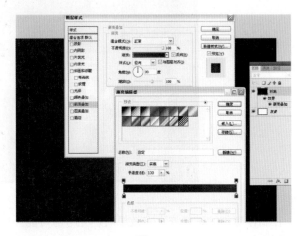

图5-19

03

在画布中输入白色文字"MAGIC"，该图上单击右键选择"栅格化文字"，如图5-20所示。

图5-20

04

选择"滤镜"→"模糊"中的"动感模糊"，设置角度为90度，距离为40像素，如图5-21所示。

图5-21

05

选择"滤镜"→"扭曲"中的"波浪",设置"生成器数"为3;波长最小为10,最大为450;波幅最小为5,最大为35,如图5-22所示。

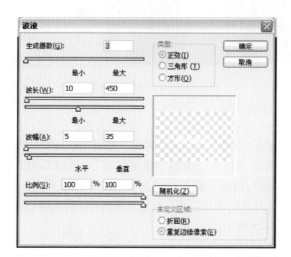

图5-22

06

创建新组,设置图层的混合模式为颜色减淡,将"MAGIC"图层拖入其中,此时能够得到一个亮光字体,如图5-23所示。

混合模式

"颜色减淡"、"颜色加深"、"变暗"、"变亮"、"差值"和"排除"模式不可用于 Lab 图像。

"渲染"滤镜

在图像中创建云彩图案、折射图案和模拟的光反射。

(1)分层云彩:该滤镜可以将图像根据前景色和背景色先作云彩滤镜,然后再将得到的云彩图与原图像以差值计算的方法混合图像(如下图所示,左图为原图,右图为使用分层云彩滤镜后效果)。

→

(2)光照效果:该滤镜不仅提供了 17 种不同样式的光照风格、两种光照类型和四组光照属性,而且还可以选择不同的颜色通道制作三维纹理。

(3)镜头光晕:该滤镜可以模拟明亮光线进入相机镜头所产生的光晕效果。

(4)纤维:该滤镜使用前景色和背景色创建编织纤维的外观。

(5)云彩:该滤镜使用介于前景色与背景色之间的随机值,生成柔和的云彩图案。

"纹理"滤镜

可以使用"纹理"滤镜模拟具有深度感或物质感的外观，或者添加一种器质外观。

（1）龟裂缝：将图像绘制在一个高凸现的石膏表面上，以循着图像等高线生成精细的网状裂缝。使用此滤镜可以对包含多种颜色值或灰度值的图像创建浮雕效果。

（2）颗粒：通过模拟以下不同种类的颗粒在图像中添加纹理：常规、软化、喷洒、结块、强反差、扩大、点刻、水平、垂直和斑点（可从"颗粒类型"菜单中进行选择）。

（3）马赛克拼贴：渲染图像，使它看起来是由小的碎片或拼贴组成，然后在拼贴之间灌浆（相反，"像素化→马赛克"滤镜将图像分解成各种颜色的像素块）。

（4）拼缀图：将图像分解为用图像中该区域的主色填充的正方形。此滤镜随机减小或增大拼贴的深度，以模拟高光和阴影。

（5）染色玻璃：将图像重新绘制为用前景色勾勒的单色的相邻单元格。

（6）纹理化：将选择或创建的纹理应用于图像。

图5-23

07

创建一新图层，放置最顶端，更名为"烟云"。设置前景色和背景色为黑、白，使用"滤镜"→"渲染"中的"云彩"命令，设置图层的混合模式为"颜色减淡"，随后选择"图层→图层蒙版"中的"显示全部"命令，如图5-24所示。

图5-24

08

单击"烟云"图层右侧的"图层蒙版缩略图"，设置前景色为黑色，使用"画笔工具"（选择柔和画笔，将硬度改为0%，流量改到75%左右）在画布中涂抹掉多余或过量的烟云效果，然后复制该层，再次进行调整，如图5-25所示。

图5-25

09

创建一个新组，修改该组的混合模式为"颜色减淡"，在组内新建一个图层，选择"画笔工具"，使用"烟"笔刷在文字顶部添加一些烟丝效果，如图5-26所示。

图5-26

10

在"衬底"图层上方新建一图层，更名为"纹理"，填充黑色。使用"滤镜"→"纹理"中的"纹理化"命令，在弹出的窗口中，设置缩放为100%，凹现为4，光照为上，单击"确定"，如图5-27所示。

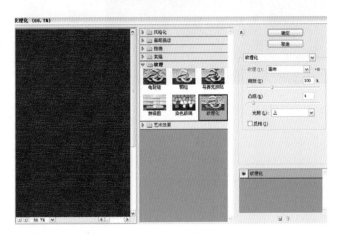

图5-27

11

选择"MAGIC"图层，使用"滤镜"→"模糊"中的"高斯模糊"命令，在弹出的对话框中设置半径为9.0像素，如图5-28所示。

"纹理"可以选择多种纹理类型，其中"载入纹理"可以自己设置纹理图案。"缩放"用于缩放纹理图案的比例；"凸现"决定纹理的深度；"光照"共有八种光照方向；"反相"可以使纹理图案作反相处理。

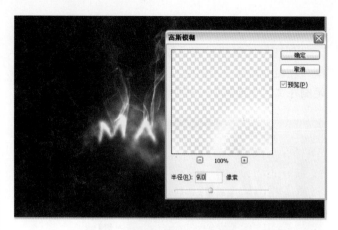

图5-28

12

最后，回到图层面板，将"纹理"图层的不透明度设置为10%，得到最终效果，如图 5-29 所示。

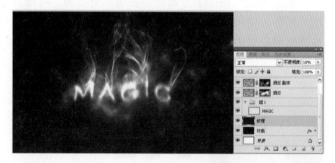

图5-29

5.3 游戏UI界面制作

知识点：定制图层样式、调用样式、清除样式和删除样式工作面板中的样式、载入和保存图层样式、将图层样式转换为图像图层、混合模式。

游戏 UI 界面制作，首先需要分析 UI 界面所需要哪几个元素，然后可以单独制作，最终整合在一起。

在这个案例中，主要制作部分包括：左上角的圆形结构、金属线框及背景层。首先将圆形结构单独制作出来。

01

圆形结构部分：新建一个高度为 478 像素、宽度为 490 像素的文档，将背景层填充为黑色。

02

新建图层，更名为"金属外圈"。使用"椭圆选框

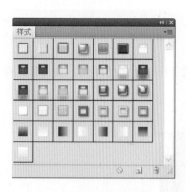

工具"在画布中央拉出一个正圆，右键"描边"命令，设置宽度为 10 像素。打开样式面板，选择"光面铬黄"样式，得到如图 5-30 所示效果。

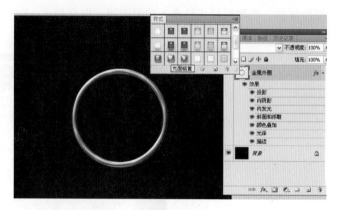

图5-30

操 作 提 示

可以通过菜单栏中的"窗口→样式"来打开或关闭"样式"工作面板。

知 识 点 提 示

不能将图层样式应用于背景图层、锁定的图层或组。要将图层样式应用于背景图层，请先将该图层转换为常规图层。

操 作 提 示

（1）定制图层样式：执行样式工作面板菜单中的"新样式"命令，弹出"新建样式"对话框。

03

新建一图层，更名为"中心点"，在金属外圈中心处使用"椭圆选框工具"拉出一个小圆点，截入选区填充小圆点，使用"铬黄"样式。随后再新建一个图层，更名为"底色"，使用"魔术棒工具"选择金属内圈的轮廓，填充颜色：#8a8a8a。接着用钢笔工具将该圆形等分为 16 份，间隔填充颜色：#363636，效果如图 5-31 所示。

图5-31

给"底色"图层添加"图层样式"，在样式栏中选择"光泽"，设置不透明度为42%；角度为65度，距离、大小分别为92像素、49像素。这样能使圆形盘面有亚光折射感，参数设置如图5-32所示。

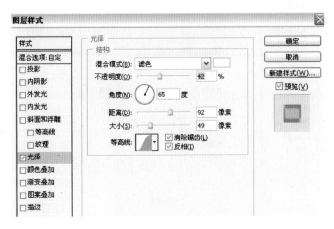

图5-32

04

在"底色"图层上方新建一个"血条"图层。随后选择"底色"图层，使用"魔术棒工具"选取画布中圆盘图形左下方45度的深灰色块，填充颜色为#0aa1d9。添加"图层样式"，选择样式栏中的"外发光"和"内发光"，参数设置如图5-33、图5-34所示。

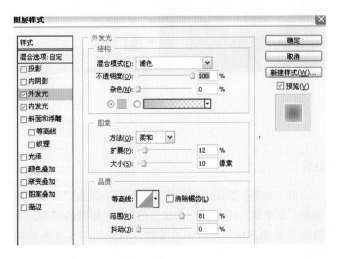

图5-33

"包含图层效果"是指定制样式中包括选中图层的图层样式；"包含图层混合样式"是指定制样式中包括该图层的混合选项。

（2）使用样式工作面板中的图层样式：打开样式工作面板，然后单击样式工作面板中的"样式1"，这样就在"图层1"上应用了"样式1"图层样式。

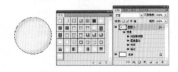

（3）清除样式和删除样式工作面板中的样式：单击样式工作面板底部的"清除样式"按钮则可以将图层上的样式清除。

拖动样式工作面板中的任一样式到"删除样式"按钮上，便删除了该样式。

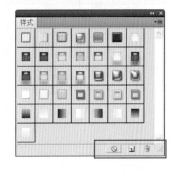

（4）载入和保存图层样式：打开样式工作面板，选择样式工作面板菜单中的"载入样式"命令，打开"载入样式"对话框，选择文件夹中的样式，点击"载入"即可。

保存样式，执行样式工作面板菜单中的"存储样式"命令，在对话框中设置目录及文件名，然后"保存"即可。

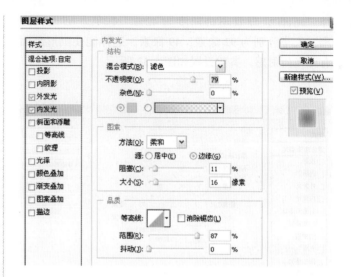

图5-34

设置完毕后效果如图5-35所示。

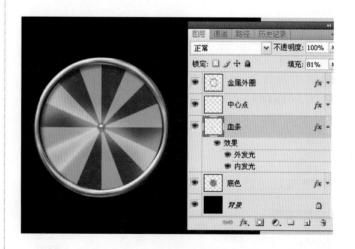

图5-35

05

在"血条"图层上面新建"血条组"，复制"血条"图层到"血条组"内，进行缩放、色相/饱和度的调整，参数设置如图5-36所示，依此类推，得到如图5-36所示的效果。

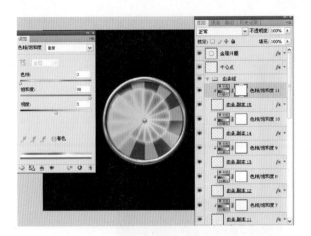

图5-36

06

　　界面部分：新建文档，设置高度为 500 像素、宽度为 768 像素，将背景层填充为黑色。将准备好的游戏界面放入画布中，图层更名为"游戏画面"，如图 5-37 所示。

图5-37

07

　　将之前做好的圆盘元素放入画面中，更改图层名称为"血条部分"，使用移动工具调整其位置，如图 5-38 所示。

操 作 提 示

　　为了能使图层工作面板的操作界面更加整洁，可以新建工作组来管理图层。

知 识 点 提 示

　　将图层样式转换为图像图层：要自定义或调整图层样式的外观，可以将图层样式转换为常规图像图层。将图层样式转换为图像图层后，可以通过绘画或应用命令和滤镜来增强效果。但是，此时不再能够编辑原图层上的图层样式，并且在更改原图像图层时图层样式将不再更新。

操 作 提 示

在之前设置图层样式时，可以看出"图层样式"对话框在结构上分为三个区域。

（1）图层样式类型区（左侧红框）：在该区域中列出了所有的图层样式，被选中的类型（前面方框中打勾）表示在当前的图层使用的图层样式类型，用户可以选中多种类型的图层样式作用于同一个图层。单击各样式类型名称，图层样式名称呈高亮反色显示，并且"图层样式"对话框中间区域的选项内容随之变化。

（2）参数设置区（中间红框）：在选择不同图层样式的情况下，该区域会即时显示出与之对应的参数选项。

（3）预览区（右侧红框）：在该区域中可以预览当前所设置的所有图层样式叠加在一起时的效果。

图5-38

08

新建图层"边框"，按〈**Ctrl**〉键单击"游戏画面"图层缩略图载入选区，使用"描边"命令，宽度为8像素。随后，使用"椭圆选框工具"在右上方拖出一小一大的两个圆形（作为"最小化"及"关闭"按钮），任意填充一个颜色，打开"样式"面板使用"铬黄"样式，得到如图5-39所示的金属边框效果。

图5-39

09

在"边框"图层上方新建"关闭按钮图案"图层，

然后使用"自定义形状工具",在形状选项栏中选择"X"形状,如图 5-40 所示。将"X"形状转为选区,使用"选择"→"修改"→"收缩"命令,收缩量为 3 像素,然后再羽化 2 像素,填充黑色即可。调整大小放置"关闭"按钮中央。

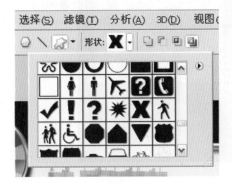

图5-40

制作"最小化"按钮中的图案。使用"矩形选框工具",拖出一矩形选区,羽化值设为 1~2 像素,填充黑色,调整大小放置"最小化"按钮中央,效果如图 5-41 所示。

图5-41

再新建"按钮颜色"图层。选择"边框"图层,使用"魔术棒工具"点选右上方的两个圆形按钮得到选区,分别填充选区颜色:# 00fc77、# ff0000,接着设置图层混合模式为"柔光",效果如图 5-42 所示。

知识点提示

"混合模式"是 Photoshop 中核心的功能之一,也是在图像处理过程中最为常用的一种技术手段,以下介绍几个常用的混合模式。

（1）正常:选择该混合模式,各图层中的图像不发生任何的混合,但可以通过设置"不透明度"及"填充"数值,使图像与下面的图层发生一定的混合效果。

（2）溶解:用于在当图层中的图像出现透明像素的情况下,依据图像中透明像素的数量显示出颗粒化效果。

（3）正片叠底：该模式整体效果显示由上方图层及下方图层的像素值中较暗的像素合成的图像效果。

（4）颜色加深：可以加深图像的颜色，通常用于创建非常暗的阴影效果，或降低图像的局部亮度。

（5）线性加深：选择该模式Photoshop 将察看每一个颜色通道的颜色信息，加暗所有通道的基色，并通过提高其他颜色的亮度来反映混合颜色，该模式对于白色无效。

图5-42

10

在"背景"图层上方新建"金属外框"图层，打开"样式"面板，给图层添加"铬黄"样式，然后使用"椭圆选框工具"在左上方圆盘效果周围托出一个比圆盘略大的正圆选区，使用"描边"命令，设置描边宽度为8像素，位置选择"内部"，如图 5-43 所示。

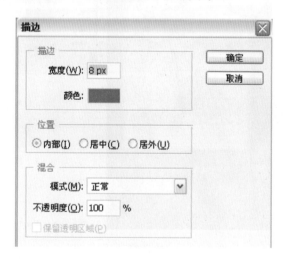

图5-43

随后用"橡皮擦工具"擦去四分之三，保持选择再次使用"描边"命令，但宽度改为4像素。取消选择后为一个整圆，依旧使用"橡皮擦工具"擦去不需要的部分。再使用"画笔工具"画出周围其他部分线条及下方的属性框部分，效果如图 5-44 所示。

图5-44

11

在"背景"图层上方新建"属性栏"图层，使用"矩形选框工具"拖出同刚才所勾画好的属性框大小相同的选区，填充颜色：#00c6ff，填充值改为 80%，混合模式为差值。

图5-45

在该图层之上再新建"属性框效果"图层，使用"矩

（6）变亮：以上方图层中较亮像素代替下方图层中与之相对应的较暗像素，并且以下方图层的较亮区域代替上方图层中的较暗区域，叠加后整体图像变亮。

（7）滤色：该模式与正片叠底相反，在整体效果上显示由上方图层及下方图层的像素值中较亮的像素合成图像效果，通常能够得到一种漂白图像中的颜色效果。

（8）叠加：图像的最终效果取决于下方图层。但上方图层的明暗对比效果也将直接影响到整体效果，叠加后下方图层的亮度区仍被保留。

（9）柔光：使颜色变亮或变暗，具体取决于混合色。如果上方图层的像素比 50% 灰色亮，则图像变亮，反之则变暗。

原图

柔光

（10）线性光：如果混合色比
50% 灰度亮，图像通过提高对比
度来加亮图像，反之通过降低对
比度来使图像变暗。

（11）实色混合：可创建一种具
有较硬的边缘的图像效果，类似
于多块实色相混合。

形选框工具"划分区域后填充相同颜色（#00c6ff）。创
建图层样式，设置如图 5-46 所示。

图5-46

　　设置完毕后，将"属性框效果"图层的"混合模式"
改为"线性减淡（添加）"，填充值改为 32%。得到的效
果如图 5-47 所示。

图5-47

12

　　对属性栏进行修饰。在"属性框效果"图层上方新
建"属性边框"图层组。在组内新建一图层，载入"属
性边框效果"图层选区，选择 8 个属性框中的一个，进
行白色描边，以及深蓝色至淡蓝色渐变（渐变颜色色标
值分别为 #093f64、#0fb9e3）。随后复制该图层，得到

其他的 7 个属性边框如图 5-48 所示。

图5-48

为背景添加底色。在"背景"图层上方新建"底色"图层,设置前景色为 #000000;背景色为 #009bdc,使用"渐变工具",更改渐变编辑器中的色标如图 5-49 所示。

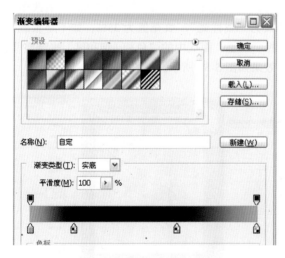

图5-49

最后更改"底色"图层的填充度为 50%。在属性框内添加文字,将上述各项设置完毕后,效果如图 5-50 所示。

（12）色相:该模式最终图像像素值由下方图层亮度与饱和度值及上方图层的色相值构成。除了填充实色外,如果需要改变图像局部的颜色,可以尝试增加具有渐变效果的图层与局部有填充颜色的图层。

（13）饱和度:该模式最终图像的像素值由下方图层亮度和色相值及上方图层的饱和度值构成,因此,如果下方的图像饱和度为 0,则无法叠加任何颜色在图像上。

（14）颜色:最终图像的像素值由下方图层的"亮度"及上方图层的"色相"和"饱和度"值构成。

（15）明度:该模式最终图像的像素值由下方图像的色相和饱和度值及上方图层亮度构成。

操 作 提 示

在制作"等级图案"时，可以使用"自定义形状工具"，选择其中的菱形，转换为选区后填充，使用图层样式制作出想要的效果。

知 识 点 提 示

图层组

图层组是 Photoshop 6.0 之后才增加的功能，在每个图层组中可以创建多个图层，这样可以帮助用户控制和管理多个图层。

图层组不能相互嵌套。但是，可以在同一个图层组中的所有图层上同时建立图层蒙版。图层组的作用与图层相似，同样可以对它进行查看、选取、复制、移动、删除以及改变叠放次序等操作，还可以将一个图层从图层组中移出或移进。

图5-50

13

对底色进行修饰。在"属性框效果"图层上方新建"叠底"图层，使用"椭圆选框工具"在左上角圆盘周围拉出正圆形选区，随后进行描边或填充（填充颜色为白色），然后更改图层填充值为 50%。在此图层上方再建立一个"叠底副本"图层，使用"矩形选框工具"随意托出一些矩形，填充颜色：#921888，更改图层混合模式为"线性光"，填充值为 35%。如不是很满意可以选择"调整"面板中的"色相 / 饱和度"来调整颜色。最终效果如图 5-51 所示。

图5-51

5.4 播放器界面制作

知识点：椭圆工具、杂色——添加杂色、多个选区选取单个选区、矢量蒙版、色相／饱和度、样式面板、矩形选框工具、图层样式详解。

在设计播放器之前，先要明确要表达的主要结构，即播放器的组成部分。随后考虑色彩以及界面效果、质感等。在本案例中，运用图层样式较多，故将通过实际操作详解图层样式在平面设计中的应用。

01

新建一个高度为 1 024 像素、宽度为 768 像素的文档，填充 50% 灰色的背景。

02

使用"椭圆工具"在画布中间偏上处创建一个圆形形状路径，将图层名称改为"金属框"。添加"图层样式"中的斜面和浮雕、渐变叠加、光泽，如图 5-52 所示。

知 识 点 提 示

Photoshop 中提供了多种类型的图层效果如投影、内阴影、内发光、外发光、斜面浮雕等类型，一个图层可以同时应用其中几种类型的图层特效来制作组合效果，我们可以同时在一个图层上施加投影和外发光甚至斜面浮雕等等多种图层特效，来实现设计理念与想法。

在图像窗口中不仅可以观察到图层特效施加后的效果，而且这些效果还可以被打印输出。但图层效果与样式并没有改变图层原有的图像像素与内容，它们只是被作为一种外部效果添加到该图层内容上，可以随时改变、删除或隐藏。

斜面和浮雕

斜面和浮雕效果是整个图层效果当中使用率最高，也是相对最复杂的效果。效果对话框共分为结构和阴影两个部分。斜面和浮雕主要用来对图层内容添加立体效果，而样式控制了立体效果的类型，可以从菜单中选择外斜面、内斜面、浮雕效果、枕状浮雕和描边浮雕五种类型。

外斜面 内斜面

浮雕效果 枕状浮雕

描边浮雕

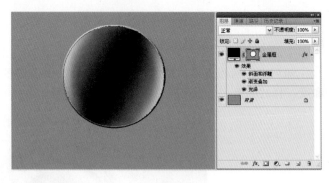

图5-52

斜面和浮雕参数设置如图 5-53 所示。

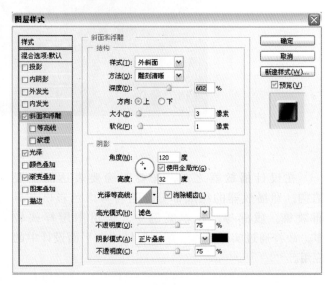

图5-53

光泽参数设置如图 5-54 所示。

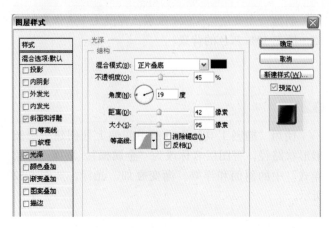

图5-54

渐变叠加参数设置如图 5-55 所示。

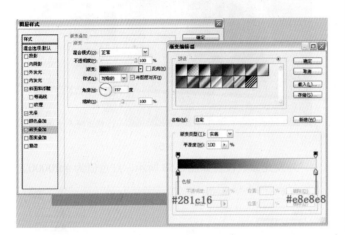

#281c16　　　#e8e8e8

图5-55

03

　　依然使用"椭圆工具"，在"金属框"中间分别创建两个缩小的圆形路径，分别更名为红环（灰色填充部分）、玻璃球（黑色填充部分），如图 5-56 所示。

图5-56

04

　　为"红环"图层添加"图层样式"中的外发光、内发光、斜面和浮雕、颜色叠加、光泽效果，效果如图 5-57 所示。

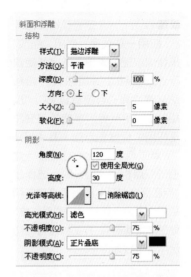

　　（1）方法：用于选择处理斜面和浮雕的方法。

　　（2）深度：用于设定斜面和浮雕的立体效果的强度，其数值越大，强度越大。

　　（3）方向：用于设定斜面和浮雕的光线方向，"上"指向上照射，"下"指向下照射。

　　（4）大小：影响图层样式效果的选项，其数值越大，效果越明显。

　　（5）软化：用于设定图层样式柔化程度。

　　（6）角度：用于设定光线照射的角度，其取值范围在 −180~+180 度之间。

　　（7）使用全局光：选中该选项后，该图层样式使用总体的光线角度。

　　（8）高度：用于设定视角。

　　（9）光泽等高线：用于设定光线轮廓，有多种预设的类型可供选择。

　　（10）清除锯齿：用于设定防锯齿功能。

　　（11）高光模式、暗调模式和不透明度：分别用于设定高光、暗调的混合模式以及它们的不透明度。

纹理

应用一种纹理。使用"缩放"来缩放纹理的大小。如果要使纹理在图层移动时随图层一起移动，请选择"与图层链接"。"反相"使纹理反相。"深度"改变纹理应用的程度和方向（上／下）。"贴紧原点"使图案的原点与文档的原点相同（如果取消选择了"与图层链接"），或将原点放在图层的左上角（如果"与图层链接"处于选定状态）。拖动纹理可在图层中定位纹理。

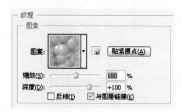

图5-57

外发光参数设置如图 5-58 所示，红色值为 # ff0000。

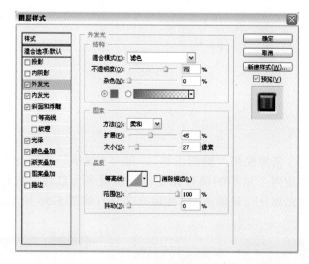

图5-58

内发光参数设置如图 5-59 所示，黑色数值为 #000000。

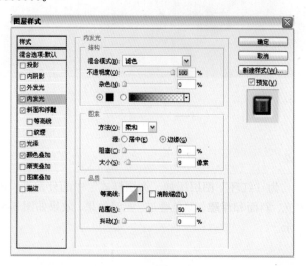

图5-59

斜面和浮雕参数设置如图 5-60 所示。

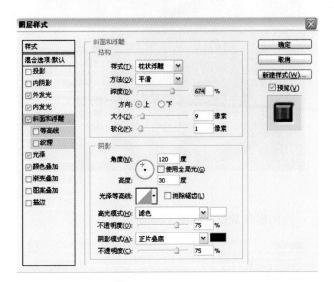

图5-60

在"颜色叠加"选项中，将颜色改为 #ff0000（大红），设置不透明度为 92%。光泽参数设置如图 5-61 所示。

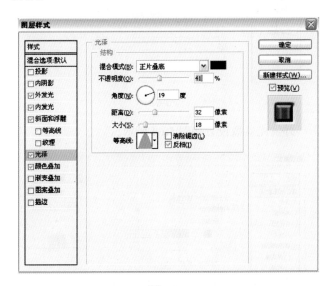

图5-61

05

为"玻璃球"图层添加"图层样式"中的内阴影、外发光、内发光、斜面和浮雕、颜色叠加效果，效果如图 5-62 所示。

光泽

它的作用是根据图层的形状应用阴影，通过控制阴影的混合模式、颜色、角度、距离、大小等属性，在图层内容上形成各种光泽。

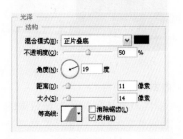

外发光

外发光是从图像内容向外添加发光效果的图层特效。它的选项主要包括了结构、图素和品质 3 部分。结构控制了发光的混合模式，不透明度、杂色和颜色。在图素部分，首先要确定是发光方法，较柔软的方法会创建柔和的发光边缘，但在发光值较大的时候不能很好地保留对象边缘细节。精确的方法会比较柔软的方法更贴合对象边缘，在一些需要精巧边缘的对象，如文字，精确的方法比较合适。品质部分多出了范围和抖动两个选项，范围是确定等高线作用范围的选项，范围越大，等高线处理的区域就越大。抖动相当于对渐变光添加杂色。

效果如下图所示。

内发光

内发光效果和外发光效果的选项基本相同，除了将扩展变为阻塞外，只是在图素部分多了对光源位置的选择。如果选择居中，那么发光就从图层内容的中心开始，直到距离对象边缘设定的数值为止；选择边缘的话，就是沿对象边缘向内。

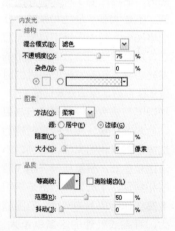

图5-62

内阴影参数设置如图 5-63 所示。

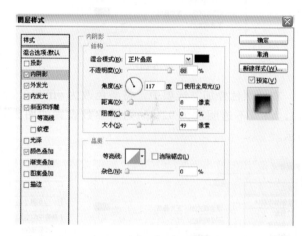

图5-63

外发光参数设置如图 5-64 所示。

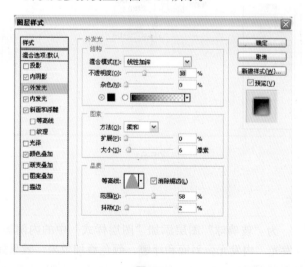

图5-64

内发光参数设置如图 5-65 所示，颜色数值为 # fb2828。

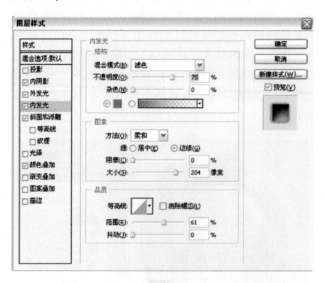

图5-65

斜面和浮雕参数设置如图 5-66 所示。

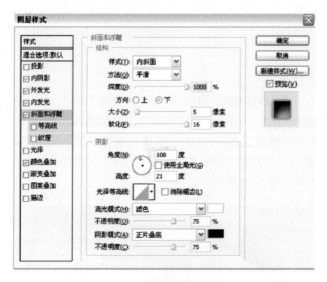

图5-66

在"颜色叠加"选项中，将颜色改为 #ff0000（大红），设置不透明度为 16%。

06

新建"玻璃高光"图层，载入"玻璃球"图层中的

效果如下图所示。

颜色叠加

颜色叠加效果它相当于用颜色填充图层当中的不透明区域，但在此可以在颜色叠加的同时控制填充色的混合模式和不透明度，更可以随时改变填充属性。颜色叠加控制填充色的混合模式和不透明度，更可以随时改变填充属性。

图案叠加

图案叠加效果与在斜面和浮雕效果中介绍到的纹理选项大致相同，不过图案叠加效果是以图案填充图层内容而非仅采用图案的亮度，所以，与纹理选项相比，图案叠加效果多了混合模式和不透明度，却少了深度值和反相。

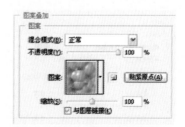

描边

描边效果如同编辑菜单中的描边命令一样,不过功能比它更丰富。除了描边的宽度、位置、混合模式、不透明度这些共有的选项外,还可以选择填充类型。描边的类型不同,各相关选项也不同。如果采用的是渐变描边或是图案描边,那么可以通过拖动的方法改变渐变或图案的位置。描边效果不仅提供了混合方式与不透明度选择,还有三种不同的填充方式及与贴近原点的选择。

投影

投影是最常用到图层效果之一。在各个选项中,混合模式和不透明度是每个图层效果必备的选项,图层效果以指定的不透明度和混合模式与下层图像混合。角度定义了造成投影光线的方向,如果指定某一角度为全局光,那么在这个图像文件中,所有使用全局光的图层效果均使用这一角度。

圆形选区,羽化值设为 10 像素,向右下方移动选区 5 像素。随后使用"渐变工具",在"渐变编辑器"中选择第二个透明渐变,将下方左侧的色标颜色改为白色。确定后回到画布,从选区的左上方拉出一点白色渐变。取消选区,再次载入"玻璃球"图层中的圆形选区,向右下方移动选区 15 像素,再次从选区的左上方拉出白色渐变。此时玻璃球上方的高光制作完毕,效果如图5-67所示。

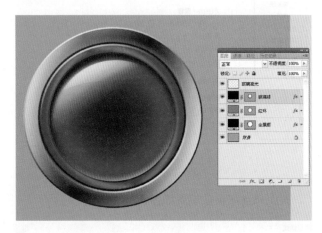

图5-67

07

在"玻璃高光"图层下方新建"反光"图层,载入"玻璃球"图层中的圆形选区,向左上方移动选区 10 像素,使用"渐变工具",拉出一些白色渐变,然后使用"滤镜"→"模糊"中的"高斯模糊"命令,半径改为9.3。效果如图 5-68 所示。

图5-68

08

为金属框增加磨砂效果。在图层顶端新建"磨砂"图层，载入"金属框"图层中的圆形选区，使用"选择"菜单中"修改"里的"扩展"命令，扩展量为 3 像素，然后减去"红环"图层中的选区，得到环状选区，接着填充选区，颜色值为 #4e4138。随后使用"滤镜"→"杂色"中的"添加杂色"命令，参数如图 5-69 所示。

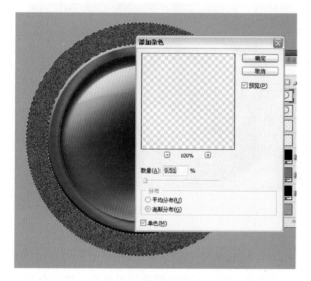

图5-69

设置完毕后，回到图层面板，设置该层的混合模式为"柔光"。得到的效果如图 5-70 所示。

图5-70

09

为金属框边缘进行修饰。在"磨砂"图层上方建立

内阴影

内阴影和投影它们的原理是基本相同的，在最终效果上也有雷同之处，不过投影是从对象边缘向外，而内阴影是从边缘向内。投影效果中的扩展选项在这里变为了阻塞，不过扩展选项起扩大作用而阻塞选项起收缩作用。内阴影主要用来创作简单的立体效果，如果配合投影效果，那么立体效果便更加生动。

"外圈高光"图层，载入"金属框"图层中的圆形选区，选择"椭圆选框工具"，右键"描边"，在弹出的"描边"对话框中，设置宽度为2像素，颜色为白色，位置选择内部。确定后回到图层面板，给该图层添加"矢量蒙版"，恢复默认前景色和背景色，然后选择"图层蒙版缩略图"填充黑色。接着使用"画笔工具"在需要高光部分用白色勾画即可。效果如图5-71所示。

图5-71

10

增加小音箱。将背景层关闭可见性，随后合并可见图层，放至最顶层，更名为"音箱"。使用缩放命令调整其大小，使用移动工具将其放在"金属框"左侧，然后选择创建新的填充或调整图层面板中的"色相/饱和度"命令，调整颜色。右键"色相/饱和度"图层，选择"创建剪贴蒙版"。最后同时选中"音箱"和"色相/饱和度"图层，进行复制，使用"移动工具"将另外一个放至"金属框"右侧。效果如图5-72所示。

图5-72

11

　　为小音箱制作中间部分的黑色网格。在图层面板最顶端新建"网格"图层。使用"椭圆选框工具"建立一个同音箱中间部分相同大小的圆形选区，填充黑色。添加图层样式，选择"斜面和浮雕"中的"纹理"效果，参数设置如图 5-73 所示。

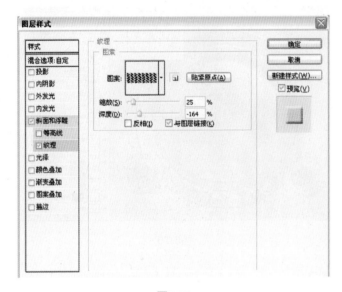

图5-73

　　设置完毕后，将图层混合模式改为柔光。效果如图5-74 所示。

图5-74

12

　　制作播放按钮。在"外圈高光"图层上方新建"按钮"图层。使用"椭圆选框工具"创建一个较小的正圆，添

图层样式的常用选项

（1）阻塞：模糊之前收缩"内阴影"或"内发光"的杂边边界。

（2）等高线：使用纯色发光时，等高线允许创建透明光环。使用渐变填充发光时，等高线允许创建渐变颜色和不透明度的重复变化。在斜面和浮雕中，可以使用"等高线"勾画在浮雕处理中被遮住的起伏、凹陷和凸起。使用阴影时，可以使用"等高线"指定渐隐。

（3）距离：指定阴影或光泽效果的偏移距离。可以在文档窗口中拖动以调整偏移距离。

（4）渐变：指定图层效果的渐变。单击"渐变"以显示"渐变编辑器"，或单击倒箭头并从弹出式面板中选取一种渐变。可以使用渐变编辑器编辑渐变或创建新的渐变。在"渐变叠加"面板中，可以像在渐变编辑器中那样编辑颜色或不透明度。对于某些效果，可以指定附加的渐变选项。"反向"翻转渐变方向，"与图层对齐"使用图层的外框来计算渐变填充，而"缩放"则缩放渐变的应用。还可以通过在图像窗口中单击和拖动来移动渐变中心。"样式"指定渐变的形状。

（5）抖动：改变渐变的颜色和不透明度的应用。

（6）图层挖空投影：控制半透明图层中投影的可见性。

（7）位置：指定描边效果的位置是"外部"、"内部"还是"居中"。

（8）范围：控制发光中作为等高线目标的部分或范围。

（9）平滑：稍微模糊杂边的边缘，可用于所有类型的杂边，不论其边缘是柔和的还是清晰的。此技术不保留大尺寸的细节特征。

（10）雕刻清晰：使用距离测量技术，主要用于消除锯齿形状（如文字）的硬边杂边。它保留细节特征的能力优于"平滑"技术。

（11）雕刻柔和：使用经过修改的距离测量技术，虽然不如"雕刻清晰"精确，但对较大范围的杂边更有用。它保留特征的能力优于"平滑"技术。

（12）柔和：应用模糊，可用于所有类型的杂边，不论其边缘是柔和的还是清晰的。"柔和"不保留大尺寸的细节特征。

（13）精确：使用距离测量技术创造发光效果，主要用于消除锯齿形状（如文字）的硬边杂边。它保留特写的能力优于"柔和"技术。

加样式活动面板中的"铬黄"样式，随后使用"移动工具"将这个按钮移至金属框的左下方。接着在该图层上方新建"播放"图层，使用"自定义形状工具"选择里面的"三角形"形状，在按钮上方拖拉出该形状，调整其方向即可。依此类推，制作出前、后、停止按钮。效果如图 5-75 所示。

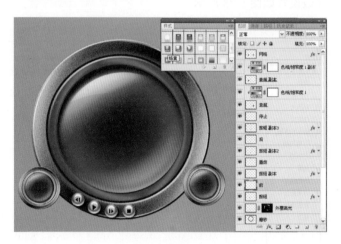

图5-75

13

制作内部界面：在"玻璃球"图层上方新建"内部界面选区"图层。使用"椭圆工具"在玻璃球中央新建一个正圆路径，添加"图层样式"中的"渐变叠加"，效果如图 5-76 所示。

图5-76

"渐变叠加"参数设置如图 5-77 所示。

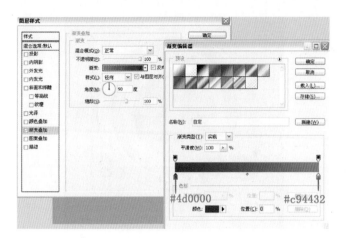

图5-77

14

在"反光"图层下方新建"调整条"图层。载入"玻璃球"图层中的圆形选区,使其收缩5像素。保持选区,与"内部界面选区"中的圆形路径相减得到圆环状选区,此时使用"矩形选框工具"按住〈**Alt**〉键,在圆环选区中间部分拉出一个矩形,与其相减,填充白色后更改图层混合模式为柔光,便得到如图 5-78 所示的效果。

图5-78

15

复制"调整条"图层,载入图层中的选区,随后使用"渐变工具",在"渐变编辑器"中,选择"橙,黄,橙渐变",回到画布中,向上拉出渐变,更改图层混合模式为柔光。得到效果如图 5-79 所示。

操 作 提 示

使用钢笔工具或形状工具都可以创建形状图层,从而能够轻松制作出各种图像效果。

上图使用的是钢笔工具

下图使用的是形状工具

知 识 点 提 示

（1）矢量形状工具的选项面板中，点击相关图标，可以对现有形状路径进行添加、删除、交叉和排除操作。用图层样式对图层添加投影之后，蒙版同样也对图层样式起作用。

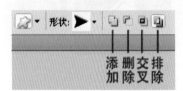

（2）矢量蒙版也可以转变为图层蒙版，选择"图层"→"栅格化"→"矢量蒙版"，但一旦栅格化了矢量蒙版，就无法再将它改回矢量对象。

（3）通过"存储形状"命令可以将自定义形状列表中的形状存储为一个文件，以防丢失。

混合模式中的差值是从上方图层中减去下方图层相应处像素的颜色值，该模式通常使图像变暗并取得反相的效果。

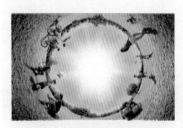

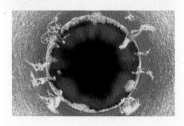

图5-79

16

在"磨砂"图层下方新建"符号"图层，使用"矩形选框工具"、"自定义形状工具"制作出 +、−、《、》符号，填充颜色为 #6d1e1a 后将图层混合模式改为差值。效果如图 5-80 所示。

图5-80

17

最后，在玻璃球中间部分使用"自定义形状工具"制作出"波条"，使用"文字工具"输入相关文字。填充的颜色均为 #ef9c4a。添加阴影效果。由于制作方法较为简单，故不再详细讲解，最终效果如本节开始的案例效果图所示。

本章小结

　　本章我们在 Photoshop 中通过运用图层样式、变形工具、滤镜、以及混合模式制作了一些案例，从中了解了滤镜的种类与各种滤镜所能表现的效果，图层样式中每个样式所能制作出来的图层特效，用这些效果来表现大家的设计理念与想法。但在实际工作中不能过分依赖滤镜功能，而忽略了作品的原创性及设计师的创造性。

课后练习

❶ 判断以下说法是否正确：在图层混合模式中，滤色模式是在暗图片中重视细节，既是在混合层中的亮像素会加亮基色层中的暗像素，并且混合层中的暗像素对基色中亮像素的影响较小。（　　）

❷ 关于滤镜说法 ＿＿＿＿＿ 是正确的。

A. 在Photoshop中不能使用外挂滤镜　　B. 所有滤镜都能够应用于RGB模式的图像上

C. 滤镜是些独立的小程序　　　　　　D. 滤镜不能够改变图像中的像素

❸ 〈Ctrl〉+〈T〉与〈Ctrl〉+〈Alt〉+〈T〉的区别是 ＿＿＿＿＿。

A. 前者是复制后自由变换，后者则是直接自由变换

B. 前者是直接自由变换，后者则是复制后自由变换

C. 前者是新建一个图层自由变换，后者则是直接自由变换

D. 前者是直接自由变换，后者则是新建一个图层自由变换

❹ 练习使用各种形状工具绘制图5-82所示的图形，并对其设置样式。

（a）原图　　　　　　　　　（b）效果图

图5-82

❺ 综合所学习的工具、命令，将图5-83a所示的图片制作出图5-83b所示的效果（提示：运用图层蒙版、图层效果、选框工具）。

（a）　　　　　　　　　　　（b）

图5-83

第六章

影视游戏中
Photoshop的应用

本章学习时间：**20课时。**

学习目标：在制作案例的过程中，学习掌握Photoshop在影视、游戏贴图制作中的运用。

教学重点：笔刷的运用、画笔自定义、滤镜应用、Alpha通道制作、四方连续贴图制作、蒙版应用技巧。

教学难点：材质的表现手法，了解Alpha通道，蒙版的应用技巧。

讲授内容：保存不同文件格式，Photoshop中自定义笔刷，不同材质的效果表现，图层蒙版的应用，Alpha通道的制作。

课程范例文件：chapter6\final\影视游戏中Photoshop的应用.rar。

本章课程总览

游戏道具贴图绘制

游戏角色贴图绘制

影视道具制作材质写实贴图制作

　　本章通过制作游戏道具、游戏角色、影视道具贴图来了解 Photoshop 在游戏、影视贴图中的应用以及材质的表现方法等。通过制作，学习 Photoshop 在绘制贴图时其他常用的功能、技巧。当然，最终的贴图绘制结果取决于制作者本身对贴图的制作技巧的熟练度和美术功底。在这基础上，让读者在实际操作过程中了解绘制贴图的过程。

6.1　游戏道具贴图绘制

知识点：游戏贴图绘制介绍、笔刷的运用，画笔自定义、笔刷插件下载、Photoshop 滤镜运用。

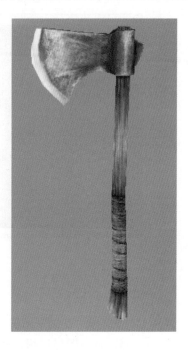

使用 Photoshop CS4 进行贴图时，除了先要在 3ds Max 中制作好完整的模型外，还要合理地将 UV 分布好，这样有利于绘制贴图时选择选区、划分材质等。

01

首先在 3ds Max 中制作好斧头模型，如图 6-1 所示。

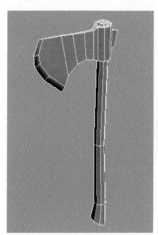

图6-1

知 识 点 提 示

贴图绘制介绍

　　游戏 UV 在一张贴图上的大小分布，并不是为了使棋盘格大小平均而分布的，而是需要了解哪部分是模型的重点，对于重点则需要给予较大的贴图范围，而一些不是很重要的部分则可以分配较小的贴图范围。有时，为了方便绘制贴图，尽量将一些纹理延续性比较强，而一旦分段处理后比较难衔接的贴图 UV 分在一起。

操 作 提 示

键盘上的〈F7〉键可以快捷打开"图层"面板。

知 识 点 提 示

画笔、笔刷

"画笔工具"是 3D 贴图绘制过程中主要的工具。其最主要的功能也就是用来绘制图像，它可以模仿中国的毛笔，绘制出较柔和的笔触效果。灵活运用画笔工具，可以绘制出各种图像效果，也可以制作出发光效果，还可以为一些效果图进行渲染等。

02

启动 Photoshop 软件，打开已经将斧头分布好 UV 的图，起名为 UV，如图 6-2 所示。

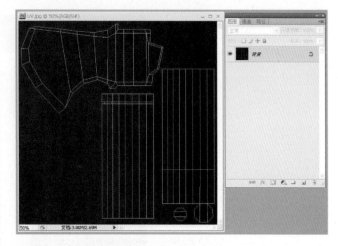

图6-2

03

选择"背景"图层，转为普通图层，使用〈Ctrl〉+〈I〉将该图层反相，更名为"UV"，再新建一个"衬底"图层。将"UV"图层的混合模式改为: 正片叠底。选择 50% 灰色填充"衬底"图层，将目前这两个图层锁定，如图 6-3 所示。

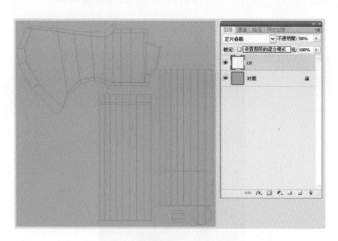

图6-3

04

参考一些素材，了解斧头的质地及表现方法。

05

选择画笔。首先选择"画笔"工具中较为柔和的笔触，这样可以方便于衔接笔触。同时再选择几个画笔熟悉它所能表现的效果，如图6-4所示。

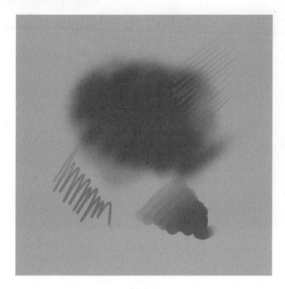

图6-4

06

在"UV"图层下方新建一个图层，更名为"铁质头部"。使用较大的笔触为斧头的铁质头部铺个基本色，如图6-5所示。

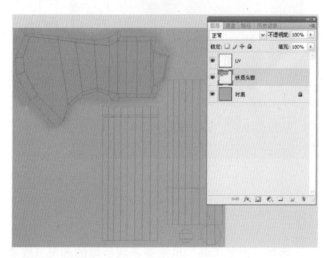

图6-5

操作提示

（1）在选项工具栏上展开笔刷扩展面板，然后单击笔刷扩展面板上的"从此画笔创建一个新的预设"按钮（ ），或执行笔刷扩展面板菜单中的"新画笔"命令，均可创建一个新的画笔。

（2）若要删除或重命名"画笔"列表框中的画笔笔刷，在该笔刷图标上单击右键，选择相关命令即可。

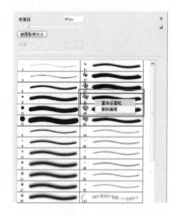

（3）在"名称"文本框中输入自定名称，单击"确定"按钮创建完毕一个新画笔笔刷。

（4）此时可以在"画笔"列表框中看到，最后一个笔刷就是刚才新创建的画笔笔刷，该笔刷仍处于选中状态。

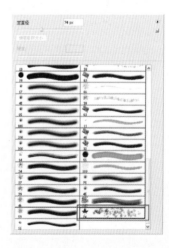

在 Photoshop 中笔刷不仅可以自己定义，还可以通过网络下载各式各样的笔刷运用在设计或者绘画上。

一般下载的笔刷为 ABR 格式文件。

07

在基础色上，仍就使用大笔触铺出斧头的暗部，如图 6-6 所示。

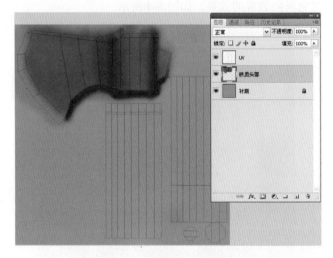

图6-6

08

现在略微缩小些画笔，使用灰白色画出刀刃部分，再给刀身增加些亮部，选择比斧头的基本色更亮些的颜色画在刀身受光部分，这样就可以达到为刀身增加亮部的效果，如图 6-7 所示。

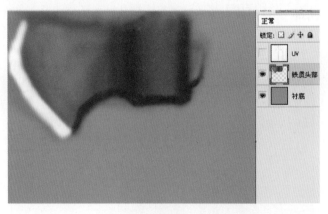

图6-7

09

选择"画笔工具"里能够表现质地的画笔（或者自己调整一个新笔触，随后新建画笔预设，这样以便以后随时调用），为了能表现斧头质地，可以选择颗粒状或较为粗糙的笔刷（如"粉笔"笔刷），使用不同力度、不同深浅的颜色画在斧身上。新建一个图层，在画布中使用刚才选择的画笔画出斧头较为粗糙的质地，颜色则选择接近锈铁的暗褐色，亮的部分选择较白的土黄色，如图 6-8 所示。

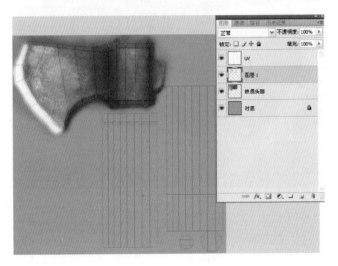

图6-8

10

　　简单画出棱角部分的高光，加强底部的暗部边缘。选择接近于白灰的颜色，沿着斧头边缘，仍旧使用"粉笔"笔刷，有轻有重地勾画几笔，这样能表现出斧子的高光，同时使其轮廓勾勒的更为清晰，如图 6-9 所示。

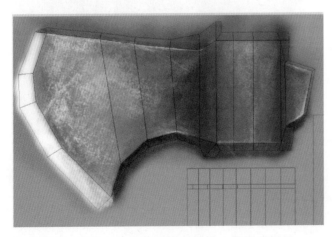

图6-9

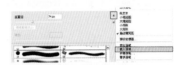

在弹出的对话框中选择"预设类型"为"画笔"，然后点击"载入"。

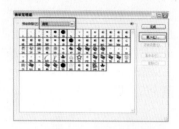

在弹出的"载入"对话框中，选择之前下载的笔刷保存路径即可。

（3）将下载的笔刷文件复制，找到安装 Photoshop 的根目录，打开其中的"Presets"文件夹。

在该文件夹内的"Brushes"子文件夹，打开后将复制好的笔刷粘贴即可。如果当时正在运行 Photoshop，则粘贴好笔刷文件后关闭 Photoshop 软件，重新打开，便能在工具栏中"画笔"旁的圆心下拉菜单中看到已安装的笔刷。

11

适当调整画笔大小，画出刀身部分类似划痕的细节，以及与斧柄衔接处圆柱形结构的高光部分，加强暗部及刀刃部分的表现，如图 6-10 所示。

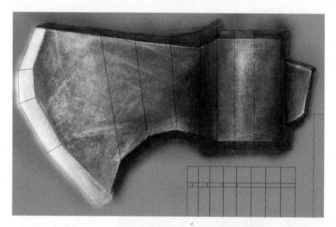

图6-10

12

仔细刻画刀刃、高光、暗部的细节，取消"UV"图层的可视性，查看效果，如图 6-11 所示。

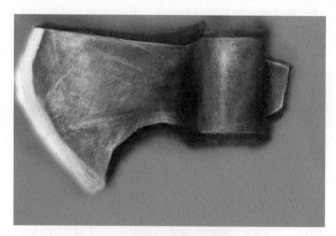

图6-11

13

刻画完毕后，复制该层，此时斧头的对比加强，细节更清晰，且质感也更为明显，如图 6-12 所示。

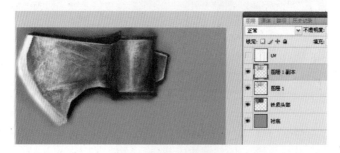

图6-12

14

新建"木柄"图层，使用"矩形选框工具"框选出木质部分，填充基础颜色：# 9f7a60，然后设置背景色：#553d30，使用"滤镜"→"渲染"中的"纤维"命令，在弹出的对话框中，设置差异为 8.0，强度为 4.0。得到的效果如图 6-13 所示。

图6-13

15

接着使用"加深工具"画出暗部及一些细长的木纹。如图 6-14 所示。

知 识 点 提 示

"纹理化"滤镜在这之前也有过说明，但在此补充一点：在"纹理化"对话框中，"载入纹理"可以自己设置纹理图案，但所选择的纹理图像必须是".psd"格式的图像文件。

纤维滤镜

可以使用"差异"滑块来控制颜色的变化方式（较低的值会产生较长的颜色条纹；而较高的值会产生非常短且颜色分布变化更大的纤维）。"强度"滑块控制每根纤维的外观。低设置会产生松散的织物，而高设置会产生短的绳状纤维。单击"随机化"按钮可更改图案的外观；可多次单击该按钮，直到看到满意的图案。当应用"纤维"滤镜时，现用图层上的图像数据会被替换。

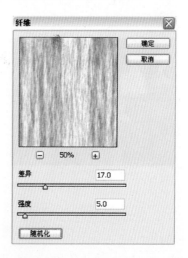

在绘制贴图的过程中，还会经常用到其他滤镜效果，以下介绍几个常用滤镜。

"锐化"滤镜

（1）USM 锐化：查找图像中颜色发生显著变化的区域，然后将其锐化。

（2）锐化边缘：只锐化图像的边缘，同时保留总体的平滑度。使用此滤镜在不指定数量的情况下锐化边缘。对于专业色彩校正，可使用"USM 锐化"滤镜调整边缘细节的对比度，并在边缘的每侧生成一条亮线和一条暗线。此过程将使边缘突出，造成图像更加锐化的错觉。

（3）锐化、进一步锐化：聚焦选区并提高其清晰度。"进一步锐化"滤镜比"锐化"滤镜应用更强的锐化效果。

（4）智能锐化：通过设置锐化算法或控制阴影和高光中的锐化量来锐化图像。如果尚未确定要应用的特定锐化滤镜，那么这是一种值得考虑的推荐锐化方法。

原图

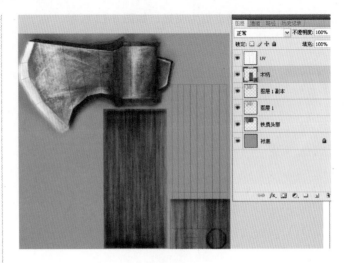

图6-14

16

现在保存文件为 PSD 格式，在 3ds Max 中赋予模型，得到效果如图 6-15 所示。

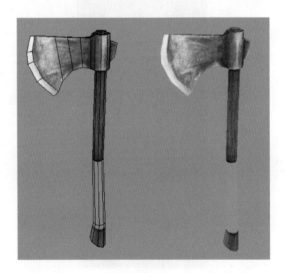

图6-15

17

回到 Photoshop，使用"减淡工具"提出亮部，如图 6-16 所示。

图6-16

18

当整体的亮部提高以后，发现木纹的暗部纹理不是很清晰，再次使用"加深工具"刻画颜色较暗的纹理部分，效果如图 6-17 所示。

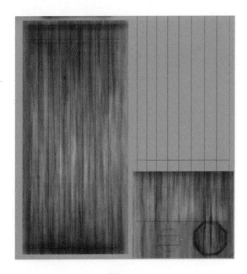

图6-17

19

暗部加深后，使用"减淡工具"将木纹的高光部分画出，如图 6-18 所示。

使用"智能锐化"滤镜后效果

"像素化"滤镜

（1）彩色半调：模拟在图像的每个通道上使用放大的半调网屏的效果。对于每个通道，滤镜将图像划分为矩形，并用圆形替换每个矩形。圆形的大小与矩形的亮度成比例。

（2）晶格化：使像素结块形成多边形纯色。

（3）彩块化：使纯色或相近颜色的像素结成相近颜色的像素块。可以使用此滤镜使扫描的图像看起来像手绘图像，或使现实主义图像类似抽象派绘画。

（4）碎片：创建选区中像素的四个副本，将它们平均，并使其相互偏移。

（5）铜版雕刻：将图像转换为黑白区域的随机图案或彩色图像中完全饱和颜色的随机图案。要使用此滤镜，请从"铜版雕刻"对话框中的"类型"菜单选取一种网点图案。

（6）马赛克：使像素结为方形块。
定块中的像素颜色相同，代表选
区中的颜色。

原图

使用"马赛克"滤镜后效果

（7）点状化：将图像中的颜色分
解为随机分布的网点，如同点状
化绘画一样，并使用背景色作为
网点之间的画布区域。

原图

图6-18

20

接着使用"减淡工具"，但此时取消工具栏上的"保
护色调"选项，然后使用较大的笔触减淡斧柄中间部分，
然后使用较小的笔触减淡斧柄底部边缘，这样能使斧柄
有破旧感。如图 6-19 所示。

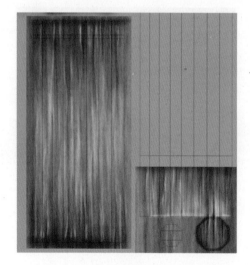

图6-19

21

再次保存图像，回到 3ds Max 中查看效果，如图 6-20
所示。

图6-20

22

　　制作缠在木柄上的裹布。新建"裹布"图层，使用"矩形选框工具"选中该区域，填充基础色。再新建一图层在该层之上，在这两个图层之间"创建剪切蒙版"，使用较大的柔和画笔，画出大概的暗部，如图 6-21 所示。

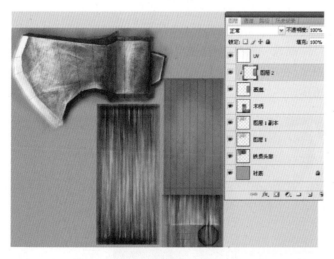

图6-21

23

　　缩小画笔，用深色勾画出布层之间的暗部，画出周围的阴影，如图 6-22 所示。

使用"点状化"滤镜后效果

"素描"滤镜中常用滤镜

（1）炭笔：产生色调分离的涂抹效果。主要边缘以粗线条绘制，而中间色调用对角描边进行素描。炭笔是前景色，背景是纸张颜色。

（2）铬黄：渲染图像，就好像它具有擦亮的铬黄表面。高光在反射表面上是高点，阴影是低点。应用此滤镜后，使用"色阶"对话框可以增加图像的对比度。

（3）炭精笔：在图像上模拟浓黑和纯白的炭精笔纹理。"炭精笔"滤镜在暗区使用前景色，在亮区使用背景色。为了获得更逼真的效果，可以在应用滤镜之前将前景色改为一种常用的"炭精笔"颜色（黑色、深褐色或血红色）。要获得减弱的效果，请将背景色改为白色，在白色背景中添加一些前景色，然后再应用滤镜。

（4）绘图笔：使用细的、线状的油墨描边以捕捉原图像中的细节。对于扫描图像，效果尤其明显。此滤镜使用前景色作为油墨，并使用背景色作为纸张，以替换原图像中的颜色。

（5）便条纸：创建像是用手工制作的纸张构建的图像。此滤镜简化了图像，并结合使用"风格化"→"浮雕"和"纹理"→"颗粒"滤镜的效果。图像的暗区显示为纸张上层中的洞，使背景色显示出来。

（6）水彩画纸：利用有污点的像画在潮湿的纤维纸上的涂抹，使颜色流动并混合。

操 作 提 示

在没有 Alpha 通道的情况下，可以直接将贴图保存为 psd 格式文件，因为每当保存一次文件，3ds Max 会自动更新贴图材质球。此时保存为 psd 文件查看较为快捷方便。

24

选择较淡的颜色，画出边缘的亮部，随后使用"滤镜"→"纹理"中的"纹理化"命令，在弹出的对话框中，设置缩放为94%，凸显为5，如图6-23所示。

图6-22　　　　　　　图6-23

25

新建一图层，同样使用"创建剪贴蒙版"至"裹布"图层，在该图层内绘制裹布的受光及污渍部分，如图 6-24 所示。

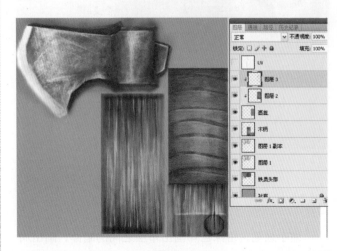

图6-24

26

全部绘制完毕后，保存文件，到 3ds Max 中查看最终效果，如图 6-25 所示。

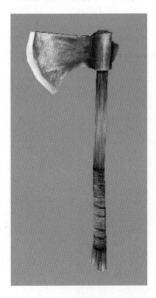

图6-25

6.2　游戏角色贴图绘制

知识点：Targa 格式存储、Alpha 通道制作、蒙版应用技巧、Photoshop CS4 的新增功能——3D 的导入及贴图的绘制。

知 识 点 提 示

理解通道

在 Photoshop 中通道被用来存放图像的颜色信息及自定义选区，不仅可以使用通道得到非常特殊的选区以辅助制图，还可以通过改变通道中存放的颜色信息来调整图像色调。

通道除了可以用来保存图像的某种颜色信息，还可以用来保存、创建用户自定的选区，此类通道被称为"Alpha"通道。

绘制游戏角色贴图，首先 UV 需要分布明确，哪部分是需要着重刻画的，哪部分可以分布较小的 UV 范围，随后需要将两张 UV 贴图分别以 Targa 格式导出 3ds Max，这样以便于在 Photoshop 中单独显示线框而不影响贴图画面。本节将介绍 Photoshop CS4 的最新功能，将 3D 文件导入后绘制无缝贴图，对于制作角色贴图的无缝处理极为方便。

01

首先在 3ds Max 中制作出角色模型，如图 6-26 所示。

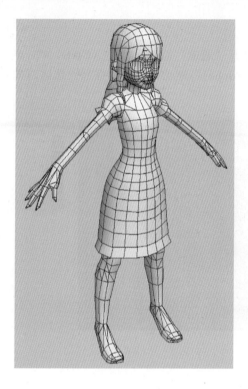

图6-26

02

启动 Photoshop 软件，打开已经分布好 UV 的图片文件，起名为 shenti，如图 6-27 所示。

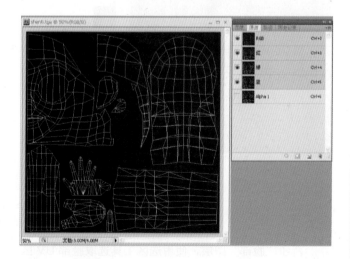

图6-27

通道可分为四类

（1）颜色信息通道：是在打开新图像时自动创建的。图像的颜色模式决定了所创建的颜色通道的数目。例如，RGB 图像的每种颜色（红色、绿色和蓝色）都有一个通道，并且还有一个用于编辑图像的复合通道。

（2）专色通道：指定用于专色油墨印刷的附加印版。

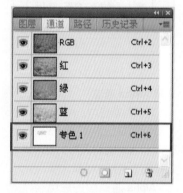

（3）Alpha 通道：将选区存储为灰度图像。可以添加 Alpha 通道来创建和存储蒙版，这些蒙版用于处理或保护图像的某些部分。Alpha 通道是在实践操作中被提到最多的一类通道，这类通道给用户提供了一个以编辑图像的方法创建新选区的手段。

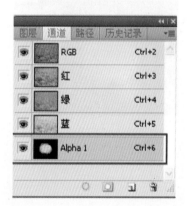

（4）临时通道：临时通道是在用户工作于快速蒙版或图层蒙版的状态时暂时存在的通道。

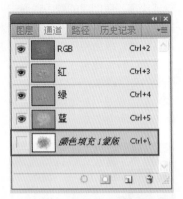

理解 Alpha 通道

在所有通道中，Alpha 通道使用频率最高也最灵活，故可以通过对此通道的编辑得到使用其他方法无法得到的选择区域。

Alpha 通道中的黑色区域对应非选区，而白色区域对应选区，灰色对应不同的选择深度，由于在 Alpha 通道中可以使用从黑到白共 256 级灰度色，因此能够创建非常精细的选区。

Alpha1 通道涂抹状态

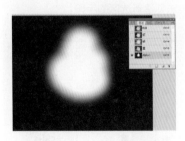

03

打开"通道"面板，按住〈Ctrl〉同时鼠标左键单击"Alpha1"通道，将这线框载入选区，如图 6-28 所示。

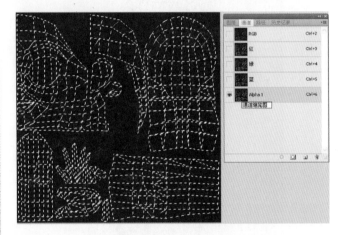

图6-28

04

回到"图层"面板，复制粘贴刚才的选区到新建的"图层 1"中，然后锁定该图层，如图 6-29 所示。

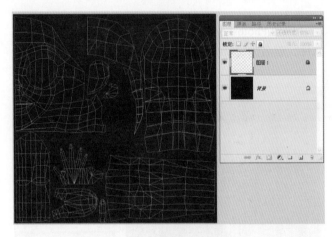

图6-29

05

新建"脸部"图层，使用选区工具选取脸部 UV 区域，填充肤色，如图 6-30 所示。

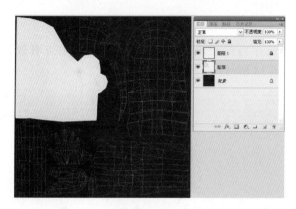

图6-30

06

新建较深肤色的填充图层，按照 UV 线条的走向，使用较大的笔触画出暗部及脸型轮廓，如图 6-31 所示。

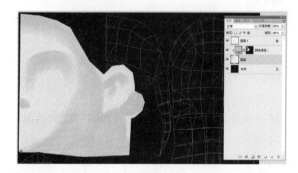

图6-31

07

由于是使用画笔直接绘制，所以笔触较为明显，需要用模糊滤镜进行均匀化，如图 6-32 所示。

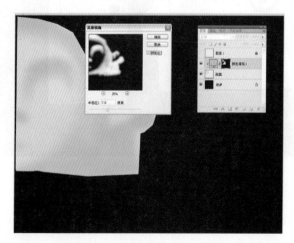

图6-32

载入的选区

对比上面的图例，可以看出 Alpha1 通道中的白色对应选择区域，Alpha1 通道中的黑色部分对应于非选择区域。

创建 Alpha 通道

方法一：

全新创建 Alpha 通道：单击"通道"面板底部的"创建新通道"按钮（ ），可以按照默认状态新建一个全新的 Alpha 通道，默认情况下，该全新通道是填充黑色的。

如果需要对创建的 Alpha 通道的参数进行设置，可以按住〈Alt〉键单击创建"通道"面板的"创建新通道"按钮，或选择"通道"面板弹出菜单中的"新建通道"命令。

方法二：

从选区创建同形状的 Alpha
通道：Photoshop 可以将选区储
存为 Alpha 通道，以便在之后的
操作中调用 Alpha 通道所保存的
选区，或通过对 Alpha 通道的操
作得到新的选区。

（1）将选区直接保存为 Alpha 通
道，可以当选区未取消前，单击
面板下方的"储存选区"按钮。

（2）若要将通道转为选区，可以
选择该 Alpha 通道，然后单击面
板下方的"载入选区"按钮。

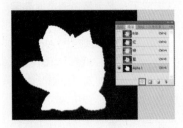

方法三：

保存选区为 Alpha 通道并同
时运算：选择菜单中的"选择→
存储选区"命令也可以将选区保
存为 Alpha 通道，但不同的是，
选择该命令将弹出"储存选区"
对话框，通过设置对话框内的"操
作"区内的选项，可以通过使选
区与 Alpha 通道间的运算得到其
他形态的 Alpha 通道。

08

保存当前 PSD 文件，回到 3ds Max 中查看效果，
如图 6-33 所示。

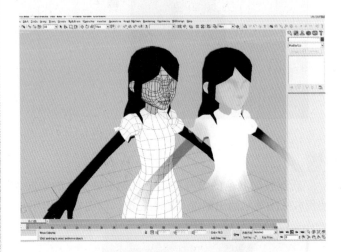

图6-33

09

新建黑色填充图层，将眉毛、眼睛的轮廓画出，如
图 6-34 所示。

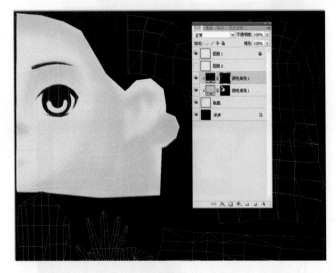

图6-34

10

同样使用填充图层，使用不同颜色填充，绘制出眼

睛颜色、高光及唇部的颜色、暗部、高光，如图 6-35 所示。

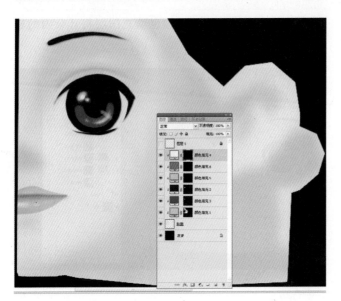

图6-35

11

保存文件，到 3ds Max 中查看效果，如图 6-36 所示。

图6-36

下图为当前操作的选区

下图为已存在的 Alpha 通道

替换通道
替换通道中的当前选区。

添加到通道

将选区添加到当前通道内容。

从通道中减去

从通道内容中删除选区。

与通道交叉

保留与通道内容交叉的新选区的区域。

12

仍可使用暗部肤色的颜色填充图层将耳朵内的轮廓勾画出来，如图 6-37 所示。

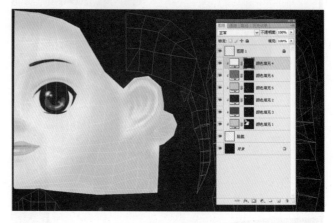

图6-37

13

新建"脸部"图层组，将脸部的所有填充图层拖入其中，便于管理。然后新建"手部、腿部"图层，同样使用脸部肤色的颜色填充，随后新建暗部颜色的填充图层，如图 6-38 所示。

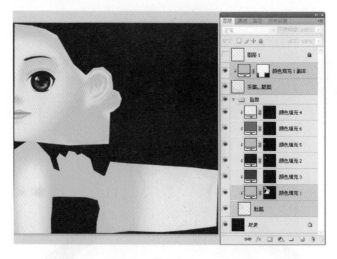

图6-38

14

勾画出手部的受光部分，通过调节画笔的不透明度及流量来控制颜色的深浅，如图 6-39 所示。

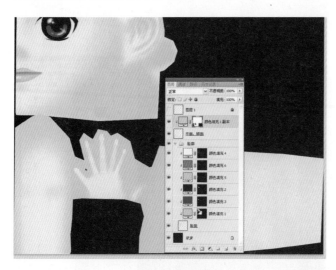

图6-39

15

脸部、手部、腿部都画完后，开始绘制头发部分贴图。新建"头发"图层，使用黑色填充，如图 6-40 所示。

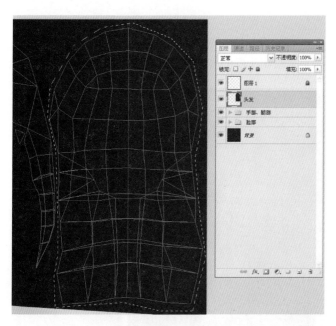

图6-40

16

使用深褐色填充图层，用大笔触画出基本发色，如

Alpha 通道与快速蒙版之间的关系

在快速蒙版的状态下，"通道"面板中将存放一个名称为"快速蒙版"的暂存通道，如下图所示，将该通道拖至"创建新通道"按钮上则可以将其保存为 Alpha 通道。

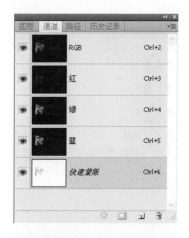

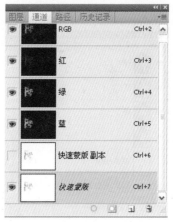

Alpha 通道与图层蒙版之间的关系

如果当前选择的图层有一个图层蒙版，切换至"通道"面板是可以看到"通道"面板中暂存一个名称为"图层 x 蒙版"的通道。将该通道拖至"创建新通道"按钮上，也可将其保存为 Alpha 通道。

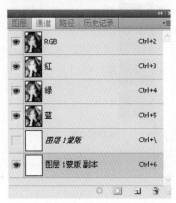

图 6-41 所示。

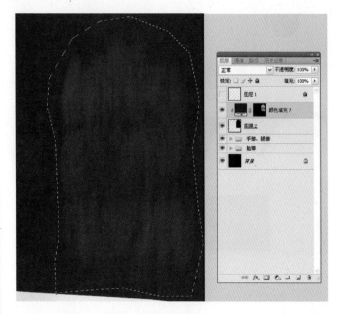

图6-41

17

新建白色填充图层，通过笔触的大小、不透明度的调整来绘制头发的高光部分，如图 6-42 所示。

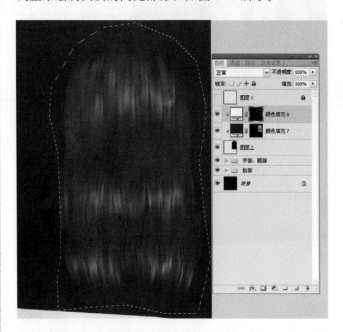

图6-42

18

为了制作头发的 Alpha 通道，需要删除原有的线框通道，如图 6-43 所示。

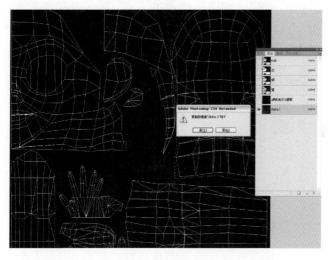

图6-43

19

载入头发部分选区，到"通道"面板中，新建通道，将发梢需要透明的部分用黑色填充，如图 6-44 所示。

图6-44

复制通道

如果要在图像之间复制 Alpha 通道，则通道必须具有相同的像素尺寸。不能将通道复制到位图模式的图像中。

（1）在"通道"面板中，选择要复制的通道。

（2）从"通道"面板菜单中选取"复制通道"。

将通道分离为单独的图像

只能分离拼合图像的通道。当需要在不能保留通道的文件格式中保留单个通道信息时，分离通道非常有用。

要将通道分离为单独的图像，请从"通道"面板菜单中选取"分离通道"。

合并通道

可以将多个灰度图像合并为一个图像的通道。要合并的图像必须是处于灰度模式，并且已被拼合（没有图层）且具有相同的像素尺寸，还要处于打开状态。已打开的灰度图像的数量决定了合并通道时可用的颜色模式。例如，如果打开了三个图像，可以将它们合并为一个 RGB 图像；如果打开了四个图像，则可以将它们合并为一个 CMYK 图像。

剪贴蒙版

使用某个图层的内容来遮盖其上方的图层。遮盖效果由底部图层或基底图层决定的内容。基底图层的非透明内容将在剪贴蒙版中裁剪（显示）它上方的图层的内容。剪贴图层中的所有其他内容将被遮盖掉。

在每一个剪贴蒙版中，基层都只有一个，而内容图层则可以有若干个。

20

绘制好透明区域后，回到"图层"面板，保存文件。但由于有了需要透明的区域，所以现在保存时格式选择"Targa"格式，如图 6-45 所示。

图6-45

当保存后会弹出一个对话框，如图 6-46 所示，选择 32 位 / 像素，这样到 3dsMax 中才能显示透明效果。

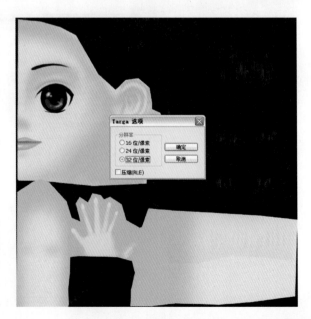

图6-46

21

保存后，回到 3dsMax 中查看效果，但在 3dsMax 的材质编辑器中的 Maps 卷展栏里需要复制 Diffuse 材质到 Opacity 中，如图 6-47 所示。

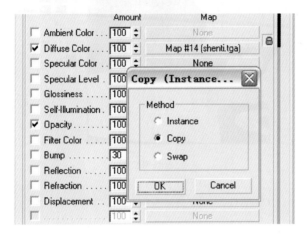

图6-47

整体效果如图 6-48 所示。

图6-48

22

使用同样的方法绘制前刘海部分。然后新建"脚"图层，填充基本色，再使用填充图层绘制出鞋子部分，如图 6-49 所示。

创建剪贴蒙版

首先，在"图层"面板中排列图层，确定剪贴蒙版中的基层与内容层，且这两个图层处于相邻状态，可以使用三种方法来创建：

（1）按住〈Alt〉键，将鼠标的箭头放在"图层"面板上用于分隔要在剪贴蒙版中包含的基底图层和其上方的第一个图层的线上（指针会变成两个交叠的圆），然后单击。

（2）选择"图层"面板中的基底图层上方的第一个图层，并选取"图层→创建剪贴蒙版"。

（3）选择处于上方的图层，按快捷键〈Ctrl〉+〈Alt〉+〈G〉创建剪贴蒙版。

剪贴蒙版类型

（1）图像型剪贴蒙版：图像是剪贴蒙版中内容图层经常使用到的元素。

（2）文字型剪贴蒙版：一般情况下，文字都是以基层的形式出现在剪贴蒙版中。使用文字作为基层创建剪贴蒙版的优点在于，设计者能够随时修改文字图层的文字内容、字体等，同时能保持所需要的效果不变。

（3）渐变型剪贴蒙版：渐变也可以在剪贴蒙版中以内容层或基层的形式出现。当渐变作为基层时，经常都会有部分区域是透明的，这种渐变作为基层，能使上方的内容按渐变的透明区域与下方的图层混合。

图6-49

23

将"shenti"贴图画完后，打开第二张贴图"yifu"，也将线框单独建一图层，将其锁定。然后给衣服填充基本色，随后使用填充图层绘制出锁骨周围的皮肤及脖子下方的明暗关系。使用钢笔工具勾勒出衣领的轮廓，如图 6-50 所示。

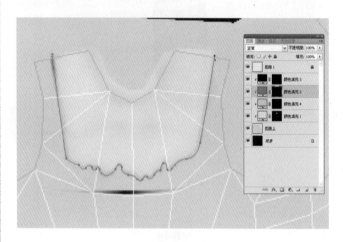

图6-50

24

为了能让脖子部分衔接自然，使用模糊滤镜柔化阴影部分，如图 6-51 所示。

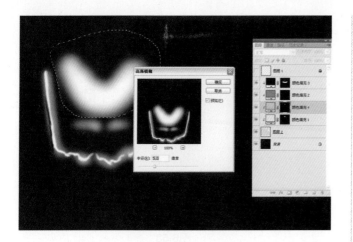

图6-51

25

　　将裙子装饰的黑色线条部分填充完毕后，新建"花边"图层，将搜集到的花边图案放置在花边的 UV 区域内，如图 6-52 所示。

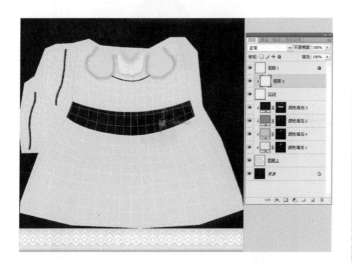

图6-52

26

　　选择"通道"面板，新建"Alpha1"通道将需要透明的部分填充黑色，如图 6-53 所示。

　　（4）调整图层型剪贴蒙版：调整图层一般是作为内容层出现在剪贴蒙版中，但它与上述的几个类型的剪贴蒙版不同，调整图层并不是用于填充下面的基层图像，而是对其图层中的图像进行色彩等方面的调整。

　　（5）蒙版图层型剪贴蒙版：蒙版图层是指有图层蒙版的一类图层，由于此类图层可以通过图层本身的图像与其蒙版两种途径共同约束其上方内容图层的显示区域，故使用该剪贴蒙版效果更为丰富。

原图

使用蒙版后效果

（6）矢量蒙版图层型剪贴蒙版：该
类型的剪贴蒙版与蒙版图层型剪
贴蒙版有相同的优点，不同之处
就在于，由于是矢量蒙版图形，
所以在交换与输出时能保证最终
效果的清晰与光滑。

操 作 提 示

在本案例中使用的是调整图
层型剪贴蒙版，使用的是填充调
整图层。

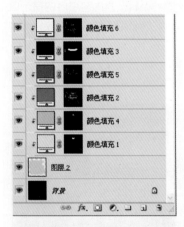

图层蒙版同样可以使用滤镜
功能。

创建路径

创建路径有以下几种途径可
以实现：

（1）使用路径工具绘制。

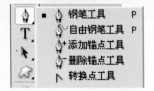

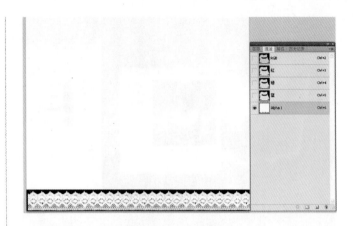

图6-53

27

保存文件为 Targa 格式，选择 32 位后回到 3dsMax
中新建材质球给予模型，效果如图 6-54 所示。

图6-54

28

新建"蝴蝶结"图层，画出衣领下方的蝴蝶结饰品。在灰色的填充图层中画出衣服的褶皱，如图6-55所示。

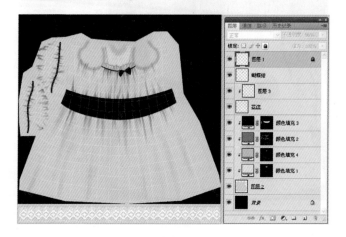

图6-55

29

新建一层更深的灰色填充图层，刻画衣服褶皱的暗部，如图 6-56 所示。

图6-56

（2）使用矢量外形工具绘制路径。

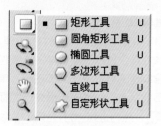

（3）先绘制选区，然后通过路径工作面板下方的"由选区创建路径"按钮，把选区转换成路径。

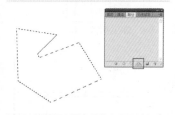

知 识 点 提 示

Photoshop CS4 的新增功能，提供了 3D 工作面板，可以通过众多的参数来控制、添加、修改场景、灯光、网格、材质等。

操 作 提 示

编辑 2D 格式的纹理

（1）双击"图层"面板中的纹理。

（2）在"材料"面板中，选择包含纹理的材料。在面板底部，单击要编辑的纹理的纹理菜单图标 ，然后选择"打开纹理"。纹理作为"智能对象"在独立的文档窗口中打开。

（3）使用任意 Photoshop 工具在纹理上绘画或编辑纹理。

（4）激活包含 3D 模型的窗口，以查看应用于模型的已更新纹理。

（5）关闭"智能对象"窗口，并存储对纹理所做的更改。

30

添加白色填充图层，画涂衣服的亮部，如图 6-57 所示。

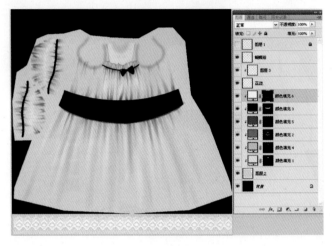

图6-57

31

回到 3ds Max 中，查看目前效果，如图 6-58 所示。

图6-58

32

由于衣服后方以及背后的衣领无法做到无接缝，所以将衣服部分模型导出为 OBJ 格式，在 Photoshop 中打开，打开后衣服上无任何贴图，需要"载入纹理"，如图 6-59 所示。

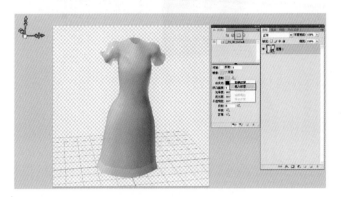

图6-59

33

使用"3D 环绕工具"旋转模型至背后，查找贴图变形部分，如图 6-60 所示。

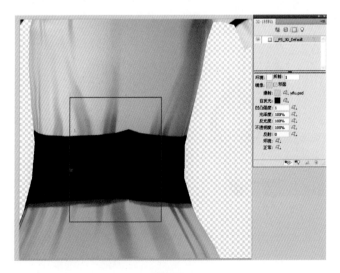

图6-60

34

使用"画笔工具"，选择与之前绘制贴图时相同的

显示或隐藏纹理

（1）可以显示和隐藏纹理以帮助识别应用了纹理的模型区域。

（2）单击"纹理"图层旁边的眼睛图标。要隐藏或显示所有纹理，请单击顶层"纹理"图层旁边的眼睛图标。

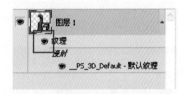

将 3D 图层转换为 2D 图层

转换 3D 图层为 2D 图层可将 3D 内容在当前状态下进行栅格化。只有不想再编辑 3D 模型位置、渲染模式、纹理或光源时，才可将 3D 图层转换为常规图层。栅格化的图像会保留 3D 场景的外观，但格式为平面化的 2D 格式。

在"图层"面板中选择 3D 图层，并选取"3D"→"栅格化"。

将 3D 图层转换为智能对象

　　将 3D 图层转换为智能对象，可保留包含在 3D 图层中的 3D 信息。转换后，可以将变换或智能滤镜等其他调整应用于智能对象。可以重新打开"智能对象"图层以编辑原始 3D 场景。应用于智能对象的任何变换或调整会随之应用于更新的 3D 内容。

笔刷修改变形部分，如图 6-61 所示。

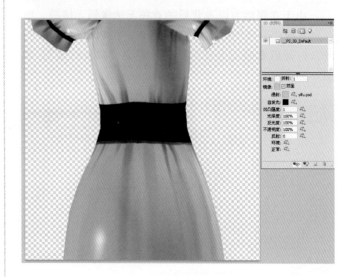

图6-61

35

　　使用 3D 旋转工具至顶部，绘制衣领部分的贴图，效果如图 6-62 所示。

图6-62

36

　　在之前"载入纹理"的选项下方选择"打开纹理"，随后会打开一个新的窗口，也就是衣服模型相对应的 UV 贴图文件，如图 6-63 所示。

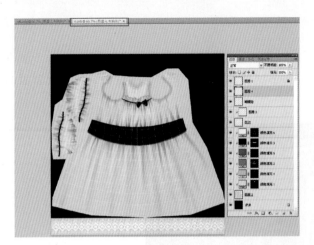

图6-63

37

最后,将文档保存为 Targa 格式的 32 位 / 像素文件,回到 3ds Max 中查看效果,如图 6-64 所示。

图6-64

6.3 影视道具制作材质写实贴图制作

知识点：四方连续贴图制作、Photoshop 滤镜运用、了解常用文件格式、图层蒙版的应用。

知 识 点 提 示

了解四方连续

四方连续是图案画中的一种组织方法。四方连续是由一个纹样或几个纹样组成一个单位，向四周重复地连续和延伸扩展而成的图案形式，四方连续的常见排法有梯形连续、菱形连续和四切（方形）连续等。

影视道具制作材质写实贴图制作顾名思义，就是能够给人以真实感的效果，所以在制作这部分的时候，需要搜集大量的真实素材，随后使用 Photoshop 的调整图层进行调整、修饰，以达到真实的材质感觉。

01

首先在 3ds Max 中制作一个木箱的模型，如图 6-65 所示。

图6-65

02

启动 Photoshop 软件，打开已经将木箱分布好 UV 的图，起名为 UV，如图 6-66 所示。

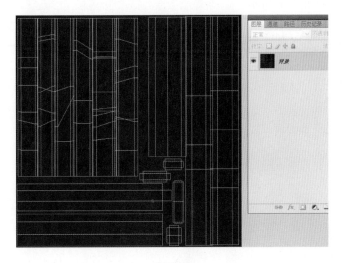

图6-66

03

来到"通道"面板，按住〈**Ctrl**〉同时鼠标左键点击"Alpha1"通道，将这些线载入选区，如图 6-67 所示。

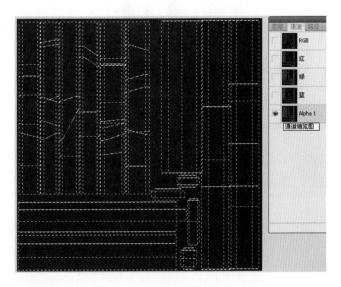

图6-67

操 作 提 示

在 Photoshop 中如何制作四方连续：

首先新建一个正方形文件，随后找一个素材图案，在画布中摆放好其位置，上下、左右靠近边缘的图案，最好能够与各边相对的那边的图案衔接起来。如没有很好的衔接，可以使用"滤镜→其他"中的"位移"命令。

知 识 点 提 示

"位移"滤镜

位移滤镜可以非常精确地将图像向某个方向移动一段距离。该滤镜在制作无缝拼接背景图案上较为实用。在绘制无缝贴图时制作过程也较为简单、方便。

操 作 提 示

"位移"对话框中的"水平"或"垂直"用于设定图像向左或向下的位移量，一般在设定该值时，需要参考一下原图像的尺寸大小，当该位为正值时，图像向右偏移；当该位为负值时，图像向左偏移。

知识点提示

"其它"滤镜

"自定"滤镜

自定滤镜可以让用户自己设计滤镜，按照预先定义的数学方法更改图像中每个像素的亮度值，每一个像素值将根据周围像素的值来确定新的数值。

操作提示

执行自定滤镜时应该遵循一个原则，即矩阵中的所有数值之和应该在 0 附近，负值越小则图像越黑，正值越大则图像越白。

使用自定滤镜后的效果图：

04

回到"图层"面板，复制粘贴刚才的选区到新建的"线"图层中，然后锁定该图层，在其下方新建一图层，如图 6-68 所示。

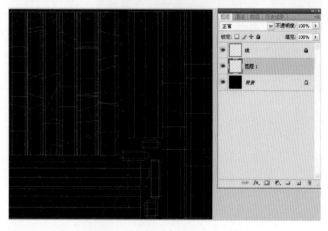

图6-68

05

将收集到的木板素材图片截取后放入相对应的 UV 位置，如图 6-69 所示。

图6-69

06

由于图片的拖入，图层也随之变多，现在进行整理。

将同一部分的贴图素材合并在一个层，更改其名称，如图 6-70 所示。

图6-70

07

拖入铁皮补丁素材图片，进行调整，更改新出现的层的名称为"补丁"，如图 6-71 所示。

图6-71

08

将"线"图层的可视性取消，保存文件，进入 3ds

"最大值"滤镜

最大值滤镜可以放大图像中的明亮区域，缩小黑暗区域，它可以用以扩大选择区域和修改蒙版区域。

"最小值"滤镜

最小值滤镜可以缩小图像中的明亮区域，放大黑暗区域，它可以用区域来扩大选择和修改蒙版区域，其使用方法基本上与最大值滤镜相同。

知 识 点 提 示

图层蒙版

蒙版在 Photoshop 当中是一个非常重要但同时也是较难以理解的概念，除了调整图层和背景图层，每个图层都可以有自己的图层蒙版。图层上添加了图层蒙版后，图层对应于图层蒙版上白色区域的图像就可以完全显示，对应于黑色区域的图像就完全被遮盖住，不可见，而对应于灰色区域的图像则半透明显示。

使用了三张图片进行图层蒙版效果的处理。

可以用画笔在蒙版当中进行"绘画"，这里所说的"绘画"与通常意义上的绘画是有区别的，在这里是用不同灰度的颜色对所添加蒙版的图层选择性的显示或是隐藏。从工具箱中选择画笔工具，画笔选项中不同硬度的笔刷会对最终效果产生很大的不同。操作之前将前景色设为黑色（当蒙版处于选择状态时，前景色和背景色默认为灰度值）。较软的笔刷边缘会在蒙版中建立一种柔和的过渡效果。而较硬的笔刷边缘则会使得图像边缘的处理显得较为生硬。用黑色笔刷在蒙版中涂抹，可以隐藏图层中那些不希望出现的区域。

Max 中查看目前效果，如图 6-72 所示。

图6-72

09

可以通过图 6-72 看出整体都偏亮。现在开始调整贴图的色相及明度。首先选择"中间木板"图层，在"调整"面板中选择"色相／饱和度"命令，然后与"中间木板"图层"创建剪贴蒙版"。接着调整色相、饱和度及明度的数值，使这些木板有陈旧的效果，如图 6-73 所示。

图6-73

10

再次选择"中间木板"图层，使用"调整"面板中的"色彩平衡"命令调整色调，如图6-74所示。

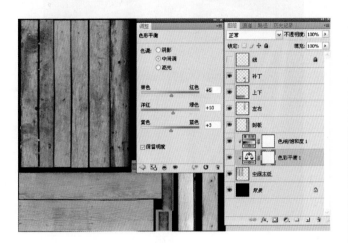

图6-74

11

在"色相/饱和度1"图层上方再使用"色阶"命令，使这部分木板的对比度更为明显，整体更暗，如图6-75所示。

图6-75

12

保存文件，回到3ds Max中查看效果，如图6-76所示。

在默认情况下，图层和图层蒙版是被链接在一起的，如果移动或变化了图层，蒙版和图像都会被改变。然而，在图层缩略图和图层蒙版缩略图之间有一个链接符号，点击这个符号会取消蒙版和图层之间的链接状态，这样它们的变化和重置就会单独进行。

操 作 提 示

如何创建图层蒙版

（1）选择"添加图层蒙板"按钮  为需添加蒙板的图层添加蒙版。

（2）根据选区添加蒙版，在选区存在的情况下单击"添加图层蒙版"按钮 。

（3）通过"贴入"命令得到图层蒙版，在当前图层中存在选区的情况下，拷贝一幅图像，然后使用"编辑→贴入"命令将图像粘贴至该选区内，使用此操作同时会生成一个图层蒙版。

观察粘贴后得到的新图层，会发现图层缩略图与图层蒙版处于非连接状态，如需要同时移动图像和图层蒙版，可以将两者链接起来。

在这之前使用的填充图层的蒙版也是同理。

知 识 点 提 示

在此介绍滤镜中一个较为特别的滤镜——"视频"滤镜。

"视频"子菜单包含"逐行"滤镜和"NTSC 颜色"滤镜。

（1）逐行：通过移去视频图像中的奇数或偶数隔行线，使在视频上捕捉的运动图像变得平滑。可以选择通过复制或插值来替换扔掉的线条。

（2）NTSC 颜色：将色域限制在电视机重现可接受的范围内，以防止过饱和颜色渗到电视扫描行中。

图6-76

13

中间部分木板的贴图调整完毕后，现在选择"封板"图层。给该图层添加"色阶"命令。调整面板中的滑块，使木条的感觉能与之前处理完毕的木板协调，如图 6-77 所示。

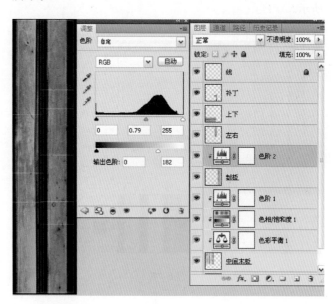

图6-77

14

保存文件，查看 3ds Max 中的效果，如图 6-78 所示。

图6-78

15

接着选择"左右"图层，使用"色阶"命令，同样做旧效果，如图6-79所示。

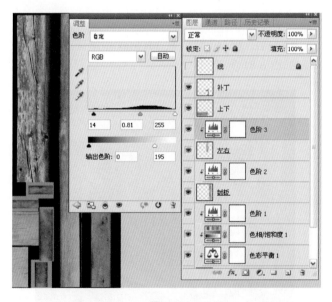

图6-79

16

仅仅是"色阶"调整了明度和对比度，仍不能更好的表现它的色调。接着添加一个"色彩平衡"命令，调

Photoshop CS4 中的视频功能

在 Adobe Photoshop CS4 中，可以通过修改图像图层来产生运动和变化，从而创建基于帧的动画。也可以使用一个或多个预设像素长宽比创建视频中使用的图像。完成编辑后，可以将所做的工作存储为动画 GIF 文件或 PSD 文件，这些文件可以在很多视频程序（如 Adobe Premiere Pro 或 Adobe After Effects）中进行编辑。

注：要 在 Photoshop Extended 中处理视频，必须在计算机上安装 QuickTime 7.1（或更高版本）。

在 Photoshop Extended 中打开视频文件或图像序列时，帧将包含在"视频图层"中。在"图层"面板中，用连环缩览幻灯胶片图标 标识视频图层。视频图层可让用户使用画笔工具和图章工具在各个帧上进行绘制和仿制。与使用常规图层类似，可以创建选区或应用蒙版以限定对帧的特定区域进行编辑。使用"动画"面板（"窗口→动画"）中的时间轴模式浏览多个帧。但视频图层在帧模式（"动画"面板）中不起作用。

通过调整混合模式、不透明度、位置和图层样式，可以像使用常规图层一样使用视频图层。也可以在"图层"面板中对视频图层进行编组。调整图层可让您将颜色和色调调整应用于视频图层，而不会造成任何破坏。

注：视频图层参考的是原始文件，因此对视频图层进行编辑不会改变原始视频或图像序列文件。要保持原始文件的链接，请确保原

始文件与 PSD 文件的相对位置保持不变。

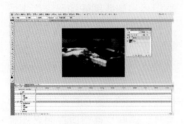

在视频图层中绘制帧

可以在各个视频帧上进行编辑或绘制以创建动画、添加内容或移去不需要的细节。除了使用任一画笔工具之外，还可以使用仿制图章、图案图章、修复画笔或污点修复画笔工具进行绘制。也可以使用修补工具编辑视频帧。

（1）在"动画"或"图层"面板中，选择视频图层。
（2）将当前时间指示器移动到要编辑的视频帧。
（3）（如果要在单独图层上进行编辑，请选择"图层→视频图层→新建空白视频图层"。）

整其色调，如图 6-80 所示。

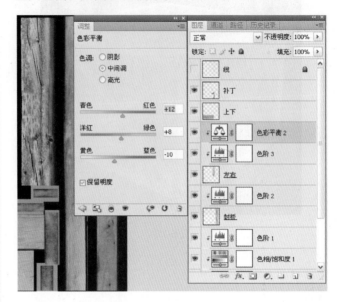

图6-80

17

调整后，保存文件，在 3ds Max 中继续观察整体效果，如图 6-81 所示。

图6-81

18

为上下两圈的木条调整色相。选择"上下"图层，添加"色相／饱和度"命令，使其接近目前调整后木箱的色相及明度，如图 6-82 所示。

图6-82

19

再为"上下"图层添加一个"色阶"调整命令，使亮度降低，对比度增强，如图 6-83 所示。

图6-83

20

保存目前文件，在 3ds Max 中查看效果，如图 6-84 所示。

（4）选择要使用的画笔工具并对帧应用您所做的编辑。

在视频图层上进行绘制不会造成任何破坏。要丢弃特定的帧或视频图层上已改变的像素，请选择"恢复帧"或"恢复所有帧"命令。要打开或关闭已改变的视频图层的可见性，请选择"隐藏已改变的视频"命令（或单击时间轴中已改变的视频轨道旁边的眼球）。

在视频图层中恢复帧

方法一：

要恢复特定的帧，请将当前时间指示器移动到该视频帧上，然后选择"图层→视频图层→恢复帧"。

方法二：

要恢复视频图层或空白视频图层中的所有帧，请选择"图层→视频图层→恢复所有帧"。

图6-84

21

在 3ds Max 中渲染后，发现上下左右的几根木条与整体没有呼应，支撑的 3 根木条更为突兀。由于木纹的不匹配，需要更换贴图。选择"上下"图层后，将新挑选的图片拖入画布中，此时会自动与"上下"图层"创建剪贴蒙版"，如图 6-85 所示。

图6-85

22

使用同样的方法，更换"左右"图层中的木板素材，如图 6-86 所示。

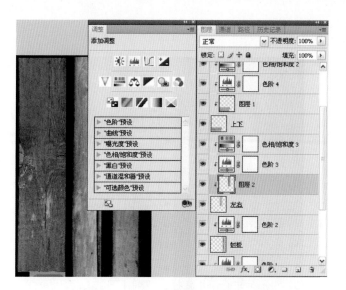

图6-86

23

木质部分都调整完毕后，选择"补丁"图层，添加"色阶"剪贴蒙版图层，将整体明度调至最低，在右侧"图层蒙版缩略图"中填充黑色，然后使用白色画笔画出阴影部分及黑色小孔，如图6-87所示。

图6-87

24

最后在此调整图层上方新建一个"纯色"调整图层，使用白色填充，然后在右侧"图层蒙版缩略图"中使用

导出视频文件

在 Photoshop 中，可以导出 QuickTime 或图像序列。在 Photoshop Extended 中，还可以将时间轴动画与视频图层一起导出。

选择"文件"→"导出"→"渲染视频"。

在弹出的对话框中，按照个人需求设置参数等。

白色画笔画出高光区域，如图 6-88 所示。

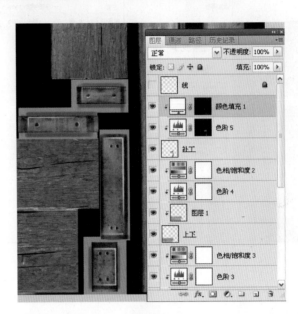

图6-88

25

所有贴图都调整处理完毕后，保存文件，回到 3ds
Max 中查看最终效果，如本节开始的案例效果图所示。

本章小结

　　本章通过游戏道具、角色、影视道具的制作及贴图的绘制，学习运用 Photoshop 进行材质的表现，了解 Alpha 通道与蒙版的应用技巧。熟练掌握图层蒙版和填充图层等功能，同时灵活运用不同的笔刷，能快捷地绘制出所想要的贴图效果，画笔的自定义以及四方连续贴图的制作都能更好的表现贴图的纹理效果。接下来还需要不断地练习，深化理解，使所学知识在工作中得以灵活运用。

课后练习

❶ 以下 _____ 存储格式不支持Alpha通道。

　A. PSD　　　　B. JPEG　　　　C. TIFF　　　　D. Targa

❷ 主要用于印刷行业的是 _____。

　A. Alpha通道　　B. 颜色通道　　C. 专色通道　　D. 蒙版通道

❸ 判断以下说法是否正确：画笔和铅笔工具的选项栏都有"自动抹除"选项吗。　　（　　）

❹ 制作一张电影海报，必须使用到文字型剪贴蒙版及渐变型剪贴蒙版。

❺ 将图6-89a自定义画笔预设，并使用该画笔画出图6-89b效果。

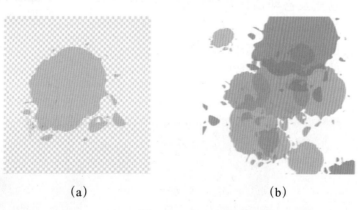

(a) (b)

图6-89

第七章

Photoshop原画
绘制实例

本章学习时间：20课时。

学习目标：熟悉Photoshop CS3、Photoshop CS4绘画使用界面的设置，及绘画常用的各种技巧和基本操作。

教学重点：画笔及各种技巧及效果的使用。

教学难点：正确、熟练、清晰地使用各种功能创作绘画作品。

讲授内容：Photoshop CS3、Photoshop CS4绘画基本功能，各种情态下的功能使用，一般和高级功能的操作技巧，使用PS绘画等。

课程范例文件：Chapter 7\final\Photoshop原画绘制实例.rar。

本章课程总览

Photoshop画面拼接技巧分析

Photoshop室内场景原画绘制流程

在使用 Photoshop 进行绘制原画之前，首先需要了解原画制作的流程，便于在以后的学习或工作中有一个清晰的思路。本章实例主要针对动漫、游戏中的原画绘画效果绘制进行讲解。通过全新全面的实例学习，带领读者全面掌握 Photoshop 在实际工作中绘画方面的各种方法及隐秘的技巧，同时也向读者介绍了一些特定的常识和高级功能，为读者在实际制作中奠定良好的基础。

特别是在 CG 崛起时代，Photoshop 成为 2D 软件的主要代表，如：从早期的 2D 游戏到网游和次世代游戏，Photoshop 担当着重要角色，在各种类型的游戏原画设计中是最主要的设计工具；影视概念设计，即在电影前期为电影绘制效果图，从而帮助导演、摄影、场景等为影片的风格确立奠定基础；动漫设计，主要用于原画的设定、插画艺术、宣传海报、封面设计、产品设计等等，它的优点在于能够快捷的表现视觉效果、易于修改、包括添加制造特效。也许它在某一单项功能方面可能不如其他的软件，但它无疑是最全面最能兼容各种功能的绘画、制图软件。

原画设计是一个新兴的艺术门类，又被称作概念设计，原画设计最主要的表现形式是在影视动漫和游戏，它的主要作用是把模糊、简略的故事文字，以视觉方式直观呈现，其中包括为整个故事定出基调并在制作中为 3D 制作前期设计，比如：为电影制作前期的画面、气氛的设计属于定出基调，为游戏设计角色游戏场景以及道具、功能建筑等属于前期设计。

在原画设计的过程中不仅需要设计者具有高超的美术功底，同时需要精通应用软件，熟练掌握 Photoshop 的各种技巧。当 PS 在你的手中随心所欲的时候，没有什么能够阻挡你绘制出精美的画面，因为它为你准备了一切你所需要的工具。

本章课程总览

7.1 Photoshop画面拼接技巧分析

Photoshop 的强大功能在不断更新和提升中已经应用在各行各业的方方面面，从广告、动漫、游戏甚至家庭都有广泛应用，可以说在图形处理方面已经是最被接受和认可的工具，被专业人士和业余爱好者倍加推崇。在进行正式学习之前，首先对 PS 功能进行一个简单的介绍。

基本操作
套索工具

使用快捷键〈L〉可切换工具到套索，准确熟练地利用套索工具，可以非常快捷的分离在同一图层的物体，对其单独进行修正，无论是照片合成还是绘画处理，都有广泛的应用，属于一项常用基本功能。

操 作 提 示

选择套索工具，随意套选画面中任意物体，如遇直线物体，按住〈Alt〉键，即套索变成直线，松开〈Alt〉键，即又恢复自然套选状态。按快捷键〈Shift〉+〈F6〉，选择羽化度，分割时要注意羽化的数值和消除锯齿与否。消除锯齿指外轮廓边缘的一般柔化和锐化，羽化是指被选画面的边缘进一步扩大柔化程度。

使用 Photoshop 针对 3D 渲染画面处理，在业内具有非常的普遍性，从游戏原画设计、电影海报、各种效果图、网页宣传乃至 2.5D 游戏画面等，都必不可少。除了要求有深厚的美术功底、独特的审美情趣和出众的设计思路外，软件功能操作流程的熟练掌握也是重要的部分。通过本实例的学习，读者可以了解如何在 Photoshop 中逐步制作出 PS 修整画面的工作流程。

01

这是一张 3D 渲染的精灵族城堡图如图 7-1 所示，3D 由于制作时间的限制，画面远未达到理想的效果，需要 2D 来进行美化、整合，达到海报的效果。

图像大小为 3 000×1 260 像素，在以后实际使用中会缩小一倍，这样可以使画面质量更精细。

添加的东西很多，比如：天空、远山、树叶以及更丰富的植物等，还需要分出远近层次，拉开景深，这些是基本内容，一目了然。但更需要考虑的是怎么添加，加在哪里，加什么样的，这是难点。

图7-1

02

首先对画面作一些先期处理，把画面中的建筑、植物等和天空分离开来，并各自分层，或者把它在通道里记录分割信息如图 7-2 所示，以便于后期繁琐的调整时可以前后穿插，处理前后关系。

通道使用方法：点击"套索工具"，勾选需要的区域，打开通道面板，点击按钮，存储通道，即完成通道记录，如图 7-2 所示。

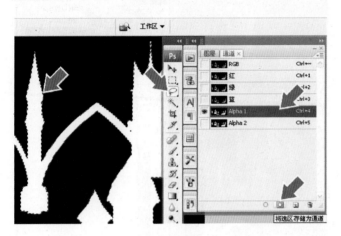

图7-2

调用通道使用方法：按住〈Ctrl〉键，点击通道 Alpha 图层，即可在画布上出现选区，如图 7-3 所示。

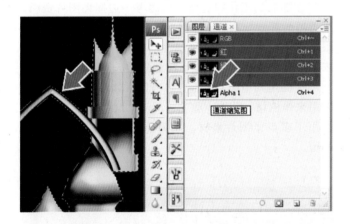

图7-3

如果 3D 渲染图没有通道记录完整的分割信息，只能手动用套索工具分割。

分层使用方法：点击工具栏"套索工具"，选择区域，点击图层面板，按〈Ctrl〉+〈C〉键复制，〈Ctrl〉+〈V〉粘贴，建立分层信息如图 7-4 所示。

提示：套索分割时需把图片放大 100% 或 200%，这样分割会比较准确。

分层

分层是 Photoshop 中重要而方便快捷的一项功能，因此在处理复杂的 PS 文件时，作用尤为突出，在 PS 图像时，要习惯于分层处理。

通道

通道属于 Photoshop 相对高级的功能，它有和分层类似的功能，但它也具有分层不能替代的功能，比如：在游戏、动漫制作中需要保留整个图像中的部分区域。

用套索工具勾选出的部分画面，直接点击通道面板将"选区存储为通道"，单独分层的画面，选中图层，按〈Ctrl〉键，即出现选区，点击通道面板"选区存储为通道"。

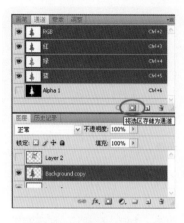

可以在通道里直接画，一般是作一些没有记录的补充。

通道以黑白表示有无，注意白色是记录，黑色是去除，所以灰色就表示带有不透明度。

图7-4

03

在随后的工作中需要一边思考一边搜集图片资料，把可用的部分分割出来，拼凑整合。逐渐的加入设计者眼中的精灵世界。用各种属性的植物、花草、瀑布等，来营造梦幻般的童话世界。注意分层，便于调整。

下面是其中很小一部分参考图，如图 7-5 所示，分别用来作植物、草地、藤蔓、溪流。这些地方不需要记得用了多少张图片素材，只需要记住一条，融洽美观即可。

图7-5

大树的枝叶完全由一簇叶子组合而成，如图 7-6 所示。

图7-6

图中间的溪流是第一个被拼上去的物件，无论透视还是水流走向，感觉都非常合适，如图 7-7 所示。

图7-7

拼上去的图片，有些自然的如植物、地面等不能完全使用套索分割的方式，因为边缘会显得生硬，无法和周围衔接，故应使用柔和的衔接方式。方法是选择合适的图片，复制图层，使用工具栏"橡皮擦"，笔形选用适合的喷枪，画笔预设只勾选"平滑"，均匀地擦拭边缘尽可能和周围融合，如图 7-8 所示。

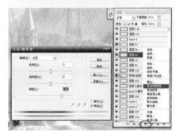

整合光源

　　把所有东拼西凑的图片上分割下来的东西放在同一张画面，肯定会不协调，需要对它们进行调整，方法一是：使用工具栏加深减淡，方法二是选择需要调整的图层，使用套索工具选择，羽化一定数值，按快捷键〈Ctrl〉+〈U〉，再按快捷键〈Ctrl〉+〈H〉可隐藏选择框，出现调节色相饱和度面板，降低明度即可加深，有些部分需要降低彩度，可以在同一面板降低饱和度。达到满意效果后使用快捷键〈Ctrl〉+〈D〉取消选框，以免影响后续操作。

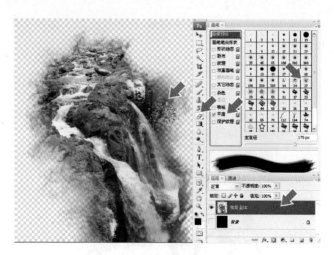

图7-8

　　一开始制作不需要顾及远近效果，首先把认为适合的东西堆上去组合，并且能够很好的互相结合，这个过程比较耗时，因为很多东西，需要放上去看了效果，才能决定是否采用。很多看似完整的自然的植物，其实分别来自很多张的图片素材，这需要考验制作者的眼光和手段，如图7-9所示。

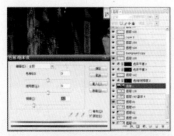

图7-9

　　这棵大树的树叶完全使用了同一张素材图，如图7-10所示，只是在制作中作一些修剪和光影调配，使之看上去不一样。

　　这么大的树干不可能如3D图那样光溜，肯定是千年大树，在深山间一定会有很多的苔藓和缠绕的藤叶，所以树皮、树根和藤蔓用了很多张素材拼接而成。

图7-10

大树部分也是画面的主体，在设计时必须考虑视觉中心，树根部分由于处在光影暗部，所以基本都进行了加暗处理，局部加暗的方法是选择要加暗的图层，按〈Ctrl〉+〈U〉键出现对话框，选择降低明度，即可加暗，如图 7-11 所示。

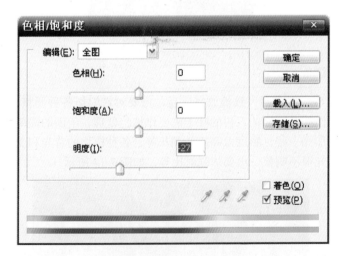

图7-11

细节要清晰，明暗对比以后，光影效果很漂亮，如图 7-12 所示。

增加亮度可以使用同上的方法，所不同的是快捷键换成〈Ctrl〉+〈L〉，用调整色阶，或者也可用增加亮度对比度来完成。

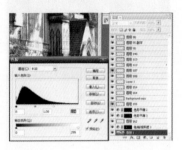

调整色调

单个物体，除明暗需要调整外，色彩也不例外，需要调整到接近、统一的颜色，使之更好地融入画面。方法是：选择图层，使用快捷键〈Ctrl〉+〈B〉调整色彩平衡。如下图红色太鲜艳，色彩需要倾向绿色。

整体色调的调整则可以使用蒙版功能来调节色彩平衡，使之更强烈地呈现出清晨、正午、黄昏、夜晚的色调效果。

图7-12

建筑物上加入了很多的藤蔓植物，这是为了让建筑和环境不至于太不协调而设计的，要求自然的贴合，如同长在上面，如图7-13所示。

图7-13

04

把东西大致堆放完成后，将要对它们作各种调整。比如在后面的大树的叶子需要作加暗处理，前面的需要加亮一些，彩度太高需要调灰等，各种植物的背光和受光很不明显，需要加强对比等，如图7-14所示。

图7-14

加对比度方法：选择要调节的图层，按〈Ctrl〉+〈L〉键出现对话框，调节色阶大小后确定，即可得到所需效果，如图 7-15、图 7-16 所示。

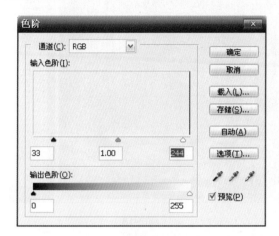

图7-15

图7-16

在水池里面添加喷泉，如图 7-17 所示。

图7-17

要求所采用的素材具有一定的精细度，并且能够自然衔接，如图 7-18 所示。

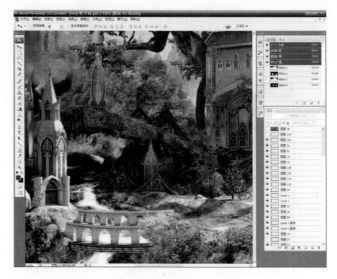

图7-18

05

　　基本工作完成之后，开始调整画面的远近景深，主要手段是采用雾效、明暗对比、色彩对比等方法。

　　加雾效：新建空白图层，打开拾色器，选择淡蓝灰色，使用大画笔喷枪，降低不透明度，喷绘雾状效果，如图 7-19 所示。

图7-19

　　雾效需要实现板透明效果，如果颜色喷得太实，可以选择降低图层不透明度来实现透明效果，如图 7-20 所示。

图7-20

可适当使用加深工具对画面背光部分物体加暗，使用减淡工具对受光面提亮，使之产生明暗对比，统一光源。方法是点击工具栏中 加深工具(O) 或 减淡工具(O) 对物体进行加深或加亮涂抹，如图 7-21 所示。

图7-21

06

使用蒙版调节色彩，把画面统一在一个和谐的色调环境里。方法是点击蒙版图层→选择色彩平衡→调节色调→确定，即完成添加蒙版，如图 7-22 所示。

图7-22

07

　　添加特效光源，方法是新建图层，填充黑色，选择滤镜，点击渲染，选择镜头光晕，弹出面板，选择需要的位置，最后把黑色图层的属性选为变亮，原先的黑色会透掉而保留下光晕，即完成光晕效果，如图 7-23 所示。

图7-23

　　最终完成效果，如图 7-24 所示。

图7-24

　　在这张图的制作过程中，集中介绍了 PS 中一些使用工具和功能，包括套索、通道、蒙版、特效等使用方法，以及一些制作的技巧和注意事项。

　　在美术制作中需要大家对自然事物有全面的了解，以及合情推断，不断提高美学修养和审美趣味，这对今后的实际工作将有莫大的帮助。

　　在随书的光盘录像中，将有详细解读和一些关键步骤的操作，以便于大家学习，力求在最短的时间内，最有效的帮助大家学会如何正确使用这些技巧，迈入专业级的门槛。

7.2 Photoshop室内场景原画绘制流程

这是一个使用 Photoshop CS4 绘制的室内景，使用了 Photoshop 的基本绘画功能，接近于传统手绘的手法。在学习原画绘制的同时有必要熟悉传统手绘的基础，这是 Photoshop 绘画的重要功能，也是 Photoshop 和美术相结合的典范。

01

使用快捷键〈**Ctrl**〉+〈**N**〉（或者在 Photoshop 空白处双击）新建画布，选择适合的尺寸和分辨率。

这个画面选择了 2 200 × 1 800 像素，分辨率 200 像素 / 英寸，分辨率数值的大小表示画面的精度，分辨率越高像素越高，如图 7-25 所示。

图7-25

知 识 点 提 示

Photoshop 卓越的绘画功能向来是专业人士的首选，不仅因为它在图像处理能力的出色表现，而且它具有和传统绘画方式接近的最朴实的创作方法，分析它在原画应用方面的成绩，不得不提到这一作画方式，来作一些剖析实例。

在使用 Photoshop 之前可以根据需要对一些功能作先期设定，如默认历史记录为 20 步，可以增加一些，但不建议设定过多，一般增加到 50 步左右。

操 作 提 示

打开"编辑"→"首选项"→"性能"。

在"历史记录状态"里面设定历史记录返回步骤数。

知 识 点 提 示

同一面板中，还有一个功能是选择 Photoshop 临时文件的存放处，有时候处理大文件时，临时文件会很大，为了避免 C 盘暂存盘已满这样的情况，可以去掉 C 盘的勾选，把其他的盘，或者有较大空间（5G 以上）的盘全部选中，按确定。

选择"窗口"→"工作区"→"存储工作区"，来进行存储。

一般绘画为了留给画面更大空间，只用几个窗口，分别是工具栏、图层、历史记录、画笔等，CS4 新增加了蒙版和调整窗口，这个在调整画面时相当有用，可以放置在操作区，如图 7-26 所示。

图7-26

开画时要习惯新建一个图层便于修改，一般选用一个画笔，先作个大致的勾画和底色的处理，如图 7-27 所示。

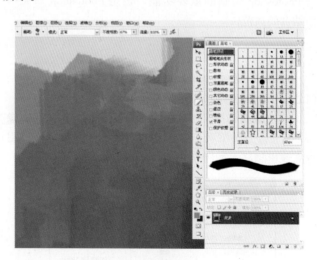

图7-27

02

"洗手间"画面结构相对简单，这里采用的是直接上色（建议初学者先画线稿）。

添加新图层，打开拾色器选色面板，选择适合的颜色，开始打底时，最好选择中间调子，逐步加入一些或亮或暗的笔触，都要留有余地，如图 7-28 所示。

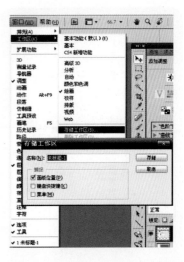

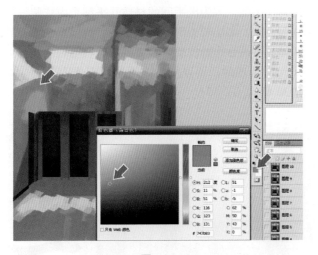

图7-28

03

在开始作画时"添加新图层"，选择适合的画笔，根据需要勾选"画笔预设"的属性，由于是前期打底，所以可以较为自由选择画笔，选择"不透明度"，根据需要调节数值，使画面笔触有叠加的层次，如图 7-29 所示。

在开画之前先设定数位板的压感，在作画时手绘板的压感会帮助我们模仿画笔的轻重。一般情况下，安装数位板驱动以后，在计算机"START"（开始）→"所有程序"→"WACOM"→"笔尖感应"→"用力"，依据个人手感而定，如图所示的调节位置是笔者多年来认为比较适合各种情况应用的压感度，注意不要调到底，会画不出来。

其他都只需默认，调节完成直接关闭。

图7-29

有时候打开画布，会发现画上去没有颜色，这是因为颜色模式是灰度，可以在菜单栏中点击"图像"→"模式"→"RGB 颜色"即可。

画笔的选择

选择适合的画笔也能为作品增色或者省去不少时间，比如有的画面需要留下一些笔触，这个时候对于画笔的使用就变得相当重要。

作此类画时，可能会用到不同的画笔，打底时会用些比较粗犷的笔触，细部刻画会用较细的圆头画笔，随个人习惯而定。

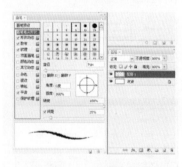

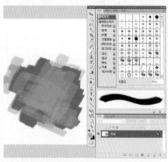

04

用同样方法完成初步打底，因为这个画面的特殊性，所以一开始的设色，是根据一些固有色进行涂抹，这是为什么呢？因为洗手间的材质几乎都是由瓷砖、马赛克等组成，都比较光滑且具有反光，所以留下太多的笔触显然不适合作画需要，最终要把这些笔触、颜色全部作光滑处理的，所以用什么笔触没有太大差别，如图 7-30 所示。

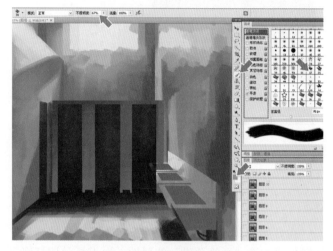

图7-30

05

选择图层，使用套索勾线工具，勾选画面局部，按〈Ctrl〉+〈Alt〉+〈D〉羽化 30%，如图 7-31 所示，选择滤镜，模糊中的高斯模糊（或者动感模糊），模糊数值按效果而定，如图 7-32 所示。

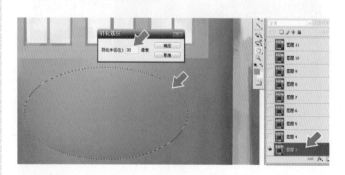

图7-31

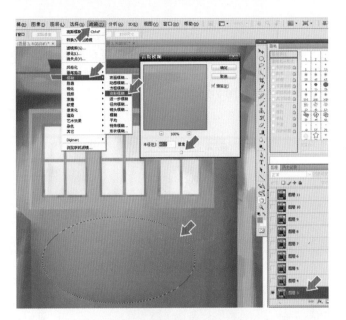

图7-32

06

　　对一些结构作初步细画，一般作画时可把画布放大到200%，这样对于一些细节的刻画会比较细致。

　　在作此类刻画的时候，可以选择普通圆画笔，对"画笔预设"里面的"喷枪"、"其他动态"属性打勾，这样画出的笔触两头带虚，能更好融入其他颜色，但也要适当注意，不要到处使用，这样会让画面看起来"软"，如图7-33所示。

自设画笔

　　很多时候作画会发现没有非常合适的画笔，虽然CS4自带很多笔触，但毕竟不是专门为一些特殊情况设定。这时候可以自己做一些画笔会更顺手，比如要在山脚下画一片隐隐约约的松树，可以自己先画一簇，框选，编辑栏选择定义画笔预设，出现对话框。

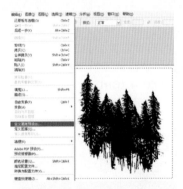

　　对画笔命名后确定，就完成了笔刷的自制。

图7-33

笔形就出现在画笔栏的最后一格。

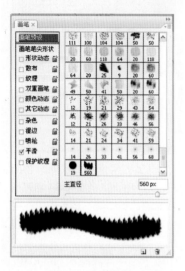

选择画笔，选择这个松树的笔触，按放大缩小（括号键）就可以直接成片画出想要的树林。

操 作 提 示

有时候放大缩小不起变化，多半是打开了打字栏，同时按〈Shift〉+〈Ctrl〉就可以解除。

很多时候是树叶和草之类需要一些笔触，用这样的方法，做两三个树叶的笔触，可以画出漂亮的树叶形状，当然在最后需要对一些特征太一样的形状进行修整，以达到视觉上的变化。

07

对画面进行一些模糊处理，这里可以使用动感模糊，动感模糊如它的名字一样，能很好体现出质感的走向，如图 7-34、图 7-35 所示。

图7-34

图7-35

08

瓷砖表面比较光滑，所以处理一些反光，然后勾线，此类勾线，可以选择圆画笔，按住键盘〈Shift〉键，即可画出直线。对整个画面的细节进行较为深入刻画，如图 7-36、图 7-37 所示。

图7-36

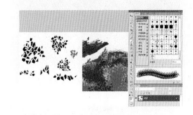

一些肌理也可以用同样的方法来制作，然后直接用笔刷在色块上画。

知 识 点 提 示

变换工具

选择图层或物件，按〈Ctrl〉+〈T〉键，出现"变换工具"（俗称拷贝变形），出现方框，按右键出现可选择的变形方法，它的主要功能是对图形进行缩放、变形、旋转、翻转等，从而有效地帮助用户在日常工作中对很多图形的透视关系进行调整，也是最常用的工具之一。下图是一个正面的铁丝网的单独图层，可以变换出自己想要的透视。

图7-37

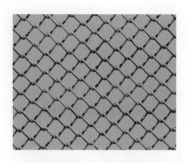

选择"变换"后，可以用"斜切"，可以拉出透视效果。

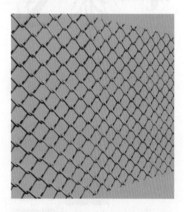

右键用"变形"则可以拉出一个变形的网，局部加暗加亮后就会有凹凸感。

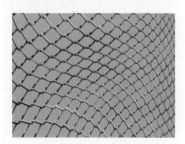

比如一排窗户，通常只需要画一个最大的，然后复制，粘贴〈Ctrl〉+〈C〉，〈Ctrl〉+〈V〉，然后使用变换工具稍作调整，简单快捷的一排窗户就可以制作完成。

如果有特定需要，说洗手间是脏乱差的，这时候就需要作一些破坏，比如加些杂乱的肌理等。

09

选择"喷枪"，"不透明度"数值选择稍低，喷枪直径设定稍大，对窗口等部分作柔光处理，以模仿射进窗口的阳光，如图 7-38 所示。

图7-38

10

地面的投影还有一种制作方法，用套索勾线工具勾勒出投影的形状，选择蒙版色相饱和度中的降低明度，如图 7-39 所示。

图7-39

对细节调整，高光反光等，一般来说像水槽、龙头、门锁之类的重复的小物件可以画一个作为拷贝，方法是选择水龙头，按〈Ctrl〉+〈C〉，〈Ctrl〉+〈V〉键，重复此动作，完成后稍微破一下，使它看起来有光线折射等的不同，如图 7-40 所示。

图7-40

墙面可以加少许水渍，表示质感。基本完成，确定总体效果，放大检查细节，如图 7-41 所示。

图7-41

完成效果，如图 7-42 所示。

图7-42

方法是找一个图片肌理，用叠加的方式，降低不透明度即可，这也是经常需要使用的方法。

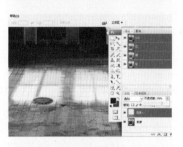

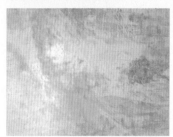

11

画面完成后，存储文件：按快捷键〈**Ctrl**〉+〈**S**〉覆盖存储，按快捷键〈**Ctrl**〉+〈**Alt**〉+〈**S**〉另存文件名。建议十五分钟存盘一次，以免辛苦劳动丢失，如图 7-43 所示。

图7-43

在这个绘画实例中，基本上靠的是画笔，甚至于没有采用任何肌理效果，这种作画方式完全凭借 PS 的几项基本操作功能来完成。同时也介绍了如何在画笔上作文章，在光盘录像中也将有一些绘画演示，同时需要大家提高绘画动手能力。

很难说以上的两个范例哪个更难，前一张精灵城堡凭借审美、想象和 PS 技巧，洗手间更多是在考验画功，但这些都是美术从业人员设计作业的必修课，希望大家用心体会。

本章小结

　　本章实例所采用的功能均是 PS 在影视、动漫、游戏等行业应用最为广泛的部分功能，介绍了专业级的图像 PS 处理技巧、使用传统方法用 PS 绘图、应用更多技巧的原画创作场景角色以及一些必备的高级技能，并对当中涉及的具体操作和难点加以提炼，专门进行了再分析。如何在融入美术的前提下操作 PS 是本章的难点所在，需要多提高审美素质并加以实际操作。

课后练习

❶ 绘制城市3D场景渲染图（图7-44）。

图7-44

　　要求：用 Photoshop 拼贴技术，2D 手法细化场景，可以略作改变，注意远近关系，尽量使场景生动细致，接近海报效果。

❷ 手绘图7-45和图7-46。

图7-45

图7-46

　　要求：根据右边颜色参考图用写实手法绘制室内场景。

NACG国家动漫游戏产业振兴基地人才培养工程介绍

一、关于国家动漫游戏产业振兴基地

国家动漫游戏产业振兴基地是为了切实落实《中共中央国务院关于进一步加强和改进未成年人思想道德建设的若干意见》的重大战略部署，振兴我国文化产业发展，由中华人民共和国文化部批准成立的国内首家国家级基地。文化部下属的动漫基地设立在上海、大连、成都、杭州、长沙、无锡等地。基地的设立对产业的发展做出了积极的推动。

基地以培养动漫游戏人才为特色，集教育培训、研究开发、国际交流与合作、产业孵化等功能为一体。文体部相关领导非常关心基地的建设，给予高度重视。随着文化部作为国家扶持动漫产业发展十部委（文化部、教育部、广电总局、新闻出版总署、科技部等十部委）联席会议的召集单位及办公室所在地,文化部下属国家动漫游戏产业振兴基地将发挥更重要的作用。

基地的组织机构如下：

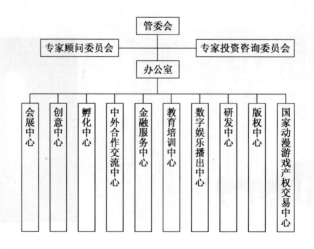

二、关于NACG国家动漫游戏人才培养工程

为缓解我国目前动漫游戏专业技术人才紧缺，国家动漫游戏产业振兴基地与上海索源信息系统有限公司强强联手，整合多方资源，经过长期准备、认真调研、精心策划，推出了以动漫游戏为主的人才培养工程（简称 NACG）。工程以培养实用型技术人才为目标，涵盖动漫游戏及相关领域，如动画、游戏、影视后期、建筑动画、插画/漫画、平面设计、网页设计等。

- ✓ 项目名称：国家动漫游戏人才培养工程（简称 NACG）
- ✓ 项目组织单位：国家动漫游戏产业振兴基地
- ✓ 项目实施单位：上海索源信息系统有限公司
- ✓ 培训对象：高职、高专、中职、中专、社会培训机构

NACG 强调艺术设计与数字技术相结合，跟踪业界先进的设计理念与技术创新，引入国内外一流的课程设计思想，在动漫基地强大的专家技术团队的努力下，不断更新完善，成为适合国内的职业教育资源。努力打造成为国内领先的动漫游戏教育资源平台。

NACG 课程设计注重培养学生综合及实际制作能力，真实的案例教学让学生在学习中可以提前感受到企业的要求，及早弥补与企业要求之间存在的差距。NACG 实训平台的建设让学生早一步进入实战，在技能得到提高的同时，学生的职业素养也得到相应提高，最大程度地帮助学生提高就业综合竞争力。

NACG 得到了包括文化部、教育部、广电总局、新闻出版总署、科技部在内的十部委扶持动漫产业部级联席会议的高度赞赏与认可，并希望各部委协助大力推广，以缓解我国目前动漫游戏人才的紧缺。

三、NACG与院校的合作模式

NACG 通过与院校以下合作，帮助学校提升办学质量，帮助学生增强就业竞争力。

- ✓ 合作办学
- ✓ 合作培训
- ✓ 学生考证
- ✓ 师资培训
- ✓ 就业推荐

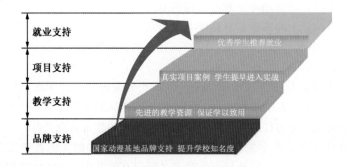

四、联系方式

国家动漫游戏产业振兴基地人才培养工程管理办公室（NACG）

地址：上海市漕溪北路 41 号 24A

电话：021-51097968 54255776 传真：021-54255778

网址：www.nacgtp.org Email: info@nacgtp.org

NACG国家动漫游戏人才培养工程认证考试介绍

一、NACG认证考试模块

NACG 考试包括多个模块，每个模块由 2~3 门单科及综合能力考试组成，如下图所示。

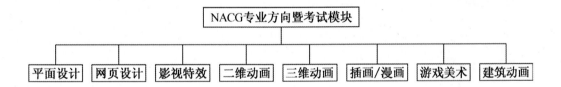

学校在获得 NACG 授权并成为培训考核点后，可根据自身的教学计划，选择 NACG 模或单科组织学生进行考试。通过考试者可以获得由国家动漫游戏产业振兴基地颁发的相应技术水平证书。

具体的模块考试信息，请浏览 www.nacgtp.org。

二、NACG认证考试设置宗旨

NACG 是目前动漫游戏领域专业权威的认证体系之一。由点到面的考核，既要求学生掌握单个技术点，更注重实际动手及综合能力的考核。每个模块按照生产环境，先要求考生掌握具体的技术点（即单科考试，考核相应的软件使用技能）；再要求学生制作相应的实践作品（即综合能力考试，要求考生掌握宏观面上的知识，同时按照要求制作作品）。帮助学生树立全局观，为今后更高的职业生涯打下坚实基础。

三、NACG认证证书

考生通过 NACG 单科考试可以获得由国家动漫游戏产业振兴基地签发的单科技术水平证书；通过 NACG 模块要求的所有单科考试后，可以获得由国家动漫游戏产业振兴基地签发的该模块技术水平证书。以证明考生在专业领域达到相当的技术水平。

四、联系方式

国家动漫游戏产业振兴基地人才培养工程管理办公室（NACG）
地址：上海市漕溪北路 41 号 24A
电话：021-51097968 54255776   传真：021-54255778
网址：www.nacgtp.org   Email: info@nacgtp.org

郑 重 声 明

高等教育出版社依法对本书享有专有出版权。任何未经许可的复制、销售行为均违反《中华人民共和国著作权法》，其行为人将承担相应的民事责任和行政责任，构成犯罪的，将被依法追究刑事责任。为了维护市场秩序，保护读者的合法权益，避免读者误用盗版书造成不良后果，我社将配合行政执法部门和司法机关对违法犯罪的单位和个人给予严厉打击。社会各界人士如发现上述侵权行为，希望及时举报，本社将奖励举报有功人员。

反盗版举报电话：（010）58581897/58581896/58581879

传　　真：（010）82086060

E-mail：dd@hep.com.cn

通信地址：北京市西城区德外大街 4 号
　　　　　　高等教育出版社打击盗版办公室

邮　　编：100120

购书请拨打电话：（010）58581118

短信防伪说明：

本图书采用出版物**短信**防伪系统，用户购书后刮开封底防伪密码涂层，将 16 位防伪密码发送短信至 106695881280，免费查询所购图书真伪，同时您将有机会参加鼓励使用正版图书的抽奖活动，赢取各类奖项，详情请查询中国扫黄打非网（http:// www. shdf. gov. cn）。

反盗版短信举报：编辑短信"JB，图书名称，出版社，购买地点"发送至 10669588128

短信防伪客服电话：（010）58582300/58582301

学习卡账号使用说明：

本书学习卡账号附在高等教育出版社出版的相关中职教材封底防伪码中赠送。

请使用本书封底标签上防伪明码作为登录账号，防伪密码作为登录密码，登录"http://sve. hep.com.cn"或"http://sve.hep.edu.cn"，可获得累计 20 小时中职课程的多项增值服务，进行网上学习、下载资源和答疑等服务。

中职教师通过收集 10 个有效学习卡账号和密码，登录网站，注册获得会员账号，可获得累计 100 小时教师网上资源，包括电子教案、演示文稿、教学素材及教学资料等。

学习卡账号自登录之日起一年内有效，过期作废。会员账号自注册之日起一年内有效。

使用本学习卡账号如有任何问题，请发邮件至：4a_admin_zz@pub.hep.cn。